梦 回
Memories from My Dreams

杨牧之 著·摄影

杨牧之

1966年7月毕业于北京大学中文系,由国家统一分配进入中华书局,其间参与创办并主持《文史知识》月刊。编审。

1987年5月调入国家新闻出版署(总署)任司长、党组成员、副署长,兼任全国古籍整理出版规划领导小组常务副组长。

2002年4月—2007年4月任中国出版集团党组书记、总裁。

现任《中国大百科全书》总主编。国家重大出版工程(中外对照)《大中华文库》总编辑。

第四届全国人大代表。第十届全国人大代表、教科文卫委员。

主要著作有《编辑艺术》《论编辑素养》《我的出版憧憬》《关于出版的思考与再思考》《出版论稿》《最喜今生为书忙》《佛罗伦萨在哪里》《火车带来的乡愁》《云深不知处》《在那恒河的原野》以及《晏子的故事》《春秋的故事》《隋唐的故事》《辛弃疾》等。主编《二十世纪中国社会科学》《论古籍整理与出版》《中国古籍总目》(合作)等。

梦回

杨牧之 著·摄影

图书在版编目（CIP）数据

梦回 / 杨牧之著. -- 南京：江苏人民出版社，2019.8
 ISBN 978-7-214-23408-7

Ⅰ.①梦… Ⅱ.①杨… Ⅲ.①散文集—中国—当代 Ⅳ.①I267

中国版本图书馆CIP数据核字（2019）第073214号

书　　　名	梦　回
著　　　者	杨牧之
摄　　　影	杨牧之
出 版 人	徐　海
责 任 编 辑	强　薇
装 帧 设 计	陶　雷
责 任 监 制	陈晓明
出 版 发 行	江苏人民出版社
出版社地址	南京市湖南路1号A楼，邮编：210009
出版社网址	http://www.jspph.com
照　　　排	江苏凤凰制版有限公司
印　　　刷	北京汇瑞嘉合文化发展公司
开　　　本	889毫米×1 194毫米　1/32
印　　　张	14　插页 4
字　　　数	210千字
版　　　次	2019年8月第1版　2019年8月第1次印刷
标 准 书 号	ISBN 978-7-214-23408-7
定　　　价	88.00元

（江苏人民出版社图书凡印装错误可向承印厂调换）

写在前面的话

梦回。

我早有心编写这样一本小书,今天在朋友的鼓励和帮助下,终于得以实现。

这本小书中的文章篇幅不多,大体分三种情况:一是最近一段时间新写的;二是把前些年写的再加修改,修改的地方主要不是文字方面的,多是觉得当时对情感表述得不够准确;三是原文没有什么改动,为了表述这本小书宗旨的完整,也收到这里来了。

三种情况,核心是回忆自己经历的岁月,纪念和感谢扶植我的人。

我首先要说的话当然是对我的父母。我的家庭似乎也是严父慈母。母亲略识文字，但和那时中国大多数家庭一样，主要是照顾孩子，操持家务。她是我挡风的墙，避雨的伞。母亲那总是慈爱温和的笑脸，让我小时的生活无忧无虑。父亲看起来不苟言笑，但从那略显严肃的外表看进去，那是怎样一种深情啊！他明知我期末考试作文跑了题，没有考好，还要去参加家长会，聆听老师的批评，陪我一起面对困难。他在外面开会，看到新鲜特殊的水果，用仅剩下的几元钱买了，千里迢迢带给我们。父亲母亲是我们生命的依靠，向上的动力。

其次就是我的同学，我的同事。因为他们和我在一起的时间最长。不是他们的帮助，就不会有我的一点点进步。年轻时无知无识的言行，甚至我行我素的"洁癖"，今天都是有趣的回忆。因为我们此生再不会有那样率性自由、口无遮拦的岁月。我们一起经历过"大跃进"，大炼钢铁、深翻地的劳动，经历过三年吃不饱饭的艰难；经历过"文化大革命"的肆无忌惮、灵魂相见；经历过毕业后在部队的军事训练，夜里两点、满地积雪，背着背包跑二十多里，牙刷、牙膏掉了一地；五七干校的披星戴月，穿着棉衣光脚下到带冰渣的水里整地；没事找事的早请示晚汇报，生怕阶级斗争让我们弄熄灭了；经历过终于走上工作岗位的愉快；直到今天，一起老了的相互挂念和相互关照。

同样不能忘记的是我的老师，以及和老师一样的我的工作岗位上的领导。他们是我前进的导师，左扶右携，前引后推，帮我学本事，向前走。

还有一些人，他们未必认识我。但他们的奋斗，奋斗中的艰辛、磨难，奋斗后的斐然成就，他们热爱生活，钟情所爱之人，海枯石烂不变心，让我敬佩。他们是我心中的偶像。

改革开放后，我们走出国门。记得第一次随出版代表团去香港、新加坡，是1988年。香港出版界的一位朋友问我，你都去过哪些国家。我说，到香港我都还是第一次，而且还是中国国土。我明白问话者的心思。随着出访的增多，亲眼看到世界各国文化的光辉灿烂，也看到一些国家光怪陆离的社会现象，思绪万千。

怎能忘记呢，当你接到一个电话，急忙赶去，眼前站着十几位来自十几个地方的好朋友。他们早已在京城最有特色的饭店，布置好红艳艳的条幅，摆上流光溢彩的酒杯，来和你共同庆祝你已经忘记的生日。第二天一早，他们又匆匆赶回去上班。这是怎样的福分，怎样披肝沥胆的友情啊！

怎能忘记呢，七八十岁高龄的长者，授课十分忙碌的先生，为了支持你的工作，扶持你的事业，不辞辛苦赶来赴会，鼓励你，提醒你该注意的事情，帮助你排忧解难。你何德何能，怎么会得到如此厚待？

怎能忘记呢，为了明天的梦想，他们毅然放弃了无数的诱惑；为了对事业的追求，他们奋不顾身地夜以继日地工作。他们比我年轻，但他们创业中洋溢出的那种精神，做人的品质，对实现梦想的全身心投入，永远激励着我，让我感到无比温暖和深深怀恋。

啊，梦回，梦回吹角连营。

几十年过去，这是怎样多姿多彩、波澜壮阔的历史。未来的日子，好朋友仍然相携相望。

有人说，"如果可能，我愿意时光永远停留在这一刻"。多美好啊！其实，人的快乐永远在远方。

我向往丽江的小河，丽江的雪山，在四方街上，和远方客人品茶聊天。我向往喀纳斯，骑着骆驼，放牧牛羊。额济纳的胡杨树，灿烂辉煌，腰杆笔直，千年不倒。松花江畔,雾凇宛如仙境。我向往贵州大山里,中国最美的乡村,弯弯流水,青青稻田,炊烟起处,飘来阵阵笑声。

我要在那里兴建房舍,等待朋友来。几幢木屋,几棵桃李,从故乡到天涯,我们曾经约定。

这是我的向往,我今天的梦。

2018年1月7日初稿
2019年3月26日再改

每篇文章后面都附了一幅我拍的照片,送给《梦回》的读者。这些照片并不一定配合得上文章的内容,但我试图通过照片传达文章的意境。又记。

目 录

小学的回忆
　　　　　——怀念母亲 1

火车带来的乡愁 14

父亲墓前的追思 22

南牌坊18号，永远珍藏在我心中 34

我的黑猫和白猫 44

喝茶的怀想 52

我的养花观 58

遥远的北大 68

怀念我的老师阴法鲁先生 92

上善若水
　　　　——纪念中华书局总经理王春 106

编辑部里的年轻人 128

怀念朱彬 154

我敬佩的褚斌杰先生 168

门前一树马缨花
　　　　　——怀念季羡林先生 178

不忧，不惑，不惧
　　　　　——怀念周振甫先生 196

我心中的郭沫若先生
　　　　　——记与郭老的几次通信交往 214

往事依依
　　　　　——记我在总署时的领导 228

关于骑自行车的思考 240

香格里拉的追寻 248

巴黎之夜的遐想 254

梵高与蒙马特高地 262

牛津的魅力 272

托尔斯泰的追求 282

撒哈拉印象 288

在金字塔下 298

白求恩，一个多么熟悉的名字 312

啊，耶路撒冷 332

忧郁的探戈 350

傍在蔚蓝的大海边
　　　　　　　——南非记行 360

在美国越战纪念碑前 374

在那恒河的原野 390

佛罗伦萨在哪里 425

小学的回忆
——怀念母亲

我上小学是1949年。新中国成立了,六岁的、七岁的、八岁的,甚至九岁的孩子,过去没有条件读书的都一起进入小学一年级读书。

那时我真贪玩,每天刚背起书包上学就盼着放学。姐姐们跟我说,小时候我最爱说的一句话,就是"再玩一会儿"。放了学,书包往家里一扔玩去了。母亲叫我回去做作业,我说,再玩一会儿。叫我回去吃晚饭,我说,再玩一会儿。该回家睡觉了,我还说,再玩一会儿。我就是在这"再玩一会儿"的日月里读完小学,度过无忧无虑的童年的。

回忆我在读小学的时候,许多往事,至今不忘。而这些不忘的往事,大都和母亲联系在一起,温暖着我的心,让我感到童年的快乐。

一、做手工

上手工课做手工,是我最发愁的一件事。记得一次手工课,我不知做什么好,我也什么都不会做啊。摆弄摆弄这个,摆弄摆弄那个,眼看快下课了,我真是着急。突然看到一个同学用细高粱杆做的搂草的耙子,扔在地上不要了,我把它捡起来,收拾收拾交了上去。发表成绩时,老师正表扬我,说我观察得细致,又是生产劳动工具……突然,一声喊叫,从后面传过来:"那不是他做的,那是我扔的!"老师问怎么回事。我无地自容。老师十分严肃地让我重做。回到家,着急,吃不下饭,东翻西找。母亲问我找什么,我只好告诉母亲怎么回事。母亲说,别着急,等我收拾完厨房帮你想办法。

晚上,母亲找来几块花布,找来一些旧棉花,又弄来几颗黑豆、红豆。问我,做个大金鱼,行吗?

我说:"行是行,我不会做啊。"

"我帮你做。"

"老师不会信啊!"

"我教你。"

随后,母亲照金鱼样子,剪出几小块花布。又教我,怎样拼到一起去,肚子里塞进棉花,头部左右嵌上两颗黑豆,做眼睛,又教我如何缝上。我缝了几针,就把手扎出了血,母亲还是耐心告诉我,缝不好没关系,拆了,再来。

弄了一晚上,大金鱼做成了。还真挺像。我心里怕老师不相信是我做的,问母亲,这样行吗?

母亲说,告诉老师,是我手把手教你做的。

第二天上学,把金鱼交给老师。当时老师真的很奇怪,正面看完看反面,看完问我怎么做的。我给他讲做的过程,还给他看扎红了的手,老师听后非常高兴。

记得这条大金鱼在学校手工比赛上还获了奖。我还记得奖品是一套做手工的工具:小锯条、小剪子、小锥子。我高兴坏了,回家给母亲看。

尽管小锯条、小剪子我很喜欢,可是我至今还记得当时的心情很复杂,总觉得一个十来岁的大小伙子,自己的手工作业是针线活,很不好意思。

可是,没办法啊,我自己又不会做。母亲则认为做条金鱼是最简单的手工,我容易学会。

二、剃光头

还有一件事,我印象极深。

不知出于什么考虑，学校要求每一个男生都要剃光头。回家跟母亲说，母亲说，你头型不好看，不像有的孩子头圆圆的，剃光头好看，你脑袋坑坑凹凹的，剃个平头吧，留点头发还能遮一遮。星期日我就到经常去的理发馆剃了个平头。

我所在的小学校，虽然是一个小镇的小学，但对学生的要求还是很严格的。每周一，课间操时必然按班在操场上列队，值日同学和值日老师检查每个同学的个人卫生。检查有三项重点：手指甲是否长了，脖子是否洗干净了，衣服是否整洁。检查的结果要各班评比。所以，谁都十分注意，生怕影响班级荣誉。

检查的时候，每个人都得低着头，好让检查的人检查脖子时方便；双手要平伸，手背朝上，指甲长短、指甲中是否藏污纳垢，便可看得清清楚楚。今天想起来，操场上二百多人，全都低着头，平伸着双手，那场面也够滑稽的。可在当时，大家都觉得很正常，学生嘛，就得讲卫生。不检查怎么知道你做到没做到？何况还要评比呢。

着衣是否整洁，那是一看便清楚的。有一次检查，老师特地把我叫到前面去表扬。说："你们看，杨牧之同学衣服虽然是旧的,还有补丁,但很干净,补丁也很整齐。中国有句老话,叫笑破不笑补,大家要向他学习。"那是上个世纪50年代,大家生活都不富裕。衣服打补丁很平常。我家里有三个姐姐,都在读书,一个弟弟,还很小,母亲也没有工作,全靠父亲一个人在铁路职工子弟学校做教师的微薄工资,生活怎么能不困难?大孩子的衣服小孩子穿,穿破了,补一补,我一点也不觉得不好。但整整齐齐,每一针每一线都含着母亲的深情和期待。

再说平头事。周一课间操时,照例逐个检查。一个同学发现了我的平头。别人都是亮光光的,我的还留有半寸长,值日生怎么会放过?立即报告给值日老师。值日老师立即把我叫到前面去,问我为什么不剃光头,并要求,今天放学就得去剃光,明天早晨检查。我很难为情,低着头,不敢有一点违抗。放了学,央求母亲陪着我,又去找给我剃平头的师傅,把那点头发铲光。我这才如释重负。至于为什么必须剃光头,连平头也不准,我今天也没想明白。今天剃光头的很多都是大明星啊,那叫"酷"。我们那时连"酷"这个词还不知在哪方呢。

三、三万元钱

小学三年级的时候,沈阳铁路局教育系统组织所属学校开展夏令营活动,选拔平时学习好,又听话守规矩、懂礼貌的少先队员参加。长春铁路分局归沈阳铁路总局管,所以,我们这个长春附近小镇的铁路子弟学校也在它的组织范围内。可能老师认为我很守规矩,学习也不错,就把全校仅有的三个名额给了我一个。地点是在大连。那是我第一次离家远行,也是第一次享受这样的光荣。临走时,母亲给了我三万元钱,让我收好。大家不要误会,那是最早的一版人民币,一千元钱相当于今天一角钱,一万元钱相当于今天一元钱。三万元钱,也就相当于现在的三元钱。但对于我来说,这是第一次持有这样一大笔钱。

夏令营的生活今天也只剩下吉光片羽。第一次见到蔚蓝的大海,又激动又害怕,不敢下去游泳,生怕海浪把自己卷走。那时候旅顺港还归苏联军队使用。海边有很多休假的苏军士兵在游泳。他们看到我们这些少先队员非常高兴,左劝右劝见我们还是不敢到海浪中游泳,抱起我们就往水里扔。我们拼命挣扎喊叫,等从水中站起来,发现海水刚没过肚脐。

在海边岩石缝中抠出来的小海参，在水中岩石上捞出的橙红色的海星，岸边的小螺蚌、小石子，五颜六色，我们都带回宿舍。想等夏令营结束时带回家去。因为天热，两天后就发出怪味来，我们舍不得丢掉，晒在窗台上。一天，当我们从外面回来时，打扫卫生的管理员，全给我们清理掉了，大家都垂头丧气。

可是最后一次离开海边拣到的一个小海螺，至今我还保留着。有时拿起来，放到耳边听，里边发出呜呜的风云呼啸声，还让我想起少年时那次夏令营生活。

半个月很快就过去了。辅导员老师说，大连附近熊岳县的苹果很有名，也便宜，大家如果还剩下钱，可以买一点带回去。

我带了三万元，想起家里生活的困难，见到什么好玩好吃的东西，我都能忍住，半个月一分钱没花。我想，如果我把钱全都带回去交给母亲，母亲不是会很高兴吗？一个同学见我还有钱，就跟我借了一万元买了苹果。

回到家，我很自豪地把二万元交给母亲，告诉母亲，还有一万元借给同学买苹果了，那苹果又便宜又好。母亲说，"那你怎么不买一点？"我说："省下来好都交给您啊。"

母亲说:"好儿子,长大了,知道省钱过日子了。"

姐姐说:"就是不会算账。"

我怎么不会算账啊?好多年,我都不明白姐姐说的意思。

四、闯祸

小学三年级的时候给父亲母亲闯过一场大祸。

我家住在小镇西边,院子前后有十几个孩子总在一起玩。离我们东边一二里地,是又一伙孩子,他们总在一起玩。我们两片居民区中间有一个面积很大的水塘,总是积满水。冬天我们在上面溜冰,夏天在水塘周围草地中捉蚂蚱,秋天找蟋蟀。这个大水塘是我们童年的乐园。但两伙孩子为争地盘,或者为抓蟋蟀、蚂蚱,也常常斗气。争斗激烈时,一二个人不敢去水塘边上玩,怕对方人多受欺负。

一天傍晚,我出门给刚在火车站工作的大姐送饭。一眼看到东边的两个孩子骑在我们院的孩子身上,往他身上撩土。我把饭盒放到地上,忙跑过去,一头把那两个孩子撞翻在地,趁那两个孩子还没爬起来我们急忙跑开了。

我等大姐把饭吃完,提着空饭盒轻松愉快地往家走。老远就看见家门口围了很多人,见到我就说:回来了,回来了,快问问怎么回事。

我这才知道我闯了大祸,我那一撞,把一个孩子撞翻在地,头正好碰到一块石头上,血流不止。另一个孩子一看血流满面,吓坏了,就直接找我家来了。

三姐见到我,急忙把我拉到屋里去,嘱咐我别出来。

"妈妈呢?"我问。

"送那孩子上医院了!"

我吓坏了,那孩子不会死吧?不会把母亲扣住不让回来吧?我要去找母亲。三姐说,你不能去,有二姐陪妈就行了。三姐是怕我去,让对方看到我,我会吃亏。

很晚了,母亲才回来,说那孩子只是碰破了皮,血流了不少,但没伤着骨头,打了破伤风针,医生说,没大事。

我见到母亲平安回来了,又听说没大事,心里放松多了。可是,马上又想到父亲就快回来了,不知会怎么处置我,坐在那儿又紧张起来。

母亲见我害怕,说:"已经没大事了,你也不用怕你父亲。见到两个孩子欺负一个孩子,你帮一把,还挺勇敢。以后要问明白怎么回事，不能随便动手。"

这时，我想到让母亲给人家看病，跟人家说好话，代我受过，很难过。我靠在床上，等父亲回来。不知不觉睡着了。

等我醒过来，睁开眼，已是第二天。父亲在洗脸漱口，见我醒了，瞅了我一眼，没说什么，我悬着的心这才放下。

不久，又发生了一件事。这次我可没逃过父亲的惩罚。

我家附近的人家有些很穷，男人干点力气活，收入都很少。家里女人冬天晚上常到火车站卖零食，贴补家用。有一家专门在火车站附近熬大米粥卖，配有一种用洋白菜腌的咸菜，让顾客就粥吃。她总吆喝："大米粥，疙瘩白。"

我们这些孩子晚上到火车站玩，听到她总反复这么喊，后面三个字又拖着长音，觉得很好笑。在院里玩时，大家就模仿着喊，一个比一个喊得响，一个比一个喊得怪。这下坏了，她告到我家去了。说我们嘲笑她。还说："不是为供孩子上学，我们干嘛要受这份苦？"

我刚进家门，父亲上来就揪我的衣服，我撒腿就跑。父亲在后面追我，手里还拿着一根棍子。我越发跑得快，绕着房子跑了三圈。我天天在房前房后玩,路熟,父亲哪里追得上?今天想起来,父亲可是气坏了。直到很晚,估计父亲睡下了,我才敢回到家门口。

母亲听到我的声音,出来说:"进去吧,别再惹祸了!"我不知道父亲在干什么,不敢进屋。母亲说:"你那样学人家很不好。卖粥是为了养家糊口,人家赚几个钱要供孩子上学。人家很有志气,我们应该尊敬人家。"

这一夜我可没睡好,不仅是怕父亲打我,还想,是不是要向人家去道歉哪?去道歉人家会不会骂我啊?

这样的记忆还有很多。回想起来,小时候多么纯净。"再玩一会儿"带来多大的快乐。其实,这快乐很大成份是因为母亲。母亲是挡风的墙、避雨的伞,是生命的依靠,向上的动力。

我讲的这几件小事,都发生在我读小学四年级前。小学四年级的那一年冬天,母亲就去世了。唉!从那以后,那种童年的快乐在我的记忆中似乎就没有了。

在回忆往事的时候,母亲好像又在我身边了。去年,二姐因为心脏病去世。和二姐诀别时,我伏在她的耳边说:"二姐,你别难过,你终于可以不再受疾病的折磨了,

可以见到妈妈了。妈妈去世时只有四十几岁,那时我们都小,她一定很不放心。你见到妈妈告诉她,我们都很好,让她放心吧。"日复一日,我们长大了,工作了,成家了,生儿育女,但忘不了的是爸爸妈妈为我们的操劳。我心里真难过,我对母亲没能尽一点孝心。

清明节的祭奠
2016 年修改

美丽的家园

世上最美的地方,就是我们自己的家园。有父母凝望着我们,心里宁静,踏实而向上。

14　火车带来的乡愁

每天上班的时候，要经过一座铁路桥，只要我准时，总有一列火车，哐啷、哐啷从车站开出来，可以看见卧铺车厢里稀疏的旅客，在向外张望。

下班的时候，经过这座铁路桥，如果我准时，总有一列火车，缓缓地开进车站，可以看见车厢里，灯火通明，旅客正做着下车的准备。

这时，我总感到很亲切。思绪会回到小的时候，回到我住的那个小镇，镇西我家住的小楼，小楼近处的树林，小楼远处的火车站。

我是铁路职工子弟。父亲从1927年，14岁便进入铁路工作，直到退休，在铁路上工作了46年。这之后，大姐、二姐、弟弟，都做了与铁路有关的工作。

我上初中时，每天乘火车上学，是我记忆中最清晰的故事。我刚10岁，还在读小学，父亲从长春市调到离长春市60公里的范家屯镇火车站。这是一个很小的小镇，当时可能只有两三万人口。但因为这个小镇地处东北粮仓吉林省怀德县中心,南来北往,周转粮食,所以一个三等小站却总是很繁忙。因为是小镇,没有完整的中学,小学念完了,我们只能去60公里外的长春市读中学。铁路照顾他的职工子弟,允许这些学生每天免费乘火车上下学。大家叫我们是"通车生"。可是,乘火车上学可不像乘汽车那样方便,因为火车不像汽车,开走一辆五分钟后又来一辆。而乘火车,如果这班火车赶不上,下一班火车说不定就要几个小时之后了。那样,等你到了学校,同学们恐怕要吃午饭了。

所以,无论如何不能误车。当然,火车有时也会晚点,那就糟了,我们就会赶不上第一节课。迟到多了,当然要影响功课。乘火车上学,早出晚归,常常需要在火车上做作业、温课。如果抓得不紧,功课自然会受影响。再加上起早贪黑地赶车,小小年纪总是很疲劳,上课打盹是常事。所以,老师认为"通车生"功课不行。

记得一次上植物课,任课老师姓校,人很幽默,常和同学开玩笑,玩笑有时很尖刻,甚至连嘲带讽,所以大家都怕他。车晚点了,我们通车的几个同学下了火车,小跑着进了学校,小心翼翼地走到教室门前。听到校老师讲课的声音,我们谁也不敢敲门。大概老师听到了门外喊喊喳喳的声音,大声说:"进来!"别的同学已经进去了,我在最后,突然想到要面对几十名同学,又不知校老师会说出什么话来,扭头就跑。校老师出来,高声说:"回来!"我只好乖乖地走进教室,赶快归位。校老师看到我往座位上去,说:"站住!"我便站在教室前面,面向着讲台。老师说:"不要只对着我。"说完他喊了一声口令:"向后转!"这样我就正对着全班同学了。

校老师发话了:"我一出教室门,看到杨牧之同学正以奥林匹克百米冲刺的速度向外飞跑……"全班同学哈哈大笑。校老师又说:"别人都进来了,他为什么跑呢?我认为,只有一种可能,那就是他没有温课,怕我提问。现在,让我们试一试,看我说的对不对。"说罢,他就提了一个问题,让我回答。侥幸我答了出来。老师说:"看来他是不愿意上我的课。回到座位上去,好好听课。"

那时"通车生"每天起早贪黑,跟着火车上下学,很是辛苦。到了冬天,气温降到零下二十多度,火车经常晚点,我们也就经常迟到。从早晨乘上早班车离家,到晚上乘上晚班车回家,在外面至少待十二三个小时,每天乘火车上下学,对于一个刚上初中的孩子的确是不容易的,家里人也跟着受累。

冬天,天亮得晚,离开家时天还没有大亮。那时,我只有十二三岁,正是贪玩贪睡的年龄。母亲去世了,大姐每天早晨起来给我做饭、装饭盒,然后叫醒我。我经常是不吃早饭迷迷糊糊地向火车站走去。放学时,在火车上,车厢里很热。如果有座位,坐在那里就开始打瞌睡。一次,睡过了站,醒来时已经到了20公里外的陶家屯站。望着陌生的火车站,望着远方一片漆黑,我急出一身汗。回家的火车已经没有了,走回去吧,半夜三更又不敢,只好投奔同学家。同学是住校生,没有在家。同学的父亲安慰我,让我放心睡,第二天早晨他会准时叫醒我。但我哪里睡得着,既怕再睡过点,又惦记家里不知道我在哪儿着急。躺在床上又后悔,为什么不走回去,不是比现在干着急好多了吗。那年代谁家里也没有电话,是没有任何办法联系的。我算好了早晨上学的火车到达陶家屯站的时间,整整一夜没阖眼,躺在床上,听闹钟嘀嗒作响,等着时间到来。火车到了范家屯站,我又急忙下车,托车站上的熟人带话给家里,这时心里才踏实下来。

后来,大姐工作了,家里经济条件略好一点了。父亲担心我带的饭盒经常无法热,总是吃凉饭,又怕火车里热,饭馊了,就每天给我一角五分钱,让我去学校对面的铁路招待所吃一顿午饭。一饭一菜正好一角五分钱。那时候,除了交书本费,我见不到一分钱。这一角五分钱归我所有、由我支配,我是多么珍惜呀!我第一个愿望是省下钱买向往已久的书。要省下这一角五分钱,我只有不吃午饭。我至今还用着的商务印书馆的《四角号码新辞典》,就是省下饭钱买的第一本书。这本字典当时定价一块六毛钱,这就说明我十顿午饭没有吃。上、中、下三大本的《一千零一夜》,也是省下午饭钱买的。中午不吃饭,饿一会儿就能过去,但在教室里看别人吃饭,便觉得饿得不能忍受,这时,那一角五分钱就省不下来了。时间长了,终于想出好办法。学校报刊阅览室中午开放。上午最后一节的下课铃一响,我就去阅览室看书看报。当时曾十分得意,认为自己不但省下了钱,还利用中午时间看了许多有趣的书报。

后来,乘火车就是大学时的寒暑假了。高中毕业后,我考上了北京大学,又开始了每年寒暑假乘火车的历史。那时火车速度慢,从长春到北京之间要走二十来个小时。

从北京回长春时还好，归心似箭，充满兴奋和期待，走一站，近一站，有盼头。车一进站，我在车窗里总能看到父亲在站台上焦急寻觅的面容。等我站到父亲面前，他那欣慰的微笑，让我无比温暖。当我回校读书时，甚至，在我走上了工作岗位之后，想起这微笑总让我振奋。从长春回北京，心情就大不一样了。父亲和弟弟送我。长笛一响，看到父亲在站台上向我招手，看到他一年比一年苍老的面容，心里十分难过，总想下车回去，再和父亲待几天。一直到火车过了山海关，我的心情才能渐渐平静。

我在北大读书五年，寒来暑往，乘车在北京和长春之间往返一二十次。火车就是这样带给我快乐、期盼，带给我忧伤和回忆。

参加工作了，乘火车的机会不多了。但只要时间来得及，我都争取坐火车。乘上火车仿佛又回到年轻时的岁月，仿佛又回到了家乡，仿佛铁路上的工作人员都是熟人，都是老朋友，往事一幕幕，清晰可见。人们都说，回忆是最美好的。何况那时年轻，吃点苦并不算什么。但在我关于火车的回忆中，离别的难过总比相逢的喜悦更能让我记住。

如今，几十年过去了，我已经读完中学、大学，参加工作也有三十多年了，往事大多淡漠，但每天上下班的路上，看到进站出站的火车，看到车厢里通明的灯光，听着哐啷哐啷远去的车声，总能引起我无限的回忆。我怀念小时候早起晚归赶车的日子，我怀念年轻的大姐为我操劳的岁月，我怀念和父亲在火车站上的相逢，我也

经常在想,范家屯那只有两三万人口的小镇,是不是还有一些铁路子弟像当年我们那样,还在那里赶着这上学的火车?

火车声哐啷哐啷越走越远,长笛一声引起我不尽的乡愁。

2004 年春节初一

瑞士·铁力士雪山下
这场景让我想起我的家乡,东北松辽平原上冬天的皑皑白雪,夏天的杨柳飘飘。

父亲墓前的追思

父亲去世已经二十多年了,但父亲去世前后的情景我仍然时刻不能忘记。昨晚梦中,仿佛是全家人在一起吃晚饭,姐姐们的孩子在周围打闹奔跑,我问父亲想喝什么酒,是茅台还是五粮液?猛然醒来,眼前什么也没有了,一时十分失落。我知道父亲很喜欢茅台酒。1966年,我大学毕业后第一次领工资,回长春看父亲,花了八元四角钱买了一瓶茅台酒。那时八元多一瓶的酒是很昂贵的了。记不得父亲看到酒的反应了。但父亲去世后,我们检点他的遗物时,在他放衣物的箱子里,竟然发现了那只陶瓷的茅台酒瓶子,瓶上的商标已经发黄。当时我心里大为震动。那些年,父亲的工作不断调动,从范家屯小镇到德惠县(市),又从德惠县(市)到四平市、长春市,家也跟着搬来搬去,这只酒瓶子父亲却始终珍藏着,跟着他走。想着父亲对我给他买的这瓶酒的珍惜,我的泪水不能控制。儿子对父亲的一点点孝心,父亲是如此珍重，父亲对儿子的满腔期望，几十年如一日的辛勤抚育，可以用什么衡量，儿子又如何报答得了呢？

父亲去世 26 年了。父亲去世时，我们姐弟几人买了块墓地，把父亲和母亲合葬在一起。夏天，回长春，弟弟，中学好朋友瑞勤、长海，陪我给父亲扫墓。墓地在长春市管理得很好的一处公墓中，风光秀美，十分幽静，有假山，有湖水，有花木，草地上还有很多雕塑——羊群、牧童、仙鹤、耕种的农民，仿佛世外桃源。大概这是规划设计者心中的天堂吧？

母亲是 1953 年去世的，那时父亲才 40 岁，一个人带着五个子女艰难度日。今天，我们都已有了自己的子女，有了自己的家室，才切实体会到父亲一个人晨昏早晚、进里出外的心情。35 年，那该是多么不容易的漫长岁月啊！在这期间，有五七年"反右"，有三年困难时期，有"文化大革命"和"文革"后期的上山下乡、五七道路。在这期间，有五个子女上学、就业、结婚成家，父亲带着我们是怎样走过来的呢？想到这些，我对父亲的深深敬重，内心的无比沉重，无法形容。

今天，我们想吃什么，就可以买什么，想到哪里去，就可以到哪里去。这样的生活父亲一天也没有享受过，临了，就这样走了。望着墓碑我泪流不止。我心痛父亲35年孤苦一人的日子；我心痛父亲省吃俭用、艰难度日，希望给子女多带来一点点快乐的深情。这时，我看到墓碑上并列着的父亲母亲的名字，心里突然闪过一个念头，现在，在那个世界里，父亲有母亲陪伴，母亲又和父亲相聚，一起生活在这样的山林湖水的环境之中，我心里顿觉宽慰。我多么期盼确实有这样一个世界。

弟弟摆上他亲手做的面包。他说父亲爱吃面包（这应该是父亲年轻时给苏联专家作翻译时养成的习惯），他要亲手做面包，昨晚便弄好面，调好鸡蛋，今天五点多钟就起来烘烤，还买来父亲爱吃的红肠，备好酒和水果。

瑞勤和长海献上鲜花。

我望着父母的墓碑，仿佛又回到往昔的岁月。1961年，我考上北京大学中文系。那可能是打从母亲1953年去世后父亲最为高兴的一件事。放寒暑假回家，父亲到哪里去，都要我陪着。这份心情，直到我自己有了孩子才真正体会。那时，父亲在吉林省德惠铁路中学教俄语。那所学校是一所完全中学，有小学部，中学部。小学部正是我当年读小学的学校，教我的老师有的还在。我上大学第一年暑假，回范家屯，父亲一定要我和他去他教书的德惠铁路中学。从范家屯到长春60公里，从长春到德惠又是60公里。范家屯是个小镇，能在范家屯停的火车都是慢车，就是这样的慢车在范家屯也只停三分钟。这慢车到德惠，虽然只有120公里，却差不多要走三个小时。我不愿意去，但父亲说，你考上大学了，应该去看看小学时教你的老师。今天想起这件往事，我心里仍然十分感动，可敬的老父亲的拳拳之心哪！当然他是想让老师们看看他考上北京大学的儿子，他为儿子感到骄傲，但他也是教育他的儿子不能忘本，不能忘记从根上培养你的老师的恩德。也许正是让父亲高兴这个动力，让期待、培养我的人不失望这个信念，坚强地支撑着我在家庭经济条件十分困难的情况下，刻苦读书，努力向上。

我读大学时，我工作后，父亲来过好多信，我大都保留着。今天重新看这些信，想到当时父亲的艰难，在那样艰难环境中无微不至地关心我，千方百计地支持我，怕我省吃俭用营养不够，家里只剩几元钱了也给我寄来……仍然让我无法平静。我选了两封信，一封是1973年5月31日的：

……你提到搞二十四史工作，我想能有机会和老史学家一起工作，还是能从他们身上汲取精华的。一则可多得些他们的渊博知识，另外，可以在学习之中研究一些可供"镜鉴"的历史经验、教训。工作过程中多做些劄记，积累起来，多少会有些裨益的。

你谈到要把毕业时的"辛弃疾词选"继续做下去，也很好。不过在发挥当中要尽力避免悲凉之感，要发扬中华民族激昂气概。脱稿之前要几易其稿才是。

一封是1987年12月4日的：

……最近北京气温如何，你们是平房，室内冷吧？采暖时，千万注意煤烟中毒。四平家中，现在有暖气了，很是暖和。我最近感觉良好，早五点多钟，出外锻炼半小时。自从出院后，滴酒未沾，此后不能喝酒了。记忆力很差，很想你们，又不能远出。不用挂念我，你们工作很忙，又正是改革高潮时期，岗位上又要负责任，多多学习为要。

公余之暇，能常写封信才好。

我为父亲想到过这些吗？看看这短短的两封信，父亲为儿女想到多少事，挂念多少事啊！联想到父亲在写第二封信一年之后便去世了，我内心的悲哀是永远无法平息的。我得努力去做一个纯净、正派、向上，有出息的人。

为了儿女们的前程、幸福，父亲是什么都能忍受的。一次回家为了晚上能和父亲多说一会儿话，跟父亲睡在一个房间里。因为疲劳，没说多会儿话我就睡着了。夜里，忽被父亲惊恐的叫喊声吵醒。急忙摇醒父亲，问父亲是怎么了。父亲说，没什么，做了个梦。第二天和弟弟说父亲做梦的事。弟弟说，那是"文化大革命"给爸爸留下的后遗症啊！一想到这里，我便悲从中来。

我祖父去世时，父亲只有13岁，家中他是老大，下面还有一个弟弟、两个妹妹。没两年，奶奶把祖父留下的一点家产卖光，就没有了经济来源，父亲只好辍学去铁路火车站做电报生。那时中东铁路（后改为中长铁路）是俄国人掌管，俄国人掌控着火车站的主要岗位，为了保住工作，父亲自学了俄语，达到了相当好的水平。1949年以后，父亲还被铁路分局派去给中长铁路技术专科学校的苏联专家做过几年翻译。正是这个专长，"文化大革命"中让父亲遭遇厄运,吃尽苦头。"文化大革命"后期,"四人帮"又出高招,清理阶级队伍。两派为了显示自己的革命彻底性,比谁揪出的人多。两派后面的野心家鼓动青年学生,怀疑一切打倒一切,如果是年纪大的人不顺从,便安上历史问题。其中一派把父亲打成"苏修特务"。父亲问他们的根据。他们说,不是特务你学俄语干什么!父亲又问他们,我有什么特务活动?他们说,你是"战略特务",长期潜伏,敌人还没到用你的时候。父亲说,我都快60岁了,眼看就退休了,何时用我呢?造反派头头便说父亲不老实,让红卫兵用点着的香烟在父亲背上一点一点烧,逼他承认。后来,那些烧疤是渐渐地变淡了,但精神上的烧疤却永远烙在心上。

父亲是一个老实正派的人,是一个只琢磨着怎么把学生教好的中学教师,是一个连两派武斗,枪弹飞鸣,交通断绝,都会想办法走着上班的人,怎么受得了这种酷刑和侮辱?从那以后,父亲便落下了毛病,睡觉常做噩梦。后来落实政策,给予平反,也只是一句"事出有因,查无实据"便了事。仿佛责任在你,不过是没给你查出来而已,你还闹什么?

这段受迫害的灾难,父亲从来没跟我讲过。在我们面前也从未出过一句怨言。写信嘱咐,见面谈心,每每都是"努力工作,为国家好好做事"。今天我终于懂了父亲的深意,他是怕这些事影响我的情绪,影响工作,进而影响我的进步和前途。只是当上级要把我从中华书局调到政府机关工作,我征求父亲的意见时,他说过一句话:"还是在中华书局当编辑好。"那时,我不懂他是什么意思。今天想想,他心里有多少话没说啊。

在我手里还保存着父亲的另一件遗物。这是一张图书馆的借阅证。六年来,每当我看到这张借阅证时,惭愧、不安和负疚便一起袭来。那张借阅证已经很旧,借还日期一栏里密密麻麻,一行接一行,几乎快写满了。细看借还时间,多半是今天借,明天还,最长的间隔是三天。这不就是说几乎天天跑图书馆吗?这不就是说每天读一本书吗?而在这张借阅证上记载的最后一次还书时间,恰恰是生病住院前几天,一位七十多岁的老人,竟每天奔走于家与图书馆之间,而我年纪轻轻,读书的条件又好,却疏于阅读,不求甚解,我怎能不惭愧?

除了惭愧,我还有一种负疚感。父亲很爱读书,爱接受新事物。60岁离休之后,《英语900句》传入中国,他得到一本,整天不离身,诵读、默念,像一个中学生那样用功。随后,又开始学朝鲜语,让我吃惊不小。一次看到他枕边有一本《朝鲜语读本》,很奇怪,问他这么大年纪了,为什么还学朝鲜语?他笑笑,说:可以帮助理解日语和朝鲜语的关系。还有一次,那是我在大学读书时,偶然在旧书店买到一本约翰·根室的《非洲内幕》,父亲看到了,爱不释手,几次对我说,这样的书看了视野开阔。书前的目录没有了,书后也缺了几页,父亲先是按照书的页码、书中的标题自己编了一份目录,粘在书前;后来又托人从长春图书馆借来一本完整的《非

俄罗斯·父亲的爱

(1)父亲和儿子给小鸭子投食。父亲是不是在跟儿子说:要爱护小动物。

洲内幕》，将缺的几页用稿纸抄下来，又把稿纸裁成书页一样大小，补在书后。我到了新的工作岗位，做图书出版的管理工作，对于这项工作，未见父亲有多么高兴，他唯一的嘱咐是：以后有好看的书寄点来。我因为忙于杂务，很少给父亲寄书。最近翻检父亲给我的信，先前几乎每封信都说，如有便寄点可看的书来。后来就很少说了。我想，一来是因为我每次回信都说自己忙、时间紧，没时间写信，请父亲原谅；二来，我又确实没寄过几次书。今天想想，这是父亲向我提出的唯一的要求，而又是我这个儿子唯一有条件满足父亲的一件事，但我却没能去做。

(2) 父亲在给儿子拍照,留下小时候的日子。

(3)旅游结束了,父亲提着东西,和儿子一起回家。

对父亲,我实在是关心太少。记得那些年,我在家里待的最长时间是 48 小时,多半是中午到,第二天上午就走。在一起也说不了多少话。觉得父亲想什么,我都知道。父亲的衣食住行,全落到弟弟身上,我很少操心。即便操心也操不到点子上。有一年,我曾给父亲买过一双棉鞋,塑料底的,黑绒布面,那些年北京很时兴。回家总不见父亲穿,以为父亲舍不得,便说:"您穿那双新鞋吧,不用留着,坏了我再给您买。"第二天,陪父亲出行,父亲穿上了那双新棉鞋。我很高兴。但父亲走得很慢,小心翼翼地挪动双脚,这时我才恍然大悟。这种棉鞋只适合北京穿,北京冬天少雪,下了雪也留不住,路上不算滑。东北不行,下了雪就留存一冬天,真可谓冰天雪地。街路就像冰道,走在上面要十分小心,又是塑料底,冰雪之上,更硬更滑。我真是个粗心的儿子,就不知道买一双布底的棉鞋!

如今,我们什么都能想到了。父亲爱吃面包,爱用黄油、香肠夹着吃,应该穿布底棉鞋,多给父亲写信,多买些父亲爱看的书和杂志寄去,多回几次家,多和父亲谈谈家常……但这一切,如今都只能安慰我们自己负疚的心了!

"树欲静而风不止,子欲养而亲不在",早已有人体味过"亲不在"的况味,总结出这含蕴不尽的名句了。

2014 年 11 月 12 日

南牌坊18号，永远珍藏在我心中

二十多年前，我家从古观象台对面的南牌坊18号院搬到了方庄小区芳古园。从平房搬到了楼房，冬天有暖气，做饭有厨房，厨房有煤气、上下水道，单元内有卫生间，真觉得一步上了天堂。没住过平房的人不会知道住平房的滋味，尤其是北京老院子的小平房。所以，不会体会到我说的上了"天堂"的心情。但在这"天堂"里住了几个月之后，感觉这用水泥预制板搭建的天堂里听不到笑声，听不到谁家的男人高兴了吼的几嗓子京戏，也听不到邻居教训孩子不好好读书的训斥声。静静的楼房，似乎谁家跟谁家也不认识，好像就只有我一家住在这里。这让我又怀念起住平房大院的日子。

我原来住的地方全名是建国门内南牌坊18号大院。属于老北京人说的城墙根上的房子。旧社会，那里住的多是摆小摊的生意人、修东补西的工匠、肩挑背扛的苦力，总之，"三教九流"都是穷人。这低矮潮湿的屋子，前面说的楼房设施这里是"应有尽无"。个子高的伸起胳膊能触到棚顶,屋子里一年到头见不到多少阳光。一次我生病,一位同事去看我。用他的话说,大白天进门,不开灯,摸不着方向。

其实,那个大院的"本质"也并不是那么破旧。大家如果看过电影《锅碗瓢盆交响曲》,对故事主角孙淳扮演的牛宏、牛琢磨的家一定会有印象。红檐,灰瓦,中式的窗棂,房前房后半人高的红花绿草,房角上绿荫如盖的老槐树,一定会觉得这个环境古色古香,还挺幽雅!那就是我们居住的院子。但那是电影导演在院里选中的一套有味道的房子,又把搭建在屋前屋后的小棚子彻底拆光,露出的本来面目。这个样子还是挺好看的,但居家过日子就不行了,解决不了过日子的最基本要求啊!本来这些平房没有暖气、没有煤气,没有上下水道,取暖靠煤炉,用水到院子角落里的水房去端,不论冬天下雪,夏天大雨,用一点水都得跑到院里的水房去。后来,条件改善,上面给各家配了煤气罐,又给各家装了上下水管,大家已经很知足了。但这平房屋内睡着人呐,不能放煤气罐,太危险。自来水也不能通到屋里去,水滴到地上,日久天长太潮湿,只好在屋前搭起小棚子。

为了不占别人家的地方，又只好挡在自家的窗前，这样屋内光线就更少了。小棚子都很简陋，垒半截墙，再用几块破木板，几块油毡，搭个顶，有二三平米大。垒墙的砖全是半截的，是外面工地上人家不要的碎砖头。把煤气灶、上下水管都放到小棚子里。院子的空地被这些奇形怪状的小棚子塞满了，那形象可想而知。谁不愿意整洁好看呢？但整洁好看解决不了做饭的煤气罐、饮用水的上下水道啊。那年头，就是这样的经济条件，有间房子住已经很不错了。所以，拍电影的一走，小棚子又恢复了原貌。

就是这样的居住环境，却让我深深地怀恋。有人也许会说，进了"天堂"了，还抱怨，还说怀恋那破院子，有点矫情吧！

其实，我的怀恋主要是因为那里的人，那里的邻居，那里整个大院不分彼此，互相关照的气氛。那些简陋的房子反倒不在视野里了。后来，我们虽然搬走了，但只要听说原来住在大院的老邻居谁生病了，还要赶回大院里去探望。

那些年，我们整个院子真是亲如一家。谁家里有什么难事，谁家里来了客人，都能知道，谁家做了好吃的了，都会给邻家的孩子送上一碗。

住在大院里的那种安全感，今天想起来那真是朗朗乾坤，太平世界。我们都是平房，门窗都很简陋。门就是几块木板，门上方是木条隔开的四块玻璃，不用说用脚踢，使大劲一推，门就会开的。但我们从来没有担心过安全。离开家，一把小锁，一走一天。有时到胡同远处的小杂货铺打个酱油、买个醋，不用锁门，跟邻居招呼一声，抬腿就走。想一想，那时还真没听说谁家装防盗门、防盗窗的。后来，我搬到方庄住时，墙是水泥的，门窗是铝合金的，比平房安全百倍。就这样，门，还要装防盗铁门；窗，还要装防盗钢窗。一楼装了二楼也装，二楼装了，三楼也要装，四楼、五楼、六楼整座楼一装到顶，真是固若金汤。站在窗前，透过防盗窗的铁栏杆望出去，仿佛自己是住在监牢里，还有什么兴致？真是没法说啊！

想起南牌坊18号院的日子，一件件有意思的事就呈现在眼前。

我们刚搬到18号院的时候，冬天取暖，一年到头做饭，都用蜂窝煤炉。每天早上把黑黑的蜂窝煤搬进去，晚上，把烧透了的灰白色蜂窝煤搬出来，也是十分不让人高兴的事。但更为恼火的是下了班,压着的蜂窝煤火灭了。等再用炭煤把蜂窝煤引着了,着旺了,常常要一个小时。等吃上饭,不到八点,也得七点半,晚间新闻联播早已经结束了。这时,焦头烂额,人困马乏,还能干什么?还有什么心情读书、学习?连电视都不想看了。后来,大家熟了,下班回家,看炉子灭了,就夹着一块引火的炭煤,到邻居家煤炉上去烧,把烧红的炭煤放在自家的煤炉下,很快就可以把上面的煤烧红、烧旺,省去不少时间。可有时,自己把炭煤引着了,邻家的火却被弄灭了,反过来他们又到我们家的旺火上烧炭。一来一往,说说笑笑,也就让烦恼过去了。时间久了,就把家里的钥匙放在白天有人在家的邻家。他们总是估摸着我们下班快到家时,把煤炉上的盖火拿掉,让煤火着起来。我们一进家门,一股暖气扑来,洗洗手便可做饭。那股暖气扑进心里,一种有人帮助、有人挂念的心情,一种不是亲人胜似亲人的感情,让你对邻里充满感激,让你觉得这贫寒生活里的乐趣,让你总想着怎样也能帮助他们做点好事。这时,生活的拮据、住房的简陋,都已经不是重要的了。

还有一件有意思的事,不能不说。那时候,上面防疫系统很重视环境和家庭卫生，街道隔三差五到家家户户查卫生。我们18号院都是出版口出版社的家属，是人民出版社、中华书局、商务印书馆、人民文学这些单位的，都是比较年轻的职工，都很忙，早晨上班时，急急忙忙吃一口外面买来的豆浆、油条，下班一进屋，就忙着做饭、检查孩子作业，没有时间收拾屋子。所以一说查卫生的来了，便手忙脚乱地收拾，都怕检查不合格，影响全院的评比成绩。后来大家想出个"高招"，由平常家里有老人，又十分整洁的几户人家做"代表"，查卫生的来了，就查这几家。我们院的石家，两位老人都已退休，也只有五六十岁，身体好，爱整洁。孩子都大了，很知道帮家里干活，家里收拾得井井有条，一尘不染。还有陈家。陈阿姨早年在机关工作，为了照顾家，照顾孩子和丈夫，把工作辞了。家有四个女儿，个个秀气文雅，知书达理。先生是北京印刷业著名专家。陈阿姨把家收拾得窗明几净，虽住在大杂院，但屋里是另一番境界。你进去都不忍心坐下，生怕弄乱了人家的屋子。还有侯大爷家，侯阿姨生性好强，把家里收拾得舒舒服服。查卫生的来了，我们这些双职工的就把家门一锁，街道上负责的人把上级检查卫生的人往这几家一引，我们年年被评为卫生标兵大院。当然，我们也都念他们的好，感谢他们，休息的时候打扫院子，清理公共环境，我们都尽量多用力。他们家里收拾得那么整洁，也带动了我们，星期天、节假日的时候，大家就拿出时间，彻底清理家里的卫生，拆洗被褥，不能辜负他们给我们得来的卫生标兵院的红旗。

还有一件让我永不会忘记的是给孩子吃药。我儿子三四岁时，扁桃体爱发炎，一弄就是化脓性的，一烧就是39℃、40℃，脸烧得红红的，头耷拉着，好吓人啊！西药不管用，只好改用中药。那苦苦的汤药，哪个孩子爱吃？尽管加了不少的白糖、蜂蜜，想喂进去也难。三四岁的孩子本来是没有多大力气的，但一闻到那药味，便紧紧闭着嘴，用力咬着牙，劲儿却老大，两个人根本喂不进去。特别是早晨，一边是高烧不退，药喂不进去，生怕烧坏了孩子的大脑，一边是急着上班，很怕迟到影响工作，心急火燎，满屋乱转。每到这时，左邻右舍的"救兵"就到了。李阿姨抱着孩子的头，崔阿姨哄着孩子张嘴，我劲儿大抱住孩子不让他反抗乱动。姥姥却在旁边监督我们，嚷嚷着可别吓着孩子，可别弄破孩子的嘴。那情景真是一场"世界大战"。好歹把药灌进去了，我提着包，蹬上车，便往单位急驰。至今我都念着李阿姨、崔阿姨的好，只有我儿子，到现在还记着我怎么死抱着他，急了怎么打他，说我凶神恶煞。

当我回忆起我在18号大院居住时的这些零零碎碎的往事时，眼前便活跃着那些熟悉的面孔，想回到那个年月，那个环境，我多想再去住那大院、平房，过那邻里相近、相亲的日子啊！只要那平房有暖气、有煤气、有上下水道……我永远也不想搬走。但中国人这么多，房子不往高里建，都是四合院，铺的摊子越来越大，哪里有那么多土地呢？这个道理我也懂。但拂煦温暖的邻里之风，相帮相助的邻里之情，如今何处可寻呢？

据老邻居告诉我，如今大牌坊18号院也拆得只剩几间房了。剩下那几间没拆的房也空着，没人住了，等着拆呢。只是我耳朵里还回响着大院里的笑声、孩子的念书声、大人教训孩子的呵斥声，小两口的吵架声，还伴着飘过来的谁家红烧肉和炸带鱼的香味儿，总让我神思魂往。陈阿姨、李阿姨、崔阿姨、侯大爷、张奶奶，邻居们都搬到哪里去住了呢？他们日子过得好吗？身体还健康吗？

南牌坊18号大院，它将永远珍藏在我心中。

2015年3月12日

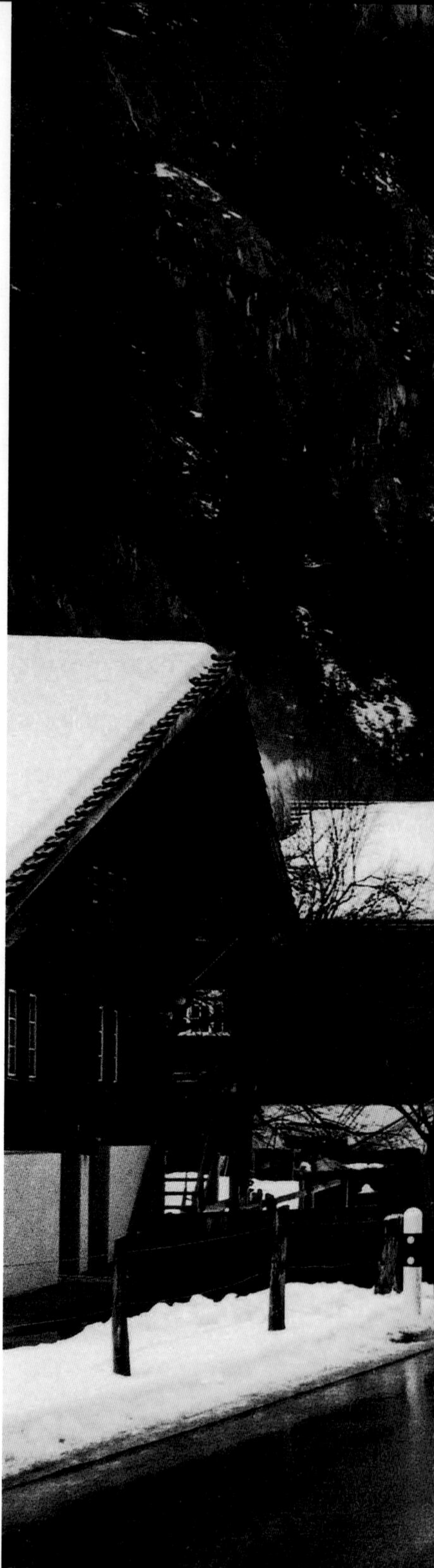

归家

　　这幅照片让我有千里奔波回家的感觉。路上的积雪融化了，天渐渐暗了下去，车灯亮起来，已见到村落，已见到灯火，离家越来越近了……

我的黑猫和白猫

看到猫,我总要情不自禁地爱抚一番。朋友见我喜欢猫,每每要送我一只。对这番好意,我总是毫不犹豫地谢绝。其实,我并不是不想养猫,实在是不敢养猫了。这说起来话长。

我养过不少猫。其中我最喜欢的一只是黄白花的。尾巴又粗又长,一圈白,一圈黄,很好看。走路时目不斜视,挺胸、抬头,尾巴竖着,一步一步,颇有大家风范。从他那里,我知道了什么叫"猫步",明白了模特为什么要走猫步。那真是气派、好看,线条流畅,神态安详而傲岸。这只猫,我们管他叫咪咪。

我家是平房,猫从外面跑进来很脏,所以不许咪咪上床。但咪咪可不管那一套,从外面跑进来,便往床上跳。若是看见家里有人,就先在屋里转悠,瞧人不注意他,先往床边搭上一只脚,停一停,见没有反应,再搭上另一只脚,随后就腾地跳上床,往那儿一趴,两只眼睛瞧着你。你要喊他下来，他身子一团，头往里一缩，任凭你怎么喊，他动也不动。这时，看他那一份无赖相，也不忍心再轰他走了。

咪咪很有时间观念，到晚七点，电视台开始新闻联播时，他准回来。那时，新闻联播前奏是国歌，只要国歌一响，他叽里咕噜地便跑进屋来，坐到空着的沙发上。后来，我们索性在沙发前面给他放一张方凳。这一来，这张方凳就成了他的专座。国歌响起来时，他已经坐到他的专座上了。我想，他不见得是来看电视的，肯定是大家白天都上班，整天家里没有人，他寂寞得很。他也总结出来了，新闻联播的歌声一响，家里就有人，他是来和家里人团聚的。

只要家里有人，咪咪很少跑出去。我们也都很疼他。经常从菜市场买回鱼给他吃。那时候带鱼很便宜，小的只要两角多一斤。头头尾尾，就更便宜了，一堆也要不了两角钱。我怕零零碎碎的鱼不新鲜，买回家总是收拾干净，煮熟了，再给他吃。收拾鱼的时候用剪子，咪咪的记性很好，几次过后，只要听到我动剪子的声音，就知道我在干什么，他很快就跑回来，在门边等着我给他做饭。有时，我下班回家见不到他，担心他出事，我就用剪子叫，用不了几分钟，他就会出现在我面前。

时间一长，咪咪已经不会扑老鼠了。晚上大家睡觉了，他也躺在姥姥身边，呼噜呼噜地比姥姥的鼾声还响。平房常有老鼠，晚上老鼠把家人吵醒了，咪咪却还在酣睡。姥姥喊他，他动也不动。姥姥抱起他，把他放到老鼠叫的地方，他伸伸腰，叫两声，又跳到床上挨着姥姥呼噜起来。

咪咪每天回家很准时，晚上，只要家里灯一亮，他很快就会回来。一天，亮灯很久了，他还没有回来。起初我没有介意，以为他还在外面玩。到晚上九十点钟了，还没有影，我们着急了。我和儿子先在院子里找，又到胡同去找，又到有猫的人家去找，全没有。找不到咪咪，我们一夜都没睡好，一有动静，就起来开门去看。

第二天一早，我又赶快出去找。儿子眼尖，发现他趴在屋檐下面、小棚子顶上，瞪着眼睛惊恐地看着我们，但怎么叫他他也不下来。我只好搭了梯子上去抱他。它哞哞叫着，不愿出来。突然，我发现他的一只眼睛在流血。我明白了，他是被什么人打伤了，不敢回家。儿子看了，吓得直哭，问我咪咪会不会死。我急忙用酒精给咪咪擦伤口，研碎四环素灌进他的嘴里，又把牛奶拿来让他喝。

谁知我刚把他放下地,他一溜烟就钻到床底下去了,再怎么叫也不出来。我只好把牛奶、鱼放到床下面,上班去了。

晚上回来,发现牛奶少了,鱼没有动,我又上街去给他买猪肝。怕他上火,儿子又给他熬绿豆汤。不出一周,咪咪好了。虽然瞎了一只眼,但并不明显。走起路来还是那么大方、体面,不卑不亢。但打那以后,他出门明显地少了。

我家有两道门,猫道便也开了两个。里边第一道门的洞开在门下面,猫一钻便可出去。第二道门,因为怕乱七八糟的小动物钻进屋来,洞开在门中间,钻出第一个洞,需要跳起来才能从第二个洞出去。咪咪走习惯了,从第一个洞出来后,一跳便跳到第二个洞上,真是如履平地。他的一只眼睛瞎了后,开始的时候,由于不适应,失去了平衡,跳不准了。可能是因为不方便,它很少出去了。但咪咪很讲卫生,大小便还是要到外面去。开始他瞄不准洞,头撞得咚咚直响,听到这声音真叫人心疼。

时间一长,咪咪习惯了,估计被打坏眼睛的恐惧也淡漠了,白天家里没人,又跑出去玩了。半个月之后,他再也没回来。邻居的孩子告诉我,他跑到房顶上去,被人家用气枪打死了。

这之后,我很长时间没有养猫。

可能那一阵子我就像祥林嫂似的,总是跟人家讲咪咪的事,讲咪咪的死。人家不断地给我介绍猫,问我要不要。

一天,一个朋友送来两只刚生下一个月的小猫。一只雪白,真的没有一根杂毛,胖胖地像一个雪团;一只漆黑,两只眼睛亮晶晶,就像两点星星。我立即收了下来。这一下我不但又养了猫,而且是两只。每到傍晚,我们吃过饭,把他们两个放到床上,一黑一白,扑来斗去,真让人心旷神怡。

这次我接受教训了,再不让他们外出。训练他们使用便盆,把他们的床弄得舒舒服服、干干净净,让它们"乐不思蜀"。他们也真乖,我下班一进大院,总是看到他们两个,一黑一白,后脚站在窗台上,前脚搭在玻璃上,瞪着眼睛,看我回来。那情景让我好生快乐。

渐渐地他们长大了,闹着要出去玩。我就带他们出去"放风"。下班以后,回到家第一件事就是抱他们出去。我家门前有两棵银杏树,怕他们跑掉,我就把他们放到树上去。我在树下守着。阳光之下,碧绿的银杏叶中,一白一黑,穿来跳去,真是一幅好画。这时候,院子里的邻居都要过来看一会儿。

转眼间又过了半年。和小孩儿一样，猫大了，你再守着他玩，他不干了。又是两只雄猫，屋子里关不住了。但一想起咪咪的死，我还是不放他们自己出去。这以后，每次下班回家，屋子里都像是开了一场世界大战。柜子上的东西，掉下来了，墙上挂的画，床底下去了。床单上都是猫爪印。我想，他们肯定十分不满，我一进家门，两只猫都站在那里，不动声色地看着我。

家里人受不了了，不断抗议。我还是坚持不放他们出去。我不能让他们重蹈咪咪的覆辙。我宁可让他们暂时恨我。

时间长了，他们闹得更厉害了。早晨收拾好的房间，下了班就是一屋狼藉，而且，我还发现，两只猫的眼神变了，总是凶凶地瞧着我，大有和我对着干的味道。百般无奈，我只好决定放他们出去。

选好了日子，是在星期天，因为我可以整天盯着他们。

第一天，晚上他们回来，又吃又喝，吃喝完便呼呼大睡，真是疯累了。

第二天晚上，我费了好大劲，把他们找回来了。到了早上，我还没起床，只见他们站在柜子上，四只眼睛

盯着我,没有一点温和,那意思多半是看我还放不放他们出去。

第三天晚上,九点、十点、十一点,到十二点了,他们还没有回来。我只好叫上儿子去找他们。哪里有他们的影子?一个小时过去了,好不容易发现他们在墙头上跑,追上去,他们反而跑得更快。

渐渐地,我也无可奈何了。

黑猫最先见不到了,白猫有时还在院子里出没。

夏天过去了,秋风吹起来了。一天早晨,我看到白猫站在院子大门上面的平台上,远远地,直直地看着我,

荷兰的农家
红裙子让这幅照片显得格外靓丽。鸡、鸭子、鸽子、乌鸦一齐来进食,一视同仁,各取所需,和平而宁静。

看着家。身上的白毛已脏成灰色,肚子瘪瘪的,风吹过来,毛都立了起来,但不论我怎样叫他,他就是不往前走一步。我和他对视着。我看着他那幽幽的眼神,我好像听到他说:我的朋友,我舍不得离开你,但我又不能再回到你那里去……

我心里好难过。我还是把给他们热好的鱼放在他们平常吃饭的地方。

至今,虽然已经过去了15年,想起这段和黑猫白猫相处的日子心仍然作痛。但我已经不再像过去那样想找动物学家去学猫的语言,我实在早该懂得他们的心思。

喝茶的怀想

什么时候开始喝茶的呢？记不得了。但什么时候不喝生水却记得清清楚楚。

1964年，学校要求我们下乡锻炼，参加湖北江陵"四清"运动。"四清"是俗称，文件上叫农村社会主义教育运动。几十年过去了，"四清"清什么我已记不准了。我所在的湖北江陵滩桥区金联大队是个血吸虫灾区。那时，上面要求大家"三同"，和贫下中农同吃、同住、同劳动。为了表示自己"革命"，表示跟祖祖辈辈生活在这里的贫下中农一样，不怕血吸虫，咬着牙，硬撑着，光脚下田。实际上真是一种愚昧。贫下中农哪里是不怕血吸虫，他们是没有办法啊！后来，学校领导实在担心青年学生得血吸虫病，就想了办法，给每人发一种涂抹的药膏。下水前涂在脚和腿上，说可以防止血吸虫进入皮肤，并交代在屋里就涂抹好，不要当着贫下中农的面涂抹。就这样也还是有同学得了血吸虫病，回到北京治了很久才好。

　　我不喝生水就是从这时候开始的。当地人说，那里的水都保不住有血吸虫。深井的水还好，尤其是池塘里的水，一定不能生喝。在学校里，我们渴极了都是对着水龙头就咕嘟咕嘟地喝。在这里亲眼看到血吸虫病人骨瘦如柴，大大的肚子，不能干活，谁还敢喝生水？还看到长了象皮腿的人。据说也是水里什么虫子钻到腿里后造成的，叫血丝虫病。一旦得了这种血丝虫病，个个都是大粗腿，犹如大象之腿，粗大而粗糙，走起路来，拖着肿腿，艰难痛苦，更不用说干体力活了。

　　这两种病皆因饮用生水或泡在有血吸虫的水中造成的，心中留下深深的痕迹。一年过去，回到学校，再渴也不喝自来水了。一是喝了一年多开水，喝生水不适应了；二是见了生水就害怕，真是杯弓蛇影，谈虎色变。

　　从那以后，非煮开的水不喝。

　　喝茶从何时起，不是在读书时，这是肯定的。一个穷学生哪里有那么讲究。而且，一节课接一节课，背着书包转战各个教室，也没有泡茶的时间。再说，一切以物资条件为基础，靠着家里每月寄来的二十多元钱，吃、穿、用都是它了，怎么喝得起茶呢？不管它是多么便宜的茶。

毕业了,分到中华书局做编辑。一次,到副总编辑赵守俨先生办公室公干。一进门,扑鼻的茉莉花香让人心旷神怡。我问守俨先生,您这是喝的什么茶啊,这么香?守俨先生笑笑,说:"高末。"我想,守俨先生书香门第,贵族后裔,祖父赵尔巽曾任四川总督、湖广总督,后来又做清史馆馆长,担任《清史稿》的总修撰。巧的是,守俨先生也奉旨点校二十四史与《清史稿》,是孙继祖业。我奇怪,守俨先生怎么喝茶叶末呢?又一想,大概我不懂,便不敢再问。守俨先生看出我的疑惑,便说:"茶叶店里茉莉花茶卖到最后,箱子底就都是茶叶末了。花茶也分三六九等,店老板为了多卖几个钱,把好的茉莉花茶的末分出来,叫做高末。"我倒想,再高的末也是茶叶末啊,即便是制作过程中的碎茶,也是上不了台面的。守俨先生说,这茶经济实惠。瞬时,我心里对守俨先生产生了一种亲近感。他是副总编辑,他是贵族后裔,应该是喝惯了珠兰、大方的,尚且如此内敛,如此简朴,让我无限感慨。

真正体会到喝茶快乐的是在一次小手术之后。那时我已到新闻出版署工作,整天忙得不亦乐乎。小手术之后，医生要求休息几天，等拆了线再上班。其实手术本无大碍，但刚缝了几针，走路不免抻得慌，便真的在家里休息。

家里人、左邻右舍都上班了。整座楼好像没有一个人，异常安静。长得齐窗高的杨树，斜阳把树影送到室内。我靠在沙发上，看着杂志，杯中的绿茶，送到嘴里纯香柔软，顿时觉得无比的快乐舒适。一切烦恼，一切忧虑，都不存在了。只觉得窗明几净，心宽地远。

还有一次是在杭州，在龙井村，喝龙井水泡出来的龙井茶。那次是在杭州开会，会后，订的第二天傍晚的机票，也是成心留出半天时间，和杭州出版社的老朋友们聚一聚，聊聊天，喝杯茶。

大家非常高兴。第二天一早，几个年轻一点的就去龙井占地方。在距离龙井泉水不远处，找了个平坦的位置，摆上藤椅、竹桌。这真是个好地方，背后是茂林修竹，往前望落晖坞隐隐可见。本来天气是雾气缭绕，刚喝上第一道茶，太阳就从云中出来了。周围红的更红，绿的更绿，河水迎着太阳闪闪发光。五六位朋友，一阵欢呼。美景、美水、美茶，多年共事的朋友，眼前事，远处人，过去的快乐，未来的梦想，真是人生快事啊！

过去读林语堂先生《生活的艺术》时,书中关于"喝茶与交友"的妙论我还体会不深。如今世事沧桑,许多事情开始明白了。他说,"一个人只有在心气平静,知己满前的境地中方能领略到茶的滋味","或如一个下棋名手宁愿跑一千里长途去会见一个同道一样"。心气平静,知己满前,千里追寻,这是什么样的境界啊?

渐渐地,喝茶成为我一天中快乐的时光。透过晶莹的玻璃杯,望着水中绽开的碧绿的芽尖,闻着淡淡的香气,仿佛看到了田野的新绿,看到了山中的雨露和林中的云雾。我畅想着,偶尔,与三五好友,坐于山中林下,茶香四溢,冷泉叮咚,素心同调,忘形笑语,梦境耶,人间耶?

霏霏细雨中的乌镇

我的养花观

城兄：接你来信，知道你想养几盆花，还说是因为春节到我家来，看见阳台上红花绿叶很好看，受到刺激，让我给你点儿指导。说实话，读你信，我当时第一个反应是受宠若惊，居然还有人请教我养花经，居然认为我可以"指导"你养花！我哪里有养花的技术呢，但养花的感受还真不少，我就和你谈谈我的养花感受吧。

正如你所看到的，我家阳台上确有很多花。君子兰、巴西木、杜鹃、仙人掌、碧萝、山茶花、吊兰，高高低低，青翠碧绿。早晨，拉开窗帘，阳光进来，照在这些红花绿叶上，看着很愉快，心情也会受到花的感染。

可是我并不会养花，也很少有侍弄它们的时间。我只是把它们放在房间阳光最好的地方。我只是按时浇水。早晨起来晚了，就是不吃早点，我也要给它们把水浇好。有时也弄点花肥喷在叶子上或埋在泥土中。我虽然外行，它们却都长得很好。不知为什么，我总觉得花是懂事的，也有感情,只要你对它们好一点,它们也会回报你。

那棵杜鹃花,春节来时你看到了,开了那么一大盆,有五六十朵。杜鹃花虽算不上什么名贵的花,但那样火红的一大盆,开得那样繁盛,又逢春节,总是让你感到喜庆、感到兴旺。看到它们,我就会想起辛稼轩赞美荼蘼的词来:"点火樱桃,照一架,荼蘼如雪。"不过荼蘼是白的,我那盆杜鹃是红的,春节时开放,红彤彤一片,谁看了都很高兴。

城兄,这花之所以让我这么高兴,还有另外的原因。因为这棵杜鹃在我这里是第二次这样如火如荼地开放了。去年朋友送来时,也是春节前。大大小小,几百个花苞,有的已露出红色,有的刚绽开小缝,有的还是青色小豆,那情景,跟烂漫怒放时又是不同,一股青春之气,让你期待,天天看着它们变化。到了春节,果然不负所望,大有"千树万树梨花开"的气势。但没过几天,花就谢了,绿叶也蔫了。院子里,我看到垃圾道那儿,好几盆开过的杜鹃花丢在那里,十分狼藉,大概邻居也碰到同样的情况。回到屋里,看着我那盆无精打采的杜鹃花,舍不得丢,觉得它也是生命,开花的时候,天天看它,它给你愉快;朋友来了,人家夸花开得好,心里总是得意的。现在花刚谢,就把它丢掉,心里不忍。于是,我换了土,浇水,又想,刚开过那么多的花,大概力气用尽,赶快到花市买了花肥施上,把它挪到阳光不能直射的地方。还真不辜负我的苦心,两天后它又精神起来了。一进了冬天,它就一两颗,两三颗陆续挂上花蕾,到春节前,就好像谁发了令,跟第一次春节时一样,一下子开了五六十朵,就是你来时看到的那样繁盛。可是听别人说,这花自己养很少开过两次的。我想大概就是得用心吧?

再和你说一个奇迹,我有一棵橡皮树,本来这花是不难养的,但不知什么原因,在我办公室的窗台上待了两年多,来时啥模样,两年后还是啥模样,不见一点动静,干干瘦瘦,一副缺吃少穿的样子。可能清洁工见这花越长越回去了,就把它拿走,换了一盆长得茂盛的花。第二天上班,打开门,我一眼就发现窗台上的橡皮树不见了。问谁都说不知道。坐在那里,越想越不安,觉得它没有长好,不能就丢掉,便急忙跑到院子里去找。转了几圈,发现被丢弃在墙角处,蔫蔫巴巴,不成样子。我又把它连盆端回办公室。说来也奇了,没过一周,它居然窜出新叶。先是露出小小的一个尖尖角,慢慢地这尖尖角变粗了，长成一个上细下粗的棍，后来，冲破包着的皮，现出一片窄窄的嫩嫩的叶，我好高兴啊！我突发奇想，这花是报答我的不弃之情吧？怎么这么久它一点动静都没有，这一变动，就发出新叶来？转眼一年过去了，它已经有原来的两个高了。叶子肥了，绿色怡人，花枝多了，风姿绰约。这次搬换办公楼，我把它也带过来了，希望它也能适应这新的环境。

有一则报道，可能你早已知道。说一位俄国科学家做了个实验，他把燃烧的火柴接近花的叶子，绑在花身上的记录仪的指针便剧烈地摆动，说明植物已产生恐惧。后来，重复多次实验，仅仅用火柴去恐吓，并不真正烧到叶子，指针渐渐平稳，说明植物已经感到不会受到伤害。科学家说，实验证明植物是有丰富感觉的。不少科学家认为这种说法荒诞可笑。其中反对最厉害的一位，为了反驳"荒谬"论者，也做了个实验。有趣的是，他在得到实验结果后，态度来了一个180度的大转弯，由坚决反对变成了坚定支持。因为他在实验中发现，当植物被撕下一片叶子或受伤时，记录仪上确实产生了明显反应。反复实验之后，他大胆地提出，植物具备心理活动，会思考，也会体察人的各种情感。后来，科学家们又提出，音乐会促进植物生长，抒情的、优美的乐曲，植物长得快，喧闹的、狂躁的乐曲，会促使植物枯萎。

这都是很有趣的说法，我没做过实验，也不懂。但在我养花过程中出现的"奇迹"，让我不能不相信这些说法。我现在在花旁边，或者观察花的时候，特别注意不说批评它们的话。

我再讲一个故事，这个故事可能在技术上对你有启发，是个可以汲取的经验教训。我的巴西木，很小，来到我家三年多，不见长高，这一阵子猛长，叶子又绿又肥。本来我是有两棵巴西木的，高的那棵，长得好，我看到花盆太小了，也不好看，就想换一个好看的大些的花盆。星期天，拿来铲子，选了一个非常好看的蓝色瓷盆，又找来一些适合巴西木的土，预备着填空，然后把早已润湿了的巴西木从旧盆里摇出来，放入新盆。随后，放满土，浇足水，看到新的花盆，觉得这才配那棵漂亮的巴西木。盆换得很快、很利索，我还挺得意。没想到，第二天它便开蔫，不到一周，一棵好端端的巴西木，居然死了。我很难过。请教了花农，才知道，问题就出在"摇"上。巴西木的根很娇，最怕摇动。我没有一点常识，祸害了一棵花木。剩下第二棵小的，估计自己技术不高，怕再碰到根，干脆来个"杀鸡取卵"。我把原来的花盆轻轻敲碎，在新盆下加上底肥，把巴西木和它周围的土原封不动地放到新盆中，周围再放上有营养的新土，固定好，然后浇足水，把花放在阴凉处，忐忑不安地等着变化。这回做对了，没多久，来我家三年多的巴西木，开长了。叶子也绿了，精神了，真让人高兴。

你看，我哪里有什么经验，哪里有什么技术？就是靠用心。有了这些花，阳台上就有了一个系人心情的所在。早晨起来，晚上下班，都会到那里小立一会儿。星期天，松松土，浇点水，上点肥，花的一点点变化，常会勾住心。一个新芽，一个花苞，常常让我喜不自胜。它们给了我许多愉快。

当然，每个人养花和爱花，都有各自的特点，老舍先生养花就很有意思。那是我亲耳听他自己说的。一次老舍先生在北京大学中文系讲写作，说着说着，就讲到了养花。他说，我在院子里养了二百多盆花。我靠什么锻炼身体？就靠这二百多盆花。大家都莫名其妙，二百盆花怎么锻炼身体呢？他故意停了停才说，晴天的时候，我从堂屋把花一盆一盆地搬到院子里来，下雨天又一盆一盆地把花搬进堂屋去。有时刚搬出来，变天了，又急忙往回搬。是二百多盆啊，活动量够大吧？你们看养花不是活动了我的腿脚，锻炼了我的身体吗？我得感谢这些花啊！其实这是老舍先生的幽默。他养了二百多盆花该是多么爱花啊！他不辞辛苦地搬进搬出，让花躲风避雨，该是多么周到、用心啊！

　　我也曾向季羡林先生请教过养花的事。那是因为他写了好些篇关于花的文章，都很动人。他看到丝瓜，那么细的一条丝，竟能挂住大大的丝瓜，而且不止一个。他思考着：它们靠的是什么力量？他在池塘里撒下五六颗莲子，过了三年，居然在投莲子的地方长出了五六片圆圆的绿叶，到第四年在原来五六片叶片的地方，迅速扩充，不久，绿叶覆盖了半个池塘，接下来开出红艳耀眼的荷花。以至于周一良先生将这池塘的荷花称为"季荷"。季先生还写过马缨花、夹竹桃、槐花、二月兰、石榴花……都钟爱有加，都赋予它们感情。季先生说，天地萌生万物，对包括人在内的动植物等有生命的东西，总是赋予一种极其惊人的生存力量和扩展蔓延的力量。他还说，即使到了冬天，荷花不见了，"大概在冰下冬眠，做着春天的梦"。它们的梦一定会圆的。

　　这是季羡林先生的爱花和从花的生长得到的启示。

他是思想家，由花及人、及社会，这些是我辈永远赶不上的。

城兄，这些故事都很有意思吧？但愿你能从中得到点儿启发。确实，我养花没有学问，也没有经验，只凭着一份爱心。可是，有爱花的心，就会关照它，就会在挫折中去学习关照它的办法。管它名贵不名贵，什么花都会给我们一片绿色，一片鲜亮。经过自己的努力开了花，喜出望外，自己居然也能有这样的成绩，天天要去看上一眼。花和它的主人得到快乐，足矣。

就谈这些吧。昨天是惊蛰，万物萌动，农谚说："到了惊蛰节，锄头不停歇。"种花、养花正当时。望善加保重。2017年3月6日惊蛰后一天，拜。

海明威在古巴故居的书房

　　故居位于哈瓦那老城 15 公里左右的郊区,叫维西亚庄园。海明威在这里度过了生命的最后 20 余年,写出获得诺贝尔文学奖的《老人与海》。他的名言是:人不是为打败而生。人能够被催毁,但是不能被打败。

遥远的北大

(一)

看了吉林人民出版社刚刚出版的《未名湖之恋》，我真高兴。书里收了34位同学写的38篇文章。这些同学我都认识，虽然有的不很熟，但都是北大中文系1961年入学的同年级同学，也不陌生。他们的文章，情真意切。文章散发出来的蓬勃才气，文章蕴含着的美好感情，让我顿生敬意。我很遗憾，在一起读书的时候怎么没有和他们多接触、多聊聊？他们毕业后，各奔东西，大都从坎坷艰难中获得成绩，过得很充实。像马以钊，过去我和他一个宿舍住过，也知道他爱好民乐，但哪里知道，今天他从琵琶中得到那么多快乐和享受。他们全家每人都会一二种乐器，女儿、女婿、老伴和他，四个人组成一个家庭乐队。去美国小城戴维斯探亲，给邻居演奏，美国邻居连称中国文化神奇。他们这个家庭乐队出了名，戴维斯有什么活动，经常请他们去演出。你看，他们没写小说,没当作家,没当官,不也生活得快乐、适意吗?还有史孝勇,学中文的,到了大沽盐场,与专业毫不沾边,却工作生活得有滋有味,还能及时发现总结化工生产方面的经验,得到化工部表扬,向全国推广。真了不起。汪炎,上海人,毕业后分配到陕西省剧目工作室。他去了没几天,工作室也成了与作协、文联一样的"裴多菲俱乐部",被斗倒砸烂。几经折腾,还因为关照他是刚毕业的北大学生,安排到了秦岭深处的安康。他说:"此生进了秦岭深处的安康,我也没打算再出山,我也出不了山了,从安康到西安,坐长途汽车,要走两天的盘山路……"但他在那大山深处,却写出了《情系汉江》《雪缘》等优美的散文,没有定心,哪来定力,何来文章?"文化大革命"结束后,汪炎在西安见到了写《创业史》的柳青。汪炎问柳青:你还认识我吗?柳青看了看,笑了,说:"咋能不认识呢,你不就是一毕业就钻到裴多菲俱乐部的那个北大学生吗!"宋柏年文章里的一件轶事,让我想到他的遭遇,感慨万千。他说,当我在32楼(过去的32斋)前拍照的时候,一位女生从我身旁走过,她好奇地问我:"连这个普通的旧楼也要拍照?"柏年说:"她哪里知道,这个普通的旧楼里,有我的青春,有我的理想，有我终生难忘、刻骨铭心的一千四百六十个日日夜夜。"柏年因为学校安排他去做留学生工作，提前一年毕业，所以他在32斋只住了4年。他的这些话，只有我们这些同学，我们这些和他同时在32斋度过那如火如荼的大学生活的人，才明白它的份量。

他们是好样的，让我感动。如果现在有人问我有什么愿望的话，那就是给我们机会，让我们这些同学聚会一场，畅叙过去和现在。

（二）

同学们的这些文章，勾起我对往事的回忆。说心里话，回忆起北大，我怎么就没有那些同学的那种自豪和得意呢？回想起北大的学生生活，一种郁闷，一种不愉快，便会油然而生。所以，毕业以后，我很少参加北大同学聚会，不论是中文系的，还是班级的。

当然，我这种心情也并不是一考上北大就有的。如果是那样，我又何必千辛万苦报考北大，去冒一旦考不上北大就可能落到二类学校的风险呢？

刚入北大时，我们的生活快乐而单纯。

参观北大校园，湖光塔影，林荫曲径，雕梁画栋，竹绿枫红，美不胜收。这里是蔡元培纪念碑，那里是胡适之讲课的教室，司徒雷登的办公处，马寅初演讲"人口论"的地方……北大是文化圣地，是文化史的浩大卷帙。北大的校园那么美又那么大、那么丰富，当时连我自己都如处梦中。这就是我的大学，这就是我即将接受高等教育的学校？霎时，我觉得每一个能到北大读书的人都是幸运的人，都是蒙受了上天的恩泽。在这样的环境中不好好学习，真是对不起国家，对不起学校，对不起父母。这可以说是进入北大后还没有开始上课，不用谁教育，就产生了的第一个"信念"。

在迎新会上，教授林立。杨晦、游国恩、吴组缃、魏建功、林庚、王力、周祖谟、王瑶、季镇淮、朱德熙……久闻大名，一睹尊颜，让人目不暇接。大语言学家王力教授代表教师讲话，其中的一句话至今我还记得，他说："得天下英才而教之，不亦乐乎？"先生的这一句话，当时让我们这些年幼无知的学子内心顿感骄傲。今天回想起来，实在可笑。但正是这种骄傲，陪伴我们五年大学生活，让我们在走上社会之后仍然记着自己的责任和使命。

再一个让我们快乐的是北大的图书馆。据说北大图书馆当时的藏书量居全国第二位,那就是说除了北京图书馆,就是北大图书馆了。我到办公楼的总馆借书,只见台灯一盏挨着一盏,每盏台灯下面都有一个人在埋头读书。那种安静,那种全身心投入、伏案攻读的气氛,让我感到一种庄严、幽深和崇敬。我想学习就是庄严、幽深和令人崇敬的事,必须严肃对待。

我到文艺图书阅览室(不知为什么当时叫文艺图书出纳台),一排一排文艺作品,古今中外,完全开架,任你随意选读。上大学一二年级时,我下了课几乎天天先去那里看书,不用借走,倚在书架旁一看一二个小时,忘掉时间和肚子咕咕叫的烦恼(那时是三年困难时期)。当时,我曾为我的学校有这样馆藏丰富的图书馆、这样被信任的借阅方法而感到自豪。我所读过的中外名著,大约都是那几年,在这个阅览室读的。有时,时间晚了,阅览室要关门了,为了明天能接着读,我就把我读的书放到别人不易发现的架子的最高处,第二天下了课,到那里拿下来接着再读。

最让我感到温暖的是文史楼阅览室。那可以说是我们中文系、历史系专用的阅览室。举凡文史方面的重要图书一般都有,使用起来很是方便。阅览室的管理员李鼎霞老师，总是笑容可掬，耐心和蔼，借阅图书时，你有什么问题，她总能给你解决。你找不到的书，她总能帮你找到。即便你找的书借出去了，她会做下记录，一旦那本书还回来，她就立即通知你来借阅。后来，我知道李老师也是大学本科毕业，她却能安心为学生服务，帮学生借书、还书、找书，真让人感动。可以说，我们中文系里哪个人能为国家为人民做出一点贡献，都包含着她的帮助。多年之后，我又知道她就是我所熟悉的著名学者白化文先生的夫人，不怕白先生不高兴，刚认识白先生时，我是因了李老师而尊敬白先生的。

说到教我们的老师的水平，我们真是得天独厚。

魏建功先生，他是著名语言学家。他主持编辑了《新华字典》，至今已印刷十几版、二三亿册。抗战胜利后，为了清除日本帝国主义在台湾50年奴化教育的影响，促进台湾回归祖国，他响应号召，毅然去台湾推行国语，创办《国语周报》。20世纪60年代，他积极参与文字改革工作，主持完成了《汉字简化方案》，编成《简化字总表》。这样的先生，亲自给我们讲《文字·音韵·训诂》课，我们是何等幸运！记得一次他给我们讲今古音的区别，古人如何吟诵诗文，便吟诵起《醉翁亭记》来。

随着那抑扬顿挫的吟诵,眼里流出了泪水,先生进入作者塑造的境界里去了。至今我还记得魏先生当时的音容笑貌。

还有,给我们讲现代文学史的章廷谦先生。他的笔名叫川岛,光听名字还以为他是日本人。他戴礼帽,拿手杖,脸红红的,胖,走路有点喘,讲起课来,东拉西扯,哪天鲁迅吃什么,哪天郁达夫又怎样了,"冰心大姐"如何如何,一堂课直到还剩下一二十分钟了,才拿起讲义念一遍。我们当时都挺有意见。但章先生讲的那些轶事,恰好补了课本的不足。今天想想,正是章先生"侃"的这些杂七杂八的轶事,烘托了20世纪30年代中国文坛的气氛。那都是宝贵的文学史资料啊。这个课,还非他这个亲身经历者讲不可。

为了让学生开阔眼界,学校还常常请外面的专家、学者、作家、诗人来讲课。我印象最深的是请老舍先生来给我们年级上写作课。他讲的题目叫"叙述与描写"。他说,叙述描写要给人留下深刻印象,必须有点睛之笔。比如,一锅白菜汤,本没什么吸引人的,但是,先点上几滴香油,味出来了,再撒上一些香菜,色出来了,这锅白菜汤色香味俱全,谁不想喝一碗?又比如描写北京的风,从西北刮来,遮天盖地,是一种情况;再写风从门缝窗缝钻进来,弄得屋内到处是土,又是一种情况;再说这风吹得炉子上的豆汁锅锅沿上一圈黑……这个风的强烈、讨厌,就出来了,又有了北京的地方特点。

好的报告太多了,杜诗专家肖涤非,地理学专家侯仁之,东方学专家季羡林,美学家朱光潜、宗白华,音乐家李德伦,《艳阳天》的作者浩然,北大毕业的大记者后来当了新华社社长的郭超人(讲的西藏平叛纪实)等等,每一个讲座在我们眼前都展示了一片新的蓝天,一个新的世界。

那时我们生活虽不富裕,但却不缺少快乐。早晨到大饭厅,买上一个馒头,一碗玉米面粥,夹上一点北京咸菜丝,一点儿也不觉得苦。我们多半是先把粥喝光,然后把咸菜夹到馒头里,一边走一边吃,为的是赶早到图书馆能占上一个座位。

上课的时候大家精力十分集中,但是到11点半以后,常会有同学把带到教室的碗袋,碰到地下。搪瓷碗和铁勺掉到地上的声音,会引得教室里一片会意的笑声。老师知道,那是催他别讲了,该吃饭了。老师便也顺乎民意,笑笑,合上书本,说一声下课。

逢年过节时,大家就把饭菜打回宿舍,因为食堂加菜,一个宿舍五六个同学的菜放到一起也是很丰盛的。大家再自掏腰包买些酒来,无非是很便宜的葡萄酒、水果酒、啤酒。记得大学二年级时的新年聚餐,是我有生以来第一次,也是唯一一次醉酒。因为是每个人掏钱自己买来的酒,所以各式各样,每样都不多。我喝了水果酒,又喝葡萄酒,还喝了啤酒。杂七杂八下去头就晕了。室长让我去关门,手晃了半天,怎么也抓不住门把手,最后只好用身体把门顶上,自己也摔倒在门前。吃喝完了,我们开始晚会,有人拉二胡,有人弹琵琶,有人敲碗,有人击打筷子……等着新的一年零点零分全校团拜的钟声,等着校长在团拜时的祝福。

看看,这是多么快乐,多么无忧无虑的大学生活啊!如果五年能一直这样下去,我们集中精力、踏踏实实地把精力集中到学习上去,能学到多少知识、多少本领啊!我们的大学生活该是怎样的惬意!

(三)

但是,十分可惜,这种气氛不知怎么就没有了。

1962 年的下半年,我们年级发生了一件事。文学班的一个同学从图书馆借来了1957年《人民文学》的合订本，其中有丰村的《美丽》、宗璞的《红豆》。他觉得写得很美，文笔也好，就推荐给同班同学看。这个同学看完之后，立刻感到问题严重，告诫那位同学说："这两篇小说完全是宣传小资产阶级情调啊！"要知道，那个年头小资产阶级情调是非常严重的问题，是无产阶级所不取的。接下来老师知道了，就找他谈话，跟他说：这两篇小说作者，一个是右派，另一个虽非右派，问题也不少，你竟然欣赏这样的小说，和这样的大毒草产生共鸣，你要检查一下你的世界观，尤其是要联系你的家庭出身检查。

这样一说，给了这个同学当头一棒。老师让他联系他的家庭出身检查，可不是随便说说的。原来这个同学的父亲解放前是个商人，解放初定的成份是资本家。在报考大学时，他的父亲本来不让他报北大，说，就是分数够了你也不会被录取。没想到竟然考上了。已患了肺癌的父亲十分忧虑地对儿子说："到学校后，一定要尊重师长，和同学搞好关系，你要记住：你的家庭出身不好。我的病也许等不到五年后你毕业的那一天，等你走上社会，你仍然要牢牢记住：你的家庭出身不好。"这位同学说，本来对这个家庭出身我十分坦然，学校不是再三说家庭出身是不由自己选择的，关键是自己的努力吗？所以填什么表都是如实填写。这件事发生后，对他震动极大，他说："这时我才感受到父亲话中的深刻含义，还是父亲有远见。再思量父亲的嘱咐，那些话真的深入到我的脑海里，渗透到我的骨髓中了。刻骨铭心。"我们听他这么说，心里都很不是滋味。直到今天，一想起他的那些话，我就会想到佩带在海丝特·白兰太太身上的"红字"。

这件事也给大家敲了"警钟"。因为私底下，大家早在盛传，什么毛主席说小说《刘志丹》是大毒草，"是利用小说进行反党"，是"一大发明"。大家开始感到紧张，开始感到校园里并不是那么简单。

也巧，很快又发生一件事，再一次震动了大家。有位同学举报，有的人在食堂吃白薯竟然扔皮，这不是资产阶级生活作风吗？于是全年级各班都按要求开生活会。这次不仅仅是出身不好的人要检查了，每个人都要检查自己有没有资产阶级生活作风，每个人都回忆自己是否吃白薯时扔过皮。

我还记得一件事。一次，我们在饭厅外面的台阶上坐着吃饭。恰好，一辆大粪车在我们前面过。大家纷纷端着碗走开。我说了一句："嚇，真臭！"坐在我旁边一起吃饭的一个同学，马上严肃地看着我说："你怎么能这么说话呢？没有粪臭，哪有馒头香？你没种过庄稼，种过你就觉得粪香了。"虽然至今我也没觉得粪香，但当时我确实觉得自己缺乏劳动人民感情。

这样的事不断发生，而一旦发生这类事情就要和阶级斗争，和世界观、小资产阶级感情联系起来。要想认识深刻，还得从"和平演变"，"堡垒最容易从内部攻破"这方面去检查、深挖。学校里的气氛越来越紧张，渐渐地大家做事说话都十分谨慎，十分小心了。

一天，事情终于在我身上发生了。这件事成为留在我心上经久不去的烙印。

入大学时，正值三年困难时期，国家为保证大学生身体健康，粮票不少发，但因为缺少油水，大家总觉得吃不饱。学校领导怕学生累坏了，实行劳逸结合，每天晚上九点多，大家就已经上床了。那么早就躺在床上，睡不着干什么呢？两件事，一是开精神饭馆，大讲什么菜好吃，谁的家乡有什么特色食品，讲的直咽唾沫。二是讲鬼的故事，讲稀奇古怪的事。我是个没有故事的人，小的时候，七岁上学读书，从不到野外玩。有数的一次，和一些大孩子去野外捉鸟。回程时，大孩子们钻进高粱地，寻找瓜园。我家乡的西瓜、香瓜都种在高粱地或者玉米地里，为的是不易被外面过往的人发现。我们钻进地里，很快就发现了一块香瓜地。大孩子们马上下手，我也跟着摘。怕农民发现，大孩子摘了几个，很快就跑了。等发现别人都跑了，我还没有找到熟的瓜。我以为看瓜的人来了，吓得我扔下刚摘的一个，拔腿就跑。等我追上大家，看到人家嘴里吃着，手里还拿着，嘻嘻哈哈，十分快意。我则两手空空，什么也没有了。既没吃着瓜，还吓得发抖。

这样一个人，苍白得很，有什么故事？等听到人家讲得津津有味时，我突然想起中学时我的一个好朋友讲过的一个故事。

说的是抗日战争时期，一个山沟里的战地医院，住了很多伤病员。到了夜深人静大家睡着时，会有一个黑影进入病房。第二天，睡第一张床的病号就失踪了。一个月居然发生了好几起，总没破案。派人暗中守着，也没有事，可天一亮，大家醒了，又少了一个人，闹得谁也不敢睡第一张床了。说完这个故事，谁也没吭声。我也觉得瘆得慌。马上说,这是听中学同学讲的,肯定没什么鬼。

……还是一片寂静。也许是大家年轻,怕鬼,也许是困了,该睡觉了。突然一个声音发出来:"什么鬼故事!你这是宣传迷信,攻击革命战士!你没有起码的科学精神,根本不佩做个共青团员!"宿舍里更寂静了。起初,我还以为是在开玩笑,但在一片寂静中,我顿时明白了,这是在批判我。

"你凭什么这么说?凭什么扣帽子?我早就说了,听别人讲的……"

我的嗓门很大。其实,我这是辩解,说自己讲这个故事并没有恶意。也许别人在这种情况下会选择不吭声,忍耐着让激动过去。我却选择了为自己申诉,而且申诉得像跟批评我的人吵架一样。时间已是夜里十一点,其他房间里其他班的同学都过来看究竟。这事情真闹大了。今天,我已经经历了世事沧桑,回想当年,真是太经不住事了。可是当时的激烈辩解,完全是怕成为开会批判的对象啊。

这以后,想不到的事情就发生了。我记得最清楚的是,很快我就被取消了听党课的资格。据我观察,我们那时要求入党的人有四种待遇：一是写了入党申请书的；二是写了入党申请书又可以听党课的；三是写了入党申请书被确定为培养对象的；四是最高档，被定为重点发展对象的。本来我已进入二档，是可以听党课的了，讲了鬼的故事后，我又退回到了第一档。

"祸从口出"啊，我又想起得到和我类似"待遇"的一个同学。他因为说了郭沫若先生一句话，也受到严厉的批评。郭老在他的自传体随笔《我的童年》中说：一天，他在园子里看到堂嫂两只手掌带着海棠花的颜色，突然起了一种美的念头，想去触摸嫂子的手。但终没敢走去实现。我们班这个同学说：郭老怎么能这样想，太不好了！其实，郭老是说他自己十岁前后，由于身体的变化，就有了性的觉醒，转而提醒家长对孩子要有科学的教育。这个同学也是书生议论，并无他意，但却为此受到批评。因为那时郭沫若先生是人大副委员长，便批评这个同学丑化国家领导人。

但那时，我们都还是头脑简单的学生，没有社会经验，一心想着"路遥知马力，日久见人心"的古训。我还乐观地相信，清者自清，时间会证明我是一个正直无它的人的。

可是，事情并没有像我想的那样发展，直到毕业，我也没晋升到可以听党课的档次，更谈不上成为培养对象了。其实，今天想想，当时整个社会都是那样，一个小环境里的往事前尘又算得了什么？每个人，包括我们自己，都生活在这个环境里，都受这个环境影响，用当时那种思维、眼光看事看人。这是时代造成的。只是那时我还没有认识到这一点。

1987 年，我终于入党了。在支部大会上，支部党员在发言中特别赞赏的我的一个优点是：能经得住组织的考验。证据是从 1962 年提出入党，到 1987 年，25 年坚持不懈地争取入党。

（四）

话再说回来。时间已经到了 1963 年，我们进入大学三年级。这时，针对国民经济三年困难的"调整、巩固、充实、提高"的八字方针已不见有人谈，"千万不要忘记阶级斗争"已经成为公开的口号，一个一个"阶级斗争"的严酷事例让这个口号深入人心。学校里开始了"阶级斗争必须年年讲，月月讲，天天讲"的日子。"红与专"的问题已经上纲到无产阶级与资产阶级争夺接班人的高度。有的同学不敢当众看书,怕被当作"白专"的典型。有的同学寻找人迹罕至的地方去攻读书本。我们年级一位同学,在他回忆那段生活时说:"我观察我班同学到总馆借书的很少,寒暑假不回家的同学也很少,因此,平时我就躲进总馆攻读藏书,寒暑假不回家,留在学校读书。总之,要尽量不让其他同学发现我在读书。我要给人留下欠红也欠专的平庸印象,这样既不冒险也不危险。"学生读书要躲起来,努力学习都成为有风险的事情,就是那时校园里的现实。

不久,1964年,北大又开展"梳辫子,抱西瓜"的社会主义教育运动。所谓"梳辫子",就是把自己的错误问题理出来梳成辫子;"抱西瓜",就是要抓自己的大问题,抓"西瓜",不要净说"芝麻""蒜皮"的小事。这次运动是直截了当地针对每一个同学。作法是要求同学们之间开展批评与自我批评。自己检查,群众揭发,人人过关,严肃教育。一时间人人自危,矛盾由此而生。就我个人看,"文化大革命"开始后,班级里分为天派、地派,并不完全是因为对国家大事的政治观点形成的,而是班级内矛盾的体现。这些人进了"天派",那些人就成了"地派"。这些人是"地派",那些人就是"天派"。

学校生活成为很揪心的日子,"同窗"这一词完全变了味道。

后来,就是去农村参加社会主义教育运动("四清"运动),清理干部的"四不清"问题。"梳辫子,抱西瓜"之后,学校说,你们要到阶级斗争中去经风雨见世面。你们要在实践中念好阶级斗争这本书。那是我这个北方人第一次到这么南的地方来。长江边上的古荆州地区,虽然不是江南,但已经是紧挨长江边了。稻田、竹园、小河、池塘、鱼鹰、炊烟,房东大哥大嫂……让我这个北方青年,感到十分亲切,在校园里绷了两年多的弦轻松下来。出出进进整天轻松愉快。"四清"工作队领导及时发现了我们的情绪,马上组织开会,再三强调,这里不是世外桃源,千万不要忘记在这美好、平静下面潜伏着激烈的阶级斗争,但农村的这一切,仍然让我感到清新、亲切。

在江陵的十个月社教运动给我很多教育、很多收获,但对我教育最深的是:以后做什么事都要记下来,尤其是涉及钱财的事。我还记得和我一起工作的地方干部说:拿破仑说过,钱财大事不能马虎。这话是否是拿破仑说的,我不知道,但当时这话的真理性对我确是正中下怀。

因为"四清"运动清干部,就是让他们一天一天回忆今天干什么了,昨天干什么了,前天干什么了,在哪开会,吃的什么,和谁在一起,一年前、两年前、三年前的情况都要如此回忆,要说清楚,甚至要一直追溯到他上任那一天。后来,我曾问过和我们一起在江陵搞社教运动的地方县里的干部,"四不清"干部他们怎么能把每一天的活动都记得那么清楚?地方干部说,瞎编呗,哪个季节,开什么会,吃什么大体差不多。他们不是第一次搞运动了,他们有经验,会对付。但是,我还是牢牢记住,做了什么事,尤其涉及钱财大事,一定记录清楚,保留下原始单据。

汲取这个经验教训,确实让我尝到了甜头。1988年,我从中华书局调到新闻出版署图书司工作不久,赶回老家给父亲办丧事。司里有人举报我办丧事住高级宾馆,让当地新闻出版局出钱。我立即把保存好的和弟弟们一起住招待所的发票,交给组织看,发票上写着:四个人一间房,每晚一人五元九角钱。

唉!生活教会了我们多少经验啊!

写到这里,我想起我的一个同班同学的结局,很难过,一定要写下来。我一直认为她就是这样教育的牺牲品。

这位同学是一位电影大导演和著名演员的女儿。"文化大革命"开始没多久,大导演被打成反动权威,斗倒斗臭。她就改姓母姓,另起新名。她的新名叫着不方便,我们总叫她石力。

她是一个年轻、聪明、充满理想的女孩子。还记得1963年的时候,三年困难已到了尾声。北大校园渐渐活跃起来。在食堂大厅,周末的晚上常有舞会,跳的是交际舞。那时的舞会还是很小规模、很少的人中间的事。我们年级的几个男生,爱热闹,穿上不知是父亲还是叔叔的旧西服,上衣左边的口袋里还露出手帕的一个角,很像那么回事,挤在舞厅的门口想进又不敢进。

石力也是舞会的热心参加者,记得她穿的是西服裙。因为那时这是很时髦的服装,所以我印象深刻。后来,在"文化大革命"中,她努力脱胎换骨。到干校,战天斗地,她心里想着自己出身反动权威家庭,决心与家庭划清界线,走与工农兵相结合的道路,不做"资产阶级小姐"。她默默地,自觉而刻苦地改造自己。干校后期,我早已调回北京,听说她嫁给了外省一家工厂的工人。

1988年冬,我去那个城市开会,会上的工作人员告诉我石力工作的单位离我住的宾馆不远。会后，我去看她。她十分高兴，眼里溢出兴奋的光彩。她下班了，我说，到我住的宾馆坐坐。她说，好，正好顺路。她推着自行车，一路走一路聊。几次眼眶发红。后来，她说时间晚了，家里婆婆孩子等着，不坐了，得赶紧回去。分手时，我又见她眼眶红了。我以为她远在离家千里之外的地方，难得见到老同学，一时激动，便挥手告别。还对她说，有机会带着孩子到北京玩。

不过半年，石力的朋友来北京开会，告诉我石力没了！我大惊。朋友说，她早晨上班，刚出家门，胡同里飞驰过来的摩托车把她撞翻，从此再没有醒过来。她一句话没说，留下了两个还没到上学年龄的孩子。

我又想起我出差看她和她说话时她那红红的眼眶，想起她的改姓更名，决心走与工农兵相结合的道路……不知什么缘故，想到石力的遭遇，我总会想到《红楼梦》里探春的远嫁，但那是因为什么，她又是因为什么？

想起这些事，我们的心情能够怎样？唉！

（五）

尽管如此，北大仍然是我一生中十分重要的旅程，是一段没法忘记的岁月。今天，它已经十分遥远了。可是，检视我的一生，它又是那样贴近。艰难郁闷的日子培养了我们奋斗的意志和与人为善的情怀。

我们得努力，不辜负深厚、渊博、求新、向上的北大。

我们得与人为善，让那些阴郁的日子不要再来。大家携起手来，共同面对生活的重压，享受生活的美好。

面对蝇营狗苟，琐琐碎碎，我懂得了，快乐的秘诀就是在生活中要充满梦想；成功的秘诀就是不屈不挠地前行，不管什么声音，什么脸色，想着让梦想成真。

从江陵的农村社教运动（"四清"运动）回来不久，"文化大革命"就开始了。因为北大有聂元梓的一张大字报，更为热闹。那以后十年的日子大家都差不多了，我无需再写。

2009年3月

颐和园

春风三月，杨柳飘扬，湖水荡漾,青春的理想飞向远方。

这里离我的母校北京大学咫尺之遥，是上天赐予我们的最宝贵的礼物，读书时我们经常往来其间。

怀念我的老师阴法鲁先生

（一）

收到我的同窗好友文印君郑重送我的《阴法鲁学术论文集》，十分感慨。我从头读到尾，包括"前言"和"编后记"。"前言"是以给《文史知识》写的一篇文章作为"代前言"的。我细数"论文集"中共收有五篇阴法鲁先生给《文史知识》写的文章。那些年我正主持《文史知识》编辑工作，重读这几篇文章，当年向阴先生组稿的种种情景一一浮现在我眼前。阴先生有求必应，以他的音乐史研究这份很少有人企及的成果，给刊物平添了许多亮色。学术论文集前的几幅照片，也给我很深刻的印象。看着照片，仿佛阴先生就在我们面前：阴先生青年英俊，阴先生与师母马恩惠老师的合影，阴先生一家三口的天伦之乐。特别是学术论文集最前面的那幅阴先生的肖像照，可能也是先生离今天最近的一幅照片，让我觉得，阴先生即便走了，目光依然专注，嘴唇闭得严严的依然不苟言笑。这几张照片，展示了阴先生的一生和阴先生的为人。

我合上书想，如果阴先生生前看到他这部学术论文集，他会怎么想，他满意吗？

阴先生出身于北京大学中文系。1937年七七事变，他刚读完二年级。随着抗日战争爆发，北大、清华、南开三校联合南迁长沙，成立临时大学，阴先生追随前往。1938年，临时大学又迁往云南，成立西南联合大学，阴先生又前往就读。大学本科毕业后，阴先生进入北大研究院文科研究所，读研究生。1942年研究生毕业，留校任研究助教。

据白化文先生考证，阴先生在文科研究所的那一期，人才济济。同时毕业的还有文学部逯钦立、史学部杨志玖、王明，语学部马学良、周法高，哲学部任继愈等等，都成为一时翘楚。白化文先生说："成品率达百分之百。"颠沛流离而成才者众，那一时期西南联大的业绩，颇令人遐想。

1946年，抗战胜利后第二年，阴先生随学校迁回北平，后辗转北大历史系、科学院史学所，直到1960年又回到北大中文系。

我作为阴先生的学生，阴先生最让我敬佩的是对自己的严格，一生谦恭和严谨；而对别人，始终的热诚、宽厚和栽培。有人说，这种品德是中国标准的为师之道。有标准是不是能够达到标准？近年我常想，这种为师之道在今天该怎样坚持和发扬呢？

（二）

阴先生从大学毕业便开始了中国音乐史的研究。一生锲而不舍，取得了学术界公认的成果。我在先生的学术论文集附录中，有幸看到先生研究生毕业时写的论文《词与唐宋元曲之关系》手稿（影印），蝇头小楷，一百六十余面，字字工整，令人叹服。这篇论文是先生以音乐形式解释文学问题的大胆尝试，也是先生围绕音乐史，进而探讨音乐文化、文化史的开端。接下来，先生又修改1939年写作的《先汉乐律初探》、写作《唐宋元曲之来源及其组织》，研究成果渐多。但是阴先生写完后都不急于拿出去发表，就连五六年前写的文章《先秦汉律初探》，修改后仍要再次刻写蜡纸油印出来，继续征求专家意见。阴先生刻写蜡纸水平很高，到20世纪60年代，给我们讲授《史记》《诗经》专书时，所有辅导材料还都是先生自己亲手刻写油印，一笔一划，一丝不苟。这些材料至今我还收藏着。

先生的一个重大贡献是和杨荫浏先生合作破解了南宋词人姜白石所存词曲。姜白石留给后人的歌曲旁谱，是留存至今唯一的宋代乐谱，可惜已经没有人能够读懂，也就没有人能够演奏了。这是十分遗憾的。阴先生认为研究破解姜白石创作和记录的音乐作品，可以了解七八百年前宋代乃至唐代的音乐，于是他下决心破译。他充分运用他的音乐与诗歌结合、音乐史与诗歌史联系的观点，认真掌握地上保存和地下发掘的中国古代文化史资料，把对古代音乐的研究做成一个大系统，终于取得突破。他和杨荫浏先生合作，阴先生发扬了他对古典诗词的深厚功底，杨先生凭借着对古代音乐的高深造诣，两人珠联璧合，终于完成了《宋姜白石歌曲研究》，使仅存的宋代曲谱重新悠扬，使今天的人可以听到近千年前的古乐。

但阴先生以他一贯做人的原则，很少谈他的这一贡献。当有的同志谈起这一了不起的成果时，他先是说："近年来许多音乐史家都注意到中国音乐史既不能和诗歌史分离，又是和中国古代文化密切相关的。"把自己放到"许多"研究者之一员的地位。再问他,他便会说那只是"学习前辈研究方法,从事整理运用音乐史料的点滴体会"。

阴先生的研究很注意对外国音乐文化的探索。他把不同国家音乐文化中相同相近的东西拿来,从它们相互借鉴或吸收中寻找本来面目。比如,现存的相和大曲中有《陌上桑》(即《艳歌罗敷行》),后来发展成乐府《秋胡行》。讲的是秋胡结婚三天便外出谋官。多年后,得官荣归。"睹一好妇,采桑路旁。遂下黄金,诱以逢卿"。采桑女断然拒绝。夸赞自己丈夫多么好。回家后,发现桑园中调戏自己的竟然就是自己的丈夫。于是羞愤难当,便投河自尽了。

阴先生发现印度拉贾斯坦有一支歌曲,内容与《秋胡行》大同小异,只不过"回到家时,女子喜出望外地发现那个男人原来就是她那远出归来的丈夫"。

阴先生从中看出,两国音乐文化互相影响,而由于两国历史文化背景不同,道德观不同,音乐或诗词的表现也就不同了。阴先生的探讨是很有意义的。

我又想到先生考察西藏时的一件收获。

1959年,阴先生还在中科院历史所做副研究员,参加了西藏考察工作。先后四个多月,几乎走遍了西藏所有较大的寺庙。对于这次考察，同去的考古专家、佛教考古的开创者宿白教授有过记述。宿白教授说，当地把寺庙的钥匙给我们，用专车拉着我们到处跑，愿意上哪儿就去哪儿，所以效率很高。在西藏本波山仲曲河北岸的萨迦北寺，阴先生在狭窄阴暗的藏经殿中，发现了一大批约五百五十余卷汉文经卷。经宿白教授鉴定，这一大批经卷就是《金藏》。白化文先生说：此藏是元宪宗蒙哥六年（1256年）印造，舍入当时燕京的大宝积寺。不知何时入藏萨迦寺的。它可以补《赵城金藏》之不足。宿白先生对阴先生说："你这可是伟大的发现啊。"宿白先生因为高兴而特别地光大其事。确实，如果不是阴先生深入尘封土掩的经卷中去翻看，不是他的渊博学识，不是他多年养成的钻研精神，这批经卷可能至今仍沉睡经殿。而后来，任继愈先生主编的《中华大藏经》，也确实把可以补《中华大藏经》影印底本《赵城金藏》之不足的《萨迦寺金藏》部分影印补入。可见阴先生发现的重大意义。当访问阴先生的同志问他，您是不是在萨迦寺发现了《金藏》。阴先生很平淡地说："在萨迦寺看到了一批汉文佛经。"这就是阴先生。

阴先生这种谦逊精神贯穿了他的一生。

20世纪90年代,阴先生已经七十多岁,商务印书馆要给阴先生出一部论文集。谈了多次,先生终于答应了,把自己的文章再三筛选,反复斟酌,编好送出。但阴先生总担心论文集中有什么不妥之处,送出不久,又托人把他的论文集从商务印书馆要回,再加审核。可是,先生身体一年比一年衰老,精力一年不如一年,在他87岁去世前,终未能将书稿退回商务印书馆。

阴先生去世后,他的儿子应中华书局之请,将遗稿送中华书局出版。责任编辑在翻检编排时,发现阴先生已经做过很多加工。

阴先生不马虎、不急躁,对读者负责,对自己负责,直到去世都没把稿子交出。这种严以律己、精益求精的精神实在让我们这些学生敬佩。而学术论文集没能在阴先生去世前出版,也让我们作学生的倍感遗憾。

后来,我已不在中华书局工作。当我拿到此书的责任编辑崔文印送我的《阴法鲁学术论文集》,我内心由衷地感谢文印。他不但实现了我们的愿望,而且把书编得精心、严谨,印制得大方而庄重,实在是代表了阴先生的弟子的心愿,是给先生献上的一瓣心香。

（三）

阴先生对我们，对他的学生、同事总是满腔热诚，一片忠厚。

阴先生是我的老师，我不但听过他的《史记》《诗经》专书课，他还是我的毕业论文指导老师。那时，我们三四个同学集体译注宋代诗人辛弃疾的词，由阴先生指导。白天有课，常常在晚自习时请阴先生来辅导。阴先生不嫌累，晚上总是急匆匆地从家里赶到中文系办公室所在的二院，给我们答疑。有时我们会发现阴先生指甲旁还有滞住的面粉，那肯定是刚忙完家务。我们几个同学你瞧瞧我，我瞧瞧你，内心都不平静。每当这时，我们都会尽快地把非提不可的问题问完，以便让阴先生早点儿回家。

后来，因为"文化大革命"愈加热闹，"辛词选注"没有搞完。不过，我记着阴先生的嘱咐，办事要有恒心。在"文革"后期，借"开门办社"的机会，和社科院文学所的胡念贻、陈毓罴等先生合作，搞了一本《辛弃疾词选注》。"文革"结束之后，我又写了一本小册子《辛弃疾》，由中华书局出版，总算向阴先生交了作业。

阴先生对我的培养我是永生难忘的。

1985年，我在中华书局编《文史知识》。一天，阴先生找我去。他说，他因为有事要出去一段时间，希望我能接着他给学生讲授《诗经研究》专书课。我大吃一惊！这个课是北大中文系、历史系、图书馆系高年级学生的必修课，听完还要考试，考试成绩要记入档案，我哪里有资格给北大三个系的学生教授专书课啊。阴先生说："你可以，不用担心。"我怎么能不担心呢？我没开过这门课，必须一讲一讲从头备课写讲义；再说，每周讲一次，每次半天，三个多小时，那要准备很多材料啊！何况，我是一个月刊杂志的负责人，设计选题、组织稿件、终审发稿、宣传推广等等，已经够忙了，实在没有勇气接下这一任务。阴先生见我畏难，又说："你讲吧，有问题一起商量。"

望着先生期待的目光，我没有办法拒绝了。当然，去北大讲课的光荣对自己也是个动力，我诚惶诚恐地接受了阴先生的邀请。

北京大学距我家很远，当时我住在社科院东边建国门内的南牌坊胡同。那时，工资很少，打不起出租车，坐公共汽车，路途遥远，怕身不由己掌控不了时间，耽误上课。所以，每到讲课的那一天，我就骑上自行车，早6点从家出发，一路奔西，7点50分前到北大的教学楼门口，放好自行车，擦把汗，走入教室，8点钟准时上课。

阴先生见我往来太辛苦，又去学校申请派车接我。我因为当时还只是副编审，相当于副教授，不够专车接送的资格，在阴先生还有当时教研室副主任严绍璗先生的再三要求下，学校同意我往返打车。后来，我当了编审，阴先生、严绍璗先生又马上要求学校派车接送。我至今感念不已。

一天，教研室秘书通知我，下次阴先生要来听你讲课。我脱口而出，我讲得不好，千万别让阴先生来浪费时间。

其实，先生是导师，又是教研室主任，听教师讲课，考核讲授质量，以便改进，乃天经地义之事，但我不懂规矩，只想了一个方面。阴先生为人笃厚，今天想想，可能他感到了他要来听课让我产生的紧张心情，真就没来。至今想起这件事，我仍然感到自己做得不对。

不久前，阴先生的学生，现在复旦大学任教的葛兆光教授，给我寄来他当年听我讲课的笔记，让我颇为感慨，深深怀念培养我、推着我进步的阴法鲁先生。

其实，阴先生除了体谅学生，发现学生的错误还是及时指出的，不过真的是很注意方式，注意时间地点，注意给学生留面子。

严绍璗先生曾给我讲过一件往事。1974 年，他第一次访日归来，在专业教研室介绍访日情况。那时，"文化大革命"还没有结束，出国访问还是挺稀罕的事，所以听讲的人很多。他讲到京都宇治市有一座万福寺，是日本临济宗中的黄檗宗的总本山。当时严绍璗把黄檗（bò）念成黄檗（bì）。第二天，阴先生在路上碰到严绍璗，叫住他说："老严，你说的京都那个寺庙，应该叫黄檗（bò）宗，不叫黄檗（bì）宗。有一种树就叫黄檗（bò）。"阴先生还说："古文献出身的人，这个字要认识。"严绍璗脸红了。阴先生便说："不过，陌生的字很多，都记住也难，平时留心就可以了。"严绍璗心里很温暖。阴先生本来昨天当众就可以指出他读错了，但阴先生是顾到严绍璗的面子，没有说。严虽是他的学生，年龄也比他小很多，阴先生仍然考虑得很周到。对比阴先生的严以律己，这种宽厚待人不是更让人感动吗？

如今，当年那个年轻、幽默，业绩丰硕的严绍璗先生已近古稀之年。我们这些比严先生晚两届的阴先生的学生，也都两鬓斑白。大家回忆起阴先生，心里仍然充满温暖，充满感恩。阴先生就像我们的父兄。但是，回顾阴先生的一生，我们也愿意阴先生不要总是那么"谦恭"，那么律己，放开一些，和您的学生说说自己的快乐，说说自己的烦恼，那对您的身体一定有好处。

敬爱的阴先生，我们怀念您。

2010年8月10日

父母培育我们成长,老师指导我们向前。
——人的一生最不能忘记。

上善若水
——纪念中华书局总经理王春

王春同志若还健在,今年当是 86 岁。

10 年前他去世时,我很难过,长时间地陷入静穆与深思之中。转眼 10 年,3600 天,不算短,但他的形象却常出现在我眼前。身材高大而匀称,腰板挺直,虽然"文革"中腰被打伤过,犯病就得躺在床上,但病过,一起床,腰板仍然笔直,眼睛明亮、和蔼,短短的头发,多已花白,看得出丰富的阅历和饱经沧桑。在北京也有几十年了,但说话还有山东口音,听别人说话很认真,那种真诚,让你情不自禁地把心里话都说出来。76 岁。说活得少吧,也过了古稀之年。说活得不少吧,活到八九十岁的人多得是,怎么王春同志只活了 76 岁!

今年是建国 60 周年,检阅 60 年的业绩,缅怀 60 年间的人物,前辈、大家如千丈岩松,在我眼前耸立。但最让我景仰和怀念的是王春同志。

王春同志离休前是中华书局总经理、党委书记。

他不管出书,却"管"出书的人。

他不是"管"出书的人,他是管千方百计招揽有真才实学、能出书的人,真诚地为他们服务,保证他们出好书。

我们做出版的人,常常记住一本书的策划人、责任编辑,甚至封面、版式、装帧设计的人,但谁还能去想是谁发现了这些人,培养了这些人,请他们来做这份工作的呢?

想到这里,我心潮澎湃。我大学一毕业就到中华书局工作,一做二十年。我一生与古籍整理出版事业有缘,离开中华书局仍然做着与古籍整理和出版有关的事。所以,我不会忘记王春对中华书局,对古籍整理出版事业的贡献。

"人弃我取,乘时进用"

1958年是中华书局历史上十分重要的一年。这一年,中央把中华书局定为整理出版古籍的专业机构,还指定中华书局是国务院科学规划委员会古籍整理出版规划小组的办事机构,随后又召开了全国古籍整理与出版规划会议。这种形势,使中华书局的地位大大提高,但与地位等量的工作任务瞬间压了下来。而这时,中华书局连收发室、维修办公楼的后勤人员都算上,全体职工只有六七十人,根本没办法承担这样的艰巨任务。

也就在这时,又传来毛泽东主席对新校点本《资治通鉴》的表扬,毛泽东说,这部书出得好,是一件很有意义的工作。同时,毛泽东又幽默地说,这部书装订(每册)太厚,像砖头一样,只能给大力士看。

毛泽东的话让决心干一番事业的中华出版人看到了光明的前景。新中国成立初期,百废待兴,毛泽东日理万机,却能顾得过来表扬一部古籍整理的图书,可见古籍整理与出版对新中国是很重要的,是很有意义的工作。中华书局的领导明白,要很好地完成毛泽东交给的任务,头等大事是必须有优秀的人材,中华书局的编辑出版力量远远不够,必须大大加强。

这时,中华书局的"老板"金灿然,这位1936年北大历史系的学生,抗日烽火骤起时毅然奔赴延安的热血青年,延安马列学院的研究员,范文澜编写《中国通史简编》的助手,中华人民共和国成立之初出版总署的出版局副局长,提出了"人弃我取,乘时进用"的口号。

真是石破天惊!就是在今天,我想到金灿然同志的这两句口号，仍然会感到它的千钧之重，仍然会惊异这个不算大的、一个出版社的领导，怎么会有这样的胆识！怎么敢说人弃我取！他就没想到那些人是谁"弃"的吗？

作为当时中华书局主管干部人事的党支部书记（即后来的党委书记）王春同志立即接过这个口号，大刀阔斧地干起来。

王春说：我完全赞成灿然同志的方针，而且在他的领导下，具体地、十分积极地执行了这一方针。这句话不是事后的夸誉，而是"文化大革命"中被造反派勒令检查时检查材料中一字不差的文字。在被勒令检查时仍然敢于这样说，这就是自信。

他认为，灿然同志说得对，"右派"中间有不少人有真才实学，应该利用起来为社会主义建设事业服务。许多单位要把"右派"赶出来，我们可以从中精选出一批品质好、业务好的人来中华书局搞古籍整理。

王春有理论和实践的根据，他说，古籍整理工作和新闻战线、教育战线不同。毛泽东在上海，不就是让中华书局过去的编辑所所长舒新城先生当"右派头"，搞《辞海》吗？

一时间，中华书局陆续调进一大批被认为有政治问题，或者戴着"右派"帽子的专家学者。这中间有著名文化人、原浙江文联主席宋云彬，著名古汉语专家杨伯峻，王国维公子王仲闻，秦汉史专家马非百，陶瓷专家傅振伦，版本专家陈乃乾，编辑专家张静庐、徐调孚，没有公职、游散于社会，但学问渊博的戴文葆、王文锦，还有著名学者、出版家、古文字、天文历算等方面的专家，如卢文迪、潘达人、陆高谊、曾次亮、章锡琛、傅彬然，洋洋洒洒，几十位著名专家学者，颇有广揽人材尽入彀中的气魄。当时，连出版大家、商务印书馆的总编辑陈翰伯都说："我没有你们金老板的气魄！"

衮衮诸公，不负所望。四年下来，中华书局先后整理出版了《册府元龟》《永乐大典》《文苑英华》《太平御览》《全上古三代秦汉三国六朝文》《全唐诗》《明经世文编》《宋会要辑稿》《庄子集解》《太平经合校》《藏书》《焚书》《文史通义》等等，都是重大项目；二十四史的整理工作，继《史记》《三国志》出版后，已全面铺开，又请来一批著名史学家，如郑天挺、唐长孺、王仲荦、刘节、卢振华、张维华等等来中华书局工作。真是人材云集、硕果累累。

中华书局真是那么平静吗？其实，那时"反右"斗争，运动虽过，但余波未平，很多"右派"帽子仍在；反"右倾"高潮又起，"拔白旗"，批"白专"，天天开会。可是，"大跃进"风仍劲，鼓干劲，争上游，也是毛泽东提出来的，没人敢反对，毛泽东对古籍的重视，对二十四史的偏爱，使中华书局有了保护伞。

在这两种潮流的涌动中，金老板的主张仍在运行。

金老板大政方针一定，王春抓紧时机，千方百计贯彻落实。又要用这些人，调进这些人，保护他们工作的积极性，又不能让别人抓着把柄，说你保护"右派"，保护政治历史有问题的人，思想"右倾"。做人的品质，政治的原则，工作的技巧，与人相处的平和谦逊，许多故事由此产生，让我们认识了王春同志的风采与品格。

宋云彬的大字报

宋云彬是位著名人物。他的言论不仅在浙江引起批判，在全国也是挂上号的大"右派"。中华书局想尽办法把浙江不要的人弄了过来。

1960年，精减机构，支援农业生产第一线。中华书局领导作了动员报告后，要求大家报名。很多老先生感到自己年老体衰，没有条件去农村，没有报名。这种敢于不报名的举动，马上受到单位一些青年人的批评。说他们不响应党的号召。恰好几天前，党组织刚刚宣布宋云彬摘去"右派"帽子，有人说他刚摘了帽子就翘尾巴，不听党的话了，老虎屁股摸不得了。宋很不服气，便去找时任党支部书记王春。

这些事宋云彬在日记中有具体记述。宋云彬几个阶段的日记近70万字汇编在一起，取名为《红尘冷眼》，2002年由山西人民出版社出版。我看日记大体保留了原貌，让我们能真切感受当时的社会气氛。且看他是如何记述的。

1960年11月1日，晴。

XXX大肆批评，辞锋甚锐。余即赴人事科找王春。先问他，我的那篇摘去右派帽子给组织写的感想怎么样。他说："你讲的都是心里话，都是很好的。"

我就说："这次关于支援农业生产第一线及精简机构问题，我没有能够好好参加讨论。此刻我组正在热烈讨论，并催促大家贴大字报（表态）。我有点为难。要我写一张大字报，要求让我去农业生产第一线，或者说到农村去安家落户吗？那我决不写，因为如果这样写了，分明是欺骗党，欺骗群众。"

王春说："这样写当然不好，但你可以写一张讲摘掉帽子的事情，表示感谢党，感谢同志们，最后带上一笔，说自己受年龄和体力的限制，不能追随同志们上农业生产第一线去，只有更加努力，做好自己的工作。"

我说："好，那我回去就写。"

……晚饭后，我开始写大字报，到十点钟才写好。最后我说："现在同志们纷纷要求到农村去，我受年龄和体力限制，不能追随同志们去到农业生产第一线，但是我也必须懂得农业是国民经济的基础，向在农业生产第一线上贡献力量的青年同志学习，更加鼓足干劲，做好自己的工作。"

恰好这时书局内出现了两张老先生写的大字报。一位老先生在大字报中说，老年人要求下乡是"自欺欺人"，多此一举。还说，他不下乡，他要保养身体，延长寿命，看共产主义到来。

另一位老先生在大字报中说，他决心要求到农业生产第一线去,虽然他的八十余岁老母亲听到他要求去农村,吓得昏倒了,他还是坚决要去。"谁无父母,我还是坚决请求党批准我到农业生产第一线去"。

说实话,两张大字报都有点调侃的味道,很快成为书局内议论的焦点。中华书局一位领导在大会上讲:两张大字报,一张叫"自欺欺人",一张叫"谁无父母",态度都不好。人家有的大字报就说得好嘛,表示自己受年龄身体限制,去不了,但要提高对农业是国民经济基础的认识,在自己岗位上做好工作,也间接支援了农业。

那位领导着重说道,这个人说的都是真心话。这样说,实事求是就很好吗!

宋云彬这位刚刚摘了帽子的"右派"渡过了一劫,他说了心里话,说自己去不了农村,还受到了表扬,很有面子。对于一个老知识分子,这"面子"不是比什么都重要吗?宋云彬自然很高兴,从内心里感到王春待人以诚,与人为善,值得信任。

宋云彬摘了"右派"帽子后,在1960年11月28日的日记中写道:"上下午校勘《后汉书》。整天工作,不听报告,不参加学习,殊难得也。"(见《红尘冷眼》)短短几句话,体现了一个知识分子想集中精力做些工作的心情。

金灿然也好，王春也好，信任他们，大胆使用他们，"殊难得也"！

与章锡琛玩麻将

有一件事是听杨伯峻先生告诉我的。开明书店的创办者之一，著名学者章锡琛先生爱玩麻将。有一次王春去看望他，正碰上章先生想玩麻将，又三缺一。王春到了，曾是"右派"分子的章先生，哪敢想请党支部书记坐下来补齐人数陪他玩麻将啊！没想到王春竟然坐下来，高高兴兴地和章先生等人凑成一桌。章锡琛先生大为感动，感到这个共产党的干部平等待人，感到这个共产党的干部尊敬老人，就为这，以后每年春节他都不顾年高体弱，由人扶着去王春同志家拜年。王春说：我并没有想到借打麻将来做什么工作，只是觉得老人很寂寞，陪他们玩玩有什么不可以。"只是觉得老人很寂寞"，这是多么深厚的同志之情啊！如果每个共产党的领导干部都能像王春这样体贴关怀老专家、老学者，还愁老专家老学者不把党的事业当成自己的事业？还愁老专家老学者不把党的领导当成自己人？

事情也正是如此。章先生虽然受到不公平对待，仍然一如既往地努力工作。他特别注意严格要求自己，帮助青年人业务上成长。有一位年轻编辑写了一本小册子，请章先生审阅。章先生一字一句斟酌修改，甚至连标点符号也不放过，还当面给这位年轻人讲解为什么要这样修改。有的地方章先生认为译得不好，便自己动手重新译过，没觉得自己是摘帽"右派"，缩手缩脚。身处逆境，仍高风亮节，心中没有理想的人是绝对做不到的。

刚才说到杨伯峻先生，他是著名的古汉语专家，北京大学教授，家学渊源，1957年也被划成"右派"。不久，就由北京大学发配到兰州大学。他因为不适应兰州的气候，旧病复发，吐血，想回北京。北京大学不敢答应。中华书局的总经理金灿然说，他是专家，中华书局用得着。王春同志马上行动，又找文化部，又找高教部，经过两年多的努力，终于把杨伯峻调到北京中华书局，还给他爱人安排了工作。王春说，这是总经理金灿然的魄力，其实，没有王春同志的亲力亲为，再好的想法也不可能变成现实。

杨伯峻先生后半生与中华书局同甘共苦，在古籍整理出版工作中做出很大贡献。他的《论语译注》《孟子译注》成为雅俗共赏的经典。

　　记得1972年在湖北咸宁五七干校，晚上开完会我回自己的宿舍，碰到杨先生站在大路上。我问杨先生："这么晚了您站在这干什么？"杨先生说："值夜班，打更啊！"我听了忍不住笑了，因为杨先生不但手无缚鸡之力，风都能把他吹倒，而且一千多度的近视眼，看书都快贴到纸上了，还能值夜班？他见我笑，便说："我看不到小偷，小偷能看见我啊！"看看，多么乐观的一位老先生，身处干校，泥一把水一把，夏天室外气温到50℃，冬天结冰，路滑如镜，他却坦然相对，心里不是存着对金灿然、对王春同志的知遇之恩吗？

王国维的儿子王仲闻

　　还有一位著名人物，就是王仲闻。第一，他是王国维的儿子。王国维是顽固的封建主义保皇派，他因为末代皇帝溥仪被逐出宫，愤而投昆明湖自杀殉节，鲁迅说他"在水里将遗老生活结束"；第二，国民党统治时期，王仲闻在邮局工作，当时邮局的关键部门由特务机关中统控制，而王仲闻由于工作认真恰好被分派在这一部门工作，于是他就是"特嫌"。后来，因为他要办同人刊物，也没办成，邮局借此把他开除……像这样一种人，在那个年代谁敢使用？尽管他的罪名能落实的似乎也只有一项，那就是"王国维的儿子"。不久，王仲闻业余搞了一本《人间词话校释》，他的学问遂被人发现。中华书局急需人材，金灿然还是那句名言，"他有这个能力，我们为什么不让他干？"王春同志还是那个指导思想，既然是人民内部矛盾，那就在人民内部处理，他有权工作。

其实，中华书局用他也还是很有分寸的，并不是如大字报所说"待若上宾"，只不过是用其所长，尽其所能，做他能做的事。先是让他临时帮助审校书稿。他尽心尽力。街道让他下乡，中华书局人事部门就去跟街道说，他是中华书局的"临时工"，在中华书局有任务，任务还没完现在还不能下乡，这样王仲闻就得以每天来中华书局上班了。王仲闻也确实有学问，后来到社科院文学所做研究员的沈玉成曾经说过："可以不夸大地说，凡是有关唐、宋两代的文学史料，尤其是宋词、宋人笔记，只要向他提出问题，无不应答如流。"

一次，有位资深编辑查找"滴露研朱点《周易》"一句诗的出处，遍查无着，去请教他。他拿起笔就写出了这诗的全文,并告之此为唐人高骈的诗。沈玉成说:"这首诗作者既非名人,诗中也无佳句,从来也没有人提过,当时我们面面相觑,感到真亏他怎么记得。"

又一次,《辛亥革命烈士诗文选》即将发稿,担心还有不妥之处,请他再通读一遍。没想到他竟然找出多处问题。比如:"豺狼当道,安问狐狸",原注引《后汉书·张纲传》,他指出,还有更早的出处,应当引《汉书·孙宝传》;又如"太白",旗名,原注引《国策》,他说应引更早的《逸周书》。据沈玉成说:指出这些问题,王仲闻全凭记忆,因为工具书上所记载的出处,都是《后汉书》和《国策》。

王仲闻先生对古籍整理的贡献最应该大书一笔的是他帮助唐圭璋先生整理《全宋词》。唐圭璋先生积数十年之功,编纂了这部宋词总集。唐先生精益求精,约请王先生为《全宋词》核实材料,加以订补。又是中华书局的人事部门按着金灿然、王春同志的指示,与街道再三联系,这个临时工就变成长期工,成为事实上的中华书局职工了。

王先生一次次到北京图书馆查阅核对资料,遍翻有关的总集、别集、方志、类书,甚至笔记、野史,补充了唐先生没有见到的材料,和唐先生一起切磋磨砺,修订了唐先生原稿中的许多考据结论,足足用了四年的功夫。王先生的努力,使新版《全宋词》水平大大提高。唐圭璋先生在他的文章中和谈话里多次提到王仲闻先生的贡献。到后来,中华书局编辑部的一些人看到王仲闻先生的贡献,已大大超越一个编辑对书稿的加工,提出是否在"唐圭璋编"后,增加"王仲闻订补"这样一个署名。唐圭璋先生欣然同意。此事后来虽然因为政治的原因没能实现,但由一个"临时工编辑""订补"大专家的大量原稿,最后大专家居然同意与其共同署名,也可见王仲闻先生的学识和贡献,亦可见中华书局用之得当。

上善若水

我之所以对王春同志的胸怀和气魄感触深刻,还因为我自己也有这样一个经历,他也是那样对待我的。而我那时并不是专家,只是一个刚毕业、刚参加工作的青年学生。这就让我认识到,王春并不是因为对哪一个人,哪一件事有好感,才那样做,而是心中装着大的事业、大的目标。只要是对这个大事业、大目标有利,他就会按着党和国家的政策自觉地、努力地去做。

1966年7月，我从北京大学中文系古典文献专业毕业，因为"文化大革命"的原因，在学校等待分配。一年多后，分到中华书局做编辑，接下来去部队农场锻炼，接下来又去湖北咸宁五七干校，直到1972年，才回到中华书局开始业务工作。这时，离大学毕业已有七八年之久。青春年华，岁月蹉跎。不久，"批林批孔""评法批儒"开始了。毕业七八年没有工作，我们这些人就像长久被捆着的战马，急于驰骋。看到中央文件中提到的古代作品，听到传说的毛泽东讲话中引用的古代文献，油然而生把它们注解出来，让工农兵看得懂的愿望，心里还想，这不就是把中央文件通俗化，帮助老百姓理解吗？这不就是为工农兵服务吗？到工农兵中去听取意见，又大受工农兵欢迎，那就赶快行动吧！

我主持并执笔了《读〈封建论〉》的写作，我参与了《活页文选》的编辑（前十篇都是中央文件提到的"法家"著作），我还评注了《盐铁论》，评注了辛弃疾词……许多文字抄写、传达了当时"两报一刊"的观点甚至语言，客观上宣扬了错误的政治观点。粉碎"四人帮"，王张江姚的阴谋一件件被揭露出来，我深感懊恼，深受打击，深刻忏悔!

王春同志问我:"批林批孔"是批周公,你不知道吗?"我真不知道。"

王春同志问我:那时说天安门"四五"诗抄是反革命的诗,你是这样认识的吗?"不是。"那你为什么还参加批判这些诗?"我没有批判。四五事件天安门清场前我还在天安门广场。我和大家的情绪是一样的。北京市公安局来找中华书局党委,请中华书局把这些诗注解明白。党委找到我和其他三四个人,让我们注解好。我发现有一首《人民日报》上有过注解,我就选了那首,一字不差地把《人民日报》的解释抄了下来。"

我的说明谁相信?

王春同志相信。

他那时还不是中华书局党委书记,他在《诗刊》社做领导工作。他是我们在五七干校改造时的领导。我信任他,我和他说话直来直去,无所顾忌,他相信我的真诚。

我那时既不是党员,也不是干部。

粉碎"四人帮"后,王春说,他还很年轻,以后还有很多工作要做,需要把那几年他的表现写个"说明材料"。

有的领导说,谁也没说他有什么问题,他又不是领导干部,不必写了吧?

王春说,得以党委的名义给他写一个,否则多少年后,事过境迁,就说不清了。

这些话,好让我感动。父母兄弟又如何?

给我写的"说明材料"上说:"这些小册子的内容,都是按照当时有关文件指示和'两报一刊'社论精神编写的,必不可免的要存在政治上和理论上的错误。""与当时的历史条件分不开,责任主要在领导。""他真诚拥护党的十一届三中全会以来的路线方针政策,工作中勤勤恳恳,兢兢业业,政治上积极要求进步……"

后面盖着"中国共产党中华书局委员会"的大印。

今天,当我翻阅这一页纸的"说明材料"时,心仍然怦怦直跳。

这些话语,是对年轻人的一种大度,一种宽厚,一种信任,是在年轻人即将绝望时投过来的一个微笑。

年轻人该是多么感激!他们必然会以一种忘我与刻苦的努力回报这宽厚、信任、大度和微笑。

当这些年轻人也老了的时候,他们在回顾他们的一生时,当会庆幸这人生的厚爱。他们只会苦恼,无论怎样做也不能报答这恩情于万一！

老子说：上善若水。

研究老子《道德经》的著名学者陈鼓应先生说，老子用水性比喻上德者的人格。水有三个显著特性：一柔，但屋檐下点点滴滴的雨水，经过长年累月可以把巨石穿破。二停留在低下的地方，谦虚、容物。三滋润万物而不与相争。

王春同志以他的品德为这句话做出了最好的注解。

王春可能没有什么大作，也没有整理标点过古书，但是他却重用了写大作、整理标点古书的人。他也不是学术专家，不是教授学者，但是他在危难中关怀、帮助、救济过专家、教授、学者。他没有疾言厉色，慷慨激昂，争强好胜，咄咄逼人，但他慈善温和、设身处地，给人以温暖。他的话像春雨般滋润人的心田。他在"文化大革命"中挨过斗，挨过打，戴过高帽子，游过街，但他却以博大的胸怀，无比的慈善，关怀过做过错事的年轻人。天下最紧要的事是人材，王春不正是从事这最紧要事，又卓有成绩的专家吗？一个党的关键是得人心，王春的作为不正是努力给共产党争取人心共同去建设伟大的中国吗？

王春同志去世十年了，在他快要离休的时候，他在《以诚待士三十年》一文中写道："在即将离休之际，以依依不舍的心情对这些同志给予我的信任表示衷心的感谢。"

他依依不舍中华书局的同志，依依不舍同志们的期望和信任，依依不舍和中华书局同志们共同奋斗的事业。

今天，我们可以告慰他的是中华书局事业蒸蒸日上，业务是中华书局历史上最好的时期；中华书局一代新人在成长，老同志、中年同志、青年同志，梯次清晰，和谐奋斗。

薪灭火传，王春同志您可以安心的休息了。

（此文写作时参考了中华书局出版的《回忆中华书局》一书中有关文章，特此说明。）

2010年5月

坦诚的对话，谆谆的教诲，是人的一生最为宝贵的财富。

编辑部里的年轻人

转瞬间《文史知识》创刊30周年了。想当年《文史知识》的青年朋友在创业中学习,在工作中结成战斗情谊,紧张而快乐。今天,回想30年的历程,这些年轻人当年的奋斗身姿一一呈现在我的眼前,让我兴奋和快乐。"相知未变初衷",我用我的回忆,表达我对共同奋斗的年轻朋友的敬意。

"管家"华小林

《文史知识》的"管家"是华小林。《文史知识》没有什么钱,也没有"小金库",有点钱也就是这期一个"补白"五元,那期一张图片三元,因为是编辑部人自己做的,就留下来充公了,日积月累,有那么几百元钱。但这几百元钱因为是"日积月累",又少,谁也不当回事,但华小林却能记录、保存得清清楚楚,一分不差。难得。

我第一次认识她是在她分来总编室工作的那天早

晨。人事处的同志陪着她来到办公室,介绍过后便走了。当时总编室负责人是俞明岳。俞老先生,原本是公私合营前中华书局股东之一,有点中华书局的股份,"文化大革命"中没收不算数了,但后来落实政策,政府又发还了,说是有几十万元,有的说二十多万,有的说三十多万,谁也说不清。在20世纪70年代,二三十万可是一笔大钱,比今天二三百万威力还大。这俞老先生为人极好,《文史知识》创刊号,他出资买了一千册,送人。那时还没有"赞助"一说,我常想,就凭俞先生这一壮举,《文史知识》要记他一辈子,感谢他一辈子。

我刚到总编室时,因为只有一间办公室,我坐在老先生对面。老先生对我说:"从今以后,打水、扫地、擦桌子归你。"那当然,老先生那时也有六十多岁了,这些事当然该我干。

话说回来,人事处同志一走,俞老先生便对华小林说:"从今以后,打水、扫地、擦桌子归你了。"我愕然,想笑,难道我出师了?因为只有一间办公室,华小林的办公桌就打横在我和俞老先生的办公桌旁了。

华小林穿一件半长的粗呢外套。清秀,话不多。那时也就二十出头。一早来了就打水、扫地。有时我来得早,就把水打了、地扫了。没听她谢过,眼神却瞧着我笑笑。

后来,办《文史知识》,我就把她拉过来,让她负责所有编务的事。

她最主要的一项工作是负责刊物的装帧设计,后来《文史知识》在设计上的庄重、大方、书卷气的风格,就是从那时候奠定的。

她没有学过美术,也没学过装帧设计,但她能借重懂行的专家,比如曹辛之、张慈中、范贻光、王增寅、杨华如等,她都请来出谋划策、帮她设计。渐渐地她也很在行了。

我曾写过一篇谈刊物版式设计的文章,题目叫《版面建筑师的威力》,文中说:"我常想,一个版面设计者好比是一个建筑设计师。他面对一片'空白',要把手边的'建筑材料'(文章、标题和图片等)安排妥当,就如同建筑设计师,要在一片荒芜的土地上建筑起高楼大厦一样。"这段感想就是从华小林的实践得到的启发。

她是学历史的,把自己的所学努力应用在版面设计上。有一篇《投壶趣谈》的文章,介绍古代的投壶活动。她遍翻资料,找来河南南阳市卧龙岗汉画馆的投壶石刻画。画面上一只壶,壶两面各有一人正在抱矢投掷,两人之旁，一大汉席地而坐，醉态毕露，一望而知他是投壶场上的败将，多次被罚酒，已不能自持。这幅汉代石刻画配得多么好。看了这幅画，对汉代投壶游戏就很容易理解了。

华小林对刊物版面的细微处很是用心，看出她对刊物的热爱。《文史知识》上有一些装饰图案，很是古色古香，很适合刊物风格，最见特色的是版头、尾花。杂志一般都分栏目，栏头有时要加一个图案，叫做版头。文章结尾，剩下一二百字空白，点缀一个小图，称为尾花。版头、尾花都是很细微的地方，华小林在这方面很动脑筋，版头常用篆刻图章，每期变化不同；尾花常用动物肖形印，生动有趣。一图之微，常得读者好评。

编辑部里比她年龄小的、比她年龄大的，都管她叫"小林兄"，透着亲切和对她的尊敬。她父母都已去世。姐姐在美国搞研究，做着联合国的项目。妹妹在美国读书、工作。问她，你一个人，为什么不去美国和姐姐、妹妹在一起呢？她笑笑说，我还是守着家吧。一只鹰（姐姐叫小鹰），一只燕（妹妹叫小燕），最后都还是要回到林（小林）中来的，这是命运的安排。

后来，她升任《文史知识》编辑部副主任。再后来，中华书局成立了一个方志办公室,需要一位踏实、肯干、有经验、懂历史的人负责,她便离开《文史知识》编辑部,到那里去做编辑室主任了。

风华正茂的余喆

余喆是《文史知识》元老之一。他来《文史知识》工作,颇有些偶然。

《文史知识》创刊之初,需要一个专职校对。中华书局有校对科,兵强马壮,能校中国古书,能校二十四史,那水平还能差吗?但《文史知识》是月刊,给校对留的时间很短,按一般书稿流程,来不及,非专设校对不可。我们就请书局出版部推荐一位能干的校对。一天,我在中午休息时到楼上校对科,想先见见他们推荐的那位校对。敲门而入,室内几位正在打扑克牌,没人理我。他们有的脚蹬在桌子上,有的激动地甩着牌,旁若无人。只有一位个头不算高的小青年过来和我说话,很有礼貌地问我,找谁。问答有致,彬彬有礼,告诉我我要找的人没在。他的做派与旁边几位大战扑克的人形成鲜明对照,我十分中意。心里就有了倾向,回去和有关同志商量,就把他调到了《文史知识》编辑部。他就是余喆。那位上面推荐的人没来，认都不认识的余喆来了，这不是偶然吗？但他的素养让我喜欢，这又是必然。缘份让我们一起工作了十来年，共同经历了《文史知识》创业之初荜路蓝缕的艰难岁月，结下了常人难以理解的友情。

"青春的岁月是人生最怀念的岁月"，这是余喆在他的一篇随笔《风华正茂的歌声》中的一句话，这句话颇勾动我的心弦。

余喆来《文史知识》后，就什么都干起来了。既是秘书，负责稿件收发，信函往复，又管校对，又负责跑厂，他就是半个编辑部。

办刊物，尤其是月刊，按时出刊是头等大事。那时的印刷厂奇货可居，不像现在是买方市场，全国高、中、低档各色印厂一二十万家，此处不给印自有给印处。那时可不行，印厂看不上你，你就惨了。余喆逐渐摸清规律，他看出来要想让人家服务好，首先要给印厂"服务"好。这"服务"不是请烟送酒，而是工作的配合。印厂那时主要还是铅排，工作量大，工人工作很辛苦，所以要求也多。稿件一定齐清定，不可换来换去；版式一定合理、明白，不可倒来倒去；插图一定事先制好版，不可拼版了，插图版还没制好。余喆很快就弄明白了其中的要害，三个环节做得干干净净，利利索索，深得工厂师傅好评。因为活做得好，《文史知识》稿件一到，立马排版，从没有因为编务拖过期。

后来，我们和新华厂排版车间的师傅成了朋友。一次，余喆张罗着请排版车间师傅聚一聚。我、黄克和余喆，差不多就是全编辑部了，一起在西单曲园请排版车间调度严征祥师傅吃饭，那就是朋友之情了。

余喆十分用功。当时《文史知识》编辑部只有四个人，每个人都得文武全才，余喆十分注意在工作中学习。他为给"怎样欣赏古典诗词"栏目组稿，去拜访美学大师宗白华先生。事前找来宗先生的著作认真阅读，做足了美学功课。见到宗先生，便向他请教"中国诗的艺术意境"的特点，请他讲"中国山水画与山水诗的关系"。老人在家很寂寞，见到有中华书局的编辑来访，来访者所问在行，又是他一肚子心得的中国美学问题，便侃侃而谈，上下古今，妙语如珠。余喆还背诵了宗白华先生的得意之作《流云》："诗从何处寻？在细雨下，点碎落花声；在微风里，飘来流水音！在蓝天末，摇摇欲坠的孤星……"老人更为激动，欣然应约，很快就给《文史知识》寄来稿件。

又有一次,他陪我去古典文学专家蒋和森先生家里拜访。蒋先生很有学问,年轻时写就《红楼梦论稿》,坊间传诵,名满天下。由于蒋先生是夜里工作,上午休息,我们便十一点多如约而往。蒋先生用功甚勤,在研究唐代文学之后,完成《中国文学史》的编撰,又开始小说创作。我们访问的时候,他正在写作长篇历史小说《风萧萧》《黄梅雨》。出来之后,余喆十分感慨,看到蒋先生十分瘦削,比实际年龄苍老许多,感到做学问之不易,但他又从中悟出,做学问就得像蒋和森先生这样上下求索,不怕憔悴。后来,他四处求寻蒋先生的著作,提高自己。

就是这样努力,余喆很快也可以做编辑工作了。

早期,《文史知识》编辑部只有四五个人。余喆年轻,脑子活,看我和黄克忙于组稿、编稿,便在经营上动脑筋。一次,我们得知周振甫先生在甘家口物资部礼堂讲授古典文学,余喆便约上黄克、胡友鸣三个人,一人一辆自行车,每人车后驮一包《文史知识》,顶着夏日正午的太阳,去现场售书。没用 20 分钟,所带之刊物全部售光。他说得好,这售书不是卖几十本刊物的问题,而是扩大宣传的手段。那时走出去营销在中华书局还是新生事物,很惹人关注。回程时,见路旁一小饭馆正在卸啤酒,三个人跑进去,一人一升,痛快淋漓,边喝边筹划着下一个活动。至今回忆那段往事,余喆还不忘当日的豪情。

日月如梭,二十多年过去了,那真是不能忘怀的岁月,不可复制的生活啊!余喆说:转瞬间离开《文史知识》17年了,每当长夜灯下,对着披霜的双鬓悠悠地回想,仿佛自己又骑着自行车,车后架上夹着刚刚编成的新的一期《文史知识》稿件,在淡淡的景山故宫两旁的槐树花香中,驰向工厂……

今天的余喆虽然不复当年的清秀,不复当年的华发,但生活的磨炼、工作的拓展,却使他更加成熟和稳重。

第三任掌门人胡友鸣

说到友鸣,他也算《文史知识》的一个"元老"了。他在《文史知识》只有四个人时就来到编辑部了。但那时他还是在北大中文系毕业前来实习的学生。

后来给我印象很深的是一件小事。刊物创刊不久,为扩大影响,我们便带着《文史知识》及中华书局新出的一些书去北大三角地销售。正值北大吃午饭的时候,很多学生端着饭碗,一边吃,一边翻着刊物。有一个学生问:"饭票要不要啊!"我想,我们要你们的饭票有什么用啊!开玩笑吧?这时一个声音说:"行,你买吧,可以用饭票。"回头一看,正是北大实习生胡友鸣。我很高兴,心想,这小伙子倒很热心,顿生好感。从远了说,这真是为读者着想,学生吃饭,没有带着钱;从近处说,他对刊物真有一份热情,想办法推销。

后来,他就留了下来。这一留就是大半生。从毕业前的实习开始到今天,最终成为《文史知识》第三任"执行主编",算起来他已在《文史知识》干了二十八九年。他说,《文史知识》创刊后的第二期校样他看过。那还真如他自己所说:"《文史知识》多大,我在《文史知识》年头就有多大。"

抛开一切成绩不谈,单从对《文史知识》的坚守,我也愿意为友鸣写上一大笔。这种坚守,不是指岗位的坚守,不是指头衔的坚守,而是对《文史知识》风格、精神的坚守。这在他"掌门"的13年中体现尤为突出。

《文史知识》的组稿原则:名人写名文。写这个题目的一定是研究这个题目的"名人",也就是专家。这个专家写出来的文章,够不上"名文",一定退改。既不要给刊物丢人,也不要给他自己丢人。落实这个原则,大概就是《文史知识》受欢迎的一个原因吧？后来我们都走了，友鸣仍然坚守着这一原则。

有一次，刊物决定介绍《山海经》。谁能写，友鸣说：当然是四川的袁珂先生，他是中国著名的神话研究专家。于是友鸣便给袁珂先生发了一封组稿信。很快，袁先生便寄来他打算写的文章的提纲，还有一篇已经发过的文章。那意思是说，如果你们急，发过的你们可以再发一次。胡友鸣不肯通融，他说，别家刊物已用过，我们《文史知识》不能跟着用。可是，如果等着袁先生写就不知哪年哪月了。换其它人再写，没有袁珂先生写的有影响，于是，友鸣亲自动手。他找来了一批袁先生发过的文章，参照袁先生的提纲，用袁先生既有的观点，尽力体现袁先生的语言风格，很快就又写了一篇，然后寄给袁先生过目。袁先生很是感动。后来，袁珂先生到北京开会，专门到中华书局《文史知识》编辑部答谢，说，没见过这样的刊物，没见过这样的编辑。

这种事例太多了。比如，要找人写王安石变法，友鸣坚持要请宋史专家邓广铭先生；邓先生太忙，他们就请另一位宋史专家漆侠先生。要写魏晋文学，请徐公持先生；要谈文字训诂，请许嘉璐先生；介绍南阳文化，就跑到南阳市与当地政府合作；要了解近代按照先进理念规划建设城市的典范南通，了解清末状元张謇，就去南通市办"南通专号"，等等，都是在《文史知识》的传统风格上发扬光大，恪守着"大专家写小文章"的做法。

友鸣不断想办法跟上时代的脚步，满足读者对信息的渴望。南京大学文学院教授、《文史知识》老朋友卞孝萱先生在纪念《文史知识》创刊30周年的文章中说：《文史知识》不固步自封，在固定的篇幅中，不断拓展内容，"信息与资料"专栏就是一扇窗口，一道风景线。诸如"研究动态""论文摘要""图书推荐""出版通讯""学术会议的报道"等等，五光十色，引人瞩目。(《文史知识》2008.10) 这一个个栏目，就是一个个窗口，读者用起来很方便，友鸣和他的编辑同事则不知要耗费多少心血设计啊！

穿白衬衫蓝裙子的张荷

《文史知识》还有两位女士。一位是马欣来，一位是张荷。马欣来是北大中文系84年毕业生，张荷是北大历史系84年毕业生。一起分配到中华书局。一起到《文史知识》工作。一个是年底生，一个是转年年中生，差了半岁。

　　第一个来报到的是张荷。那天是7月28日,至今我都能记住这个日子。因为这里面有一个小故事。本来他们9月1日报到上班就可以,她却早了一个多月。我就说:"还没到日子啊?念了那么多年书,很辛苦啊,今后可没有寒暑假了。"她说:"我就是想今天报到,今天开始上班。"我听出来话里还有内容,便问她为什么?她不好意思地说:"今天是我的生日。"我顿时喜欢这孩子了,她要把她的生日这一天,作为人生的又一个"开始",可见她多么看重她走入社会的这一份工作。

　　我真诚地相信,这一有意义的开始,会给她带来一个美好的未来。

　　有的同事告诉我,张荷来报到时,穿着一身中学生校服一样的衣服。上身白衬衫,下身蓝裙子,人又长得精致小巧,骨碌碌的眼睛,透着机灵。

　　这是二十多年前的事了。今天的张荷依然那样年轻,依然那样机灵,但那"好"的开始,还真有了好的结果。

　　前些天,三联书店出版了龙应台的《目送》,很畅销,居然发了五十多万册。打开版权页看,责任编辑是张荷。还有一本瑞典人林西莉(即塞西莉亚·林德奎斯特)写的《古琴》。一个外国人研究中国文化,居然又研究到中国特有的古琴上来,而且此书在中国读者中颇受好评,第一次就印了一万册,刚过了几个月,又重印了。一问,原来责任编辑也是张荷。这位瑞典作者研究中国文化多年,还在北京大学读过书,在北京古琴研究会学过古琴,虽然不能用中文写作,但说汉语没有问题。她1989年在三联书店出版过《汉字王国》,很受欢迎。《古琴》完成,她特地请了中国人把她用瑞典文写的《古琴》译成中文,很有信心地再一次将自己心爱的书稿,交中国的三联书店出版。稿子落在张荷手上,她认真通读书稿,仔细校对史料,改正了作者对中国文化理解的一些错误。当作者看到张荷的修改意见,有些意见她很难理解。

要知道,那是她对中国古琴产生深深的热爱,写出的一部心爱的著作啊。她投入了辛苦,也倾注了感情。

作者说:我轻轻地拨动古琴一根弦,它发出一种使整个房间都颤动的声音。那音色清澈亮丽,但奇怪的是它竟还有深邃低沉之感,仿佛这乐器是铜做的而不是木制的。在以后的很多年里,正是这音色让我着迷。

许多优秀的琴师不是高僧就是哲人,弹奏古琴之于他们乃是自我实现的一种方式,正如参禅,是解脱自我、求索智慧的一种途径。而对于满怀疲惫的官宦、贬谪流放的官员，或者贫寒的诗人来说，弹琴又能帮助他们逃避冷酷的现实，回归平静祥和……

我是这样热爱，又有如此深刻的认识，我的理解还会不对吗？

作者又去社会科学院请专家帮她再看看稿子。社科院的专家十分认真地复核了张荷的改正之处，对张荷说："你改的都对，真下了功夫。"随后，专家又给作者写信，告诉她："请你放心，编辑帮你修改得很好。"

这时作者的心态平和了，她把改正稿与原稿一一比对之后，对张荷充满感谢。她明白了，是张荷的编辑加工，进一步提高了《古琴》一书的质量。

问张荷，何以如此用心？

她说，这是《文史知识》打下的基础。

张荷的父亲是北京师范大学历史系的教授，母亲在历史博物馆工作。她从北京大学历史系毕业后，来到中华书局，心里想着进古代史编辑室，看历史书稿，渐渐地熟悉某一领域，成为历史学科某一领域的研究者，然后写文章、写书，走中华书局编辑崇尚的"学者型编辑"的道路。可是中华书局领导分配她到了《文史知识》编辑部。她仍然高高兴兴地报到。

"我感激《文史知识》对我的培养,这个培养是全面的。我如果到了历史编辑室,一两年也不必想选题的事,因为一部书稿几百万字,可以忙活一两年。我不必一字一句去审校原稿,古人的原著还能改吗?但《文史知识》是月刊,一期三十多篇文章,总逼着我去想选题;一篇文章三五千字,读者一目了然,编辑必须一字字审读加工。就是这份编辑工作,把我培养成一个职业编辑。"

中学时便著文质疑红学家的马欣来

马欣来报到时,我问她为什么要到《文史知识》工作?她说了她的想法,很真诚。可是当我了解了她的情况:北京大学中文系84级高材生,学习成绩优秀,人又长得亭亭玉立,家庭条件又好,父亲是杰出的戏剧大家,我就嘀咕起来了。心里想,这人条件这么好,《文史知识》这个小刊物恐怕留不住她。镀镀金,有个经历,不是出国就是考研究生,走了,与其如此,不如不来。

便说:"《文史知识》条件不好,人少,工作条件差,你看这办公室又挤又乱,不如到其他编辑室。"

她说，喜欢这份工作，一定会好好干，不怕条件差。

我说，你再考虑考虑，免得走弯路，浪费了时间。

记得谈了不止一次，具体说的什么多记不清了，总之都是劝她别在这儿干，理由是这里条件不好。

最后，我见她主意不改，言谈诚恳，明事达礼，就诚心诚意地说："要说《文史知识》条件不好，也是事实，但那只是一个方面，《文史知识》也有好的地方。比如，这里特别锻炼人。中华书局其他编辑室，一部书稿，从组稿到见书，总得二三年时间。而《文史知识》从组稿到出刊，一个周期也就两个多月。两个多月就能见到自己的劳动成果，知道你的策划是否受读者欢迎，能够及时总结、及时调整，那种锻炼不是一部校点书稿可以相比的……"

后来，时间长了，我真正明白了马欣来到《文史知识》工作的原因。

早在1980年，马欣来还是北京景山学校高中二年级学生的时候，就写出《〈秦可卿晚死考〉质疑》一文，与当时小有名气、任《红楼梦学刊》编委的戴不凡商榷，红学界啧啧称奇。这篇文章很得红学家冯其庸的欣赏。冯先生便和她的老师说，马欣来不用考大学，直接做他的研究生吧。马欣来没有同意，坚持参加高考。大学毕业时，一些大报大刊，一些研究单位、大学都有名额，她执意要到中华书局来。她说，单位名气大小，条件好坏，都不是主要的，重要的是工作有意义，有干事的环境。后来，果然验证了她的话，在《文史知识》一干十来年，此是后话。

没过一年，马欣来就成了《文史知识》的骨干。

她最大的长处就是能组稿。不论什么大专家，她一出马，稿子便组来了。有人会说，说一个编辑会组稿，"就好像说一个会计会写数字，一个管家不贪污一样"，这话可就说得轻巧了。稿子可并不是在等着你，也并不是谁都组得来的。而且，对于一本刊物，能组到重点人物的重点稿件，那几乎是刊物得以办好的保障。

著名学者李泽厚，忙，各种刊物都请他写稿，《文史知识》需要请李先生与青年学生谈谈"八十年代怎样治学"，就决定要陈仲奇去组稿。陈仲奇不敢贸然前往，便托人帮忙。李先生摊出一大堆活儿，婉拒了。李泽厚是著名美学专家，青年导师。由李泽厚来谈八十年代怎样治学，一定很有吸引力。于是又派马欣来再去组稿。也不知道马欣来都说了什么，李泽厚欣然同意，没过多久,便交来《新春话知识——致青年朋友们》一篇大文。陈仲奇佩服得五体投地。著名学者、北京大学教授金开诚先生曾说:"《文史知识》的马欣来真了不得。她请你写稿,你没办法不写。"

今天想想,能组稿主要不是靠能说会道,而是靠懂专业,靠能和专家学者对话、交流。专家学者认为你懂行,说到点子上了,信任你,于是愿意给你写稿。当年,马欣来写了《〈秦可卿晚死考〉质疑》,深得"懂行"的冯其庸先生赞赏。后来,马欣来研究王维的诗,写出《试论王维的佛教思想》,指出"王维是盛唐诗人中受佛学影响的代表人物",他的确对佛教禅宗感兴趣,但王维的信佛有特殊的原因,"佛教只是他理想破灭后的虔诚,他在无可奈何中把这废墟看作人生不可逃脱的归宿。"(《陕西师大学报》,1985年2期)这个观点,在学术界总结20世纪佛禅研究的"述评"中,被给予充分的肯定。她整理辑校的《关汉卿集》(山西人民出版社出版,1996年),在《关汉卿研究百年评点与未来展望》一文中,同吴国钦、李汉秋等专家的考订研究成果一起,被称为此时期关汉卿考订研究的重要成果。她和胡友鸣合作编著的《台湾文化》一书,成为台湾文化大学教授江天健先生讲授台湾社会文化史,向学生提供的十余种参考书的第一种。

这些成绩说明了,当编辑,即便是周期短变化又快的月刊编辑,也是可以而且应该认真学习,深入研究,有自己的研究成果的。研究、著述使一个编辑的学识不断提高;不断提高的学识,促使编辑的素养更加成熟。一个学者型的编辑一定会得到作者的尊敬,而且会为读者编出高水平的读物来。

后来,由于工作的需要马欣来先是调到古籍规划领导小组办公室工作,接下来又到现代出版社、中国书籍出版社任总编辑。每一个岗位都是兢兢业业,严格律己,得到领导和同事的信赖和赞扬。

快人黄松

编辑部里还有很多精彩的故事,有趣的人。比如黄松,他也是84年大学毕业,不过他是武汉大学毕业生。他本来在中华书局总编室工作,但他不想在上面,而想到具体业务部门工作,就来到《文史知识》编辑部。他干活快,利索,交给他工作,总是一心一意很快做完。这在后来,他任全国古籍整理出版规划领导小组办公室主任时,发挥得更加充分。一件工作交给他,他一抓到底。到最后,不是你催他,而是他催你,是他在督促领导尽快落实。

他脑子快,聪明。1985年,他陪我去山东出差。山东的朋友请我们吃饭时,我见到一盘扇贝又白又大,心想,这是扇贝吗?我们吃的多半小而黄。便问,这是什么菜?他立马说:"杨先生,您没看清吧,这不就是您家常吃的鲜贝吗?"我听后哈哈大笑。这小子,脑子真快,真会说。他是怕我露怯,是担心别人笑我没见识。可是话又说回来,即便我见多识广,我那时月工资不到100元,怎么可能"常吃"又白又大的鲜贝呢!

黄松的大发展在他负责古籍办公室的时候。几年下来,全国古籍出版社没有不熟悉他的,他和古籍出版社没有不友好的,为什么?他能为他们排忧解难,言必信,干事又风风火火,行必果。他协调古籍规划项目,请专家办培训班,组织古籍社编辑研讨业务问题,探讨古籍整理与市场的关系等等,都是古籍出版社急于解决的问题。我想就是那句老话吧,想人家所想,急人家所急啊!

刘良富爬上了"鬼见愁"

还有"四川佬"刘良富。他是编辑部中年纪最大的,虽然从年龄上看他也许算不上年轻了,但在这年轻的集体中,大家都把他当作年轻人。他身体不好,弱不禁风,头总晕,所以常用风油精。我们一闻到风油精味,就知道良富来了。一次,编辑部去远游,登香山"鬼见愁",良富下大决心,兴致勃勃地跟着去了。刚从山下往上爬,他就不行了,大家一边鼓励他,一边前拉后推,终于把他带上去了。他站在山上,极目远看,十分愉快,说:"这是我这辈子登的最高的山了。多亏大家保驾啊!"说得大家哈哈大笑。因为香山"鬼见愁"海拔只有五六百米高。

但良富看稿子极为认真,见到拿不准的一定去查书,所以大家对他看过的稿子都很放心。

最近,听说他眼睛不好,视力很弱了,《文史知识》几位"老人",都很挂念他,说,有机会去四川一定去看看他。

第二组组长陈仲奇

还有陈仲奇。他是复旦大学中文系毕业的,胡友鸣是第一组的组长，陈仲奇是第二组的组长。当初我设计分一、二两组，每组编三期，轮流，目的是让大家在月刊工作月复一月、年复一年的快速周转中有个喘息的时间，利用轮休的三个月，策划一下选题，读读书，以利再战。当然，分成两个组，客观上就形成了竞争的局面，各组都想干出特色来。今天回忆起来，这两个组竞争完全是靠选题，靠自己组的稿子，靠自己设计的一期期内容，而不是别的什么。

所以，这种竞争是快乐的，是互相促进共同提高的。记得陈仲奇为了介绍民俗学知识，跑到民俗学大专家钟敬文先生家组稿。那时钟先生年事已高，眼睛不好，写字也困难，亲自写文章已经不行，但先生头脑仍然清晰，思路仍然敏捷，写作欲望仍然强烈。陈仲奇为了拿到好稿子，把他们那三期编好，便一次次到钟先生家里去采访，由钟先生口述，仲奇纪录，然后重加整理，形成文章。用这种办法，仲奇帮钟先生完成了两篇大作。钟先生的这两篇文章，深受读者欢迎，给刊物增加了份量。仲奇的苦心没有白费。

编辑部里和我一起共事过的还有几位，老大哥黄克，戏剧世家，南开大学华粹琛先生的高足，文章写得生动、幽默、妙趣横生。那时，我很羡慕他的举重若轻的文才，佩服他的大家手笔。他虽然在《文史知识》只干了一年，但那是垦荒辟土的第一年，他是开拓、奠基者之一，贡献大矣。还有后来的尹龙元、冯宝志、孔素枫、张文强，每个人都有很多故事，真是纸短情长，这几位只好留待以后再写了。

……

往事历历在目。谁怎样说话，谁怎样笑，谁上班来晚了会怎样说，谁组来一篇好稿子表情什么样，谁喜欢什么小玩意儿，谁跟谁好，谁喝了酒爱吹牛，谁玩棋爱悔棋……一切一切尽在眼前。这真是一个快乐的集体，一个向上追求的集体。在纪念《文史知识》30周年的座谈会上，张荷说："那个时候在《文史知识》的工作状态和工作乐趣是后来无法复制的。"这话说出了大家对这个集体的怀恋、珍惜和感激之情。

什么是生活？有人曾经说过，生活就是梦想和兴趣的演出。这话说得真好。我们为了明天的梦想，曾放弃了无数的诱惑；我们为了我们的兴趣，曾奋不顾身、夜以继日地工作。——我十分相信，这是当年《文史知识》

的朋友们今天仍然坚持的信念。

"大江东去,浪淘尽,千古风流人物,故垒西边,人道是三国周郎赤壁……"

"旧时王谢堂前燕,飞入寻常百姓家"。

世事沧桑,有多少曾经辉煌、曾经显赫的东西在岁月的脚下已经化作尘土,消散得无影无踪,一切都在变

瑞典·斯德哥尔摩市政厅旁
诗人唱着爱情之歌。

化着。

　　但是,《文史知识》的朋友,他们创业中洋溢出的那种精神,做人的品质,对生活的热情,对实现梦想的全身心投入,却永远存在,它将随着岁月的流逝而更让人感到温暖和怀恋。

2010年7月

怀念朱彬

对于朱彬的纪念,我是不能不写的。她是一位普通的记者,我和她本来素不相识,却因为一篇报道,我认识了她,渐渐地我们成了朋友。她对我的关心,对我的帮助,特别在我困难的时候,曾经鼓舞了我,让我感到人与人之间还是有真情在的,我们在这个社会奋斗还是有价值的。

知道朱彬去世十分突然,是朱彬的邻居也是我的同事,在一次会议之后跟我说的。"你知道朱彬走了吗?"我大吃一惊。"走了",是中国人对于亲朋好友去世的一个十分委婉的说法,是不能轻易用的。我顿时从会议内容的兴奋中跌落下来。我的第一个反应是:哎呀!我怎么连她生病的消息都不知道呢?

脑海中浮现出朱彬的形象。她总是笑眯眯的,说话轻轻的,慢慢的,像大姐姐那样亲切。她总是耐心地听你说话,从不打断,无论是快乐的,是诉苦还是发牢骚,她全都耐心地听你把话说完。然后，轻云淡雾般地说两句，似乎不经意的，却顿时让你放松下来……每回想到这种情景，我都觉得这个朋友太有修养了。我真是差得太远了。在我的印象中，她身体虽然不健壮，但似乎也没有大毛病，怎么突然她就走了呢？而且只是摔了一跤，就再没有醒来。在她，没有受疾病折磨之苦，无疑是积了几十年的德，行了几十年善，上天对她的褒奖。在我，这么突然，我毫无思想准备，连到医院告别都没有机会了，不觉悲从中来。每年我和朱彬虽然见面不多，但总感到有这位朋友在，去找她聊聊随时都可以，这次却是再也见不到了！

而且，我的同事接下来又说了一句："她老伴也去世了，她先走了几步。朱彬是去医院给老伴送饭摔倒的。后来两个人就住在同一家医院里。"呜呼！一个82岁的老妇人，提着饭盒，去给另一位住院的85岁的老伴送饭。一跤不起，住在同一家医院，不久便先后离世。这是怎样一种同甘共苦、相依为命啊！他们无儿无女，临了靠同事安排，又是怎样的令人同情啊！愿他们在天堂里相聚，愿朱彬和她老伴在那里永远愉快相随，再没有疾病，再没有烦恼。

我认识朱彬是在"文化大革命"期间。那时我三十岁出头，和工厂的师傅一起写了《读封建论》。当时，北京市的领导吴德、万里、倪志福说好，说知识分子和工人结合，有利于提高工人阶级的文化理论水平，又有利于知识分子的思想进步。他们还说，书稿表述形式也好，适合工人阅读。后来，这篇有四万多字的书稿，《北京日报》《人民日报》居然在他们那宝贵的版面上连载了三天。

领导有这样的指示，新华社便派来他们的记者朱彬采访。

那时候凡事都很敏感，都可能成为大事。在朱彬采访之前，已经有了一次采访。那次是新华社北京分社的记者。当时，我去请示编辑室领导，新华社要来采访，怎么办。领导说："书是工人阶级写的，又不是咱们写的，咱们去干吗？"我一愣，我脑海中的第一个反应便是，不是和工农兵相结合写书吗？没有知识分子只有工人阶级，怎么叫"结合"呢？而且，谁都知道，知识分子得先把古书给工农兵讲明白，再教他们如何写，他们写出来知识分子再给他们修改，但这话当时我哪敢对领导说出来呀！其实，不去，我一点意见也没有，而且还很高兴。这是真话。我当时的座右铭是"夹着尾巴做人"。"枪打出头鸟"那是多么可怕啊。但领导那样的回答,还是很让我莫名其妙。

很快,对方又来电话,坚持要我参加,他们的理由很简单,知识分子与工农兵相结合,报道两个方面才有意义。我又去向领导汇报。领导说:"我的意见已经说过了,去不去,你自己定吧。"我当然明白领导的意思,我又不是傻子。领导指示得照办。什么错误都好办,组织错误不能犯。这个原则比什么都重要。万没料到,这天下午,工厂的几位工人师傅亲自到单位来请我。我很为难。我如果再不去就太说不过去了吧。我只好又去向领导汇报、请示。这时领导已经没有办法不同意了。但我坚守一条底线,绝不能喧宾夺主,绝不能抢出风头。记者要拍照,我特地选了几位工人师傅的对面坐。记者让我也讲讲,我说工人师傅都说了,我没什么可说的,我主要是接受工人阶级再教育的。第二天,报纸登出采访报道和照片,我很紧张地从头看到尾。好,文字报道一个字也没有写我说什么。照片画面上几位工人师傅脸正对着镜头,我因为是对着他们坐的,所以只有一个后脑勺,谁也看不出那是我的后脑勺。我长出了一口气,放了心，一块石头落了地。

这次朱彬来采访，是专程找我的。她是新华社总社的。她说，是奉上级领导指示，专门采访我这个"青年编辑"，专门请我谈谈与工人阶级相结合的体会的。说完又加了一句，这是吴德、万里、倪志福三位领导（当时北京市委的三位主要负责人）的意见。

我说，上次已经采访过了，这次就算了吧。她大概看出我的为难，便鼓励我，不用有顾虑，实事求是就行。还说，这也是党的政策。她的话我听了很有好感，心里踏实多了。

朱彬是一位文雅的中年女士，穿一件棉布的、纯白色的衬衫，袖口有一些针织的缕空的花边。江苏人吧，吴侬软语，透着柔和、亲切。回想起来，她并没有说几句话，却让我把她想知道的情况一五一十地都说了出来。后来，我和她熟了，就说您本事真大，只在我停顿的时候说几句，就让我又按着您的需要全都倒了出来。

和她相处久了，我才知道，那是她在"文革"中被审查得到"平反"后第一次执行采访任务。她急于想把损失的时间找回来，要做一个正直的、忠于原则的记者。她说，要想把书写得好，没有工人阶级不行，但没有知识分子，只靠工人阶级，书也写不出来，所以，报道要从两个方面去写，经验要从两个方面去去探讨。今天想想，朱彬的这个认识，她这样做，在当时也还是得有点勇气的。

我感谢她。在我困难的时候，她给了我信心。

后来，我在中华书局日子过得十分艰难，想走。我还只有三十几岁，不能困在这。想到一个信任我、重视我的地方踏踏实实做点实在的工作。可能在聊天中我顺口说了这个意思，当时朱彬并没有表示什么。但后来发生的事，说明她很认真地听了我的话，同情我、支持我。

有一天，她突然问我："去中央党校可以吗？那里需要文史方面的教师。我看你合适。愿意去吗？"我很突然，一是因为我不经意的话，她却入了心，而且十分认真地去帮我办；二是因为她给我找的工作是在党校，而且是中央党校。我脱口而出："我不是党员，党校怎么会要我？""不是党员也可以加入嘛。"她这话对我鼓励太大了。那时，我哪里还有这种奢望啊。我在原单位，在某些人眼里，不但没有一点成绩恐怕还是个负数。入党的三关：党小组、党支部、党委，都有人给我把着关。我又没有关云长的武艺，就是给我一副翅膀也是飞不过去的，这我明白。朱彬却信任我，而且认真给我想办法，我怎能不感动？后来，党校还真愿意要我，专门派人来中华书局外调。中华书局管事的人，把他听到的、加上他自己想象的情况一说，此事也就不了了之了。今天想想，万幸，我哪里是在中央党校任教的材料。但那时是病急乱投医啊！

但是，朱彬对我的拳拳之心，让我在阴雨天感受到阳光的温暖。

后来，粉碎"四人帮"，我们单位搞大清查、大批判，自然还是用老办法，上挂下联。我因为写了几本"批林批孔"的小册子，里面不可避免地按照两报一刊的错误观点去写，我应该好好总结，提高认识。但那时我不但不是领导干部，连党员都不是，我写的每一件作品，都是领导分配我的任务，经领导审定、签字发稿的，同样需要陪会、陪听、陪批判，同样要老老实实交代。朱彬开导我，鼓励我，说年轻人做错点事没什么，那时候的文章不都是这些观点吗？我们做记者的不也是拿着两报一刊、抄书抄报地对着写吗？但要总结经验教训，找找自己内心深处的原因，其他的不用计较。她不放心我，我走的时候，她从她家新华社黄亭子宿舍，一直送我到公主坟汽车站，一路上再三安慰我，总结教训，来日方长。从黄亭子到公主坟也有好几里路吧？她送我上了汽车，老太太还要一个人走回去。她说，没什么，就当散步。

当然，我也有我的经验。在那个时期，我组织的每个项目，我做的每个选题，都特别注意要经过各级领导批准。后来，当组织向我了解情况时，我便拿出我保存的档案，一件件那真是内容齐全，连领导写的一个便条都保留其中。我自己都佩服自己，怎么会如此"先知"。我保存的选题文档，包括：选题策划的意图、工作的方案、选题的重点、作者队伍的构成、完成的时限等等。事前有报告，中间有汇报，完成有总结，而且都有支部领导、部门主任、总编辑的批复意见。审查的人见到这么齐全的材料目瞪口呆。于是有人又提出，他写的文章很多观点，不仅仅是抄两报一刊的，很多是他自己发明的。这可够厉害的了！今天回想起来我都不寒而栗！有这样的人做同事我吓得直发抖。但大事面前不能含糊。"哪个观点是我发明的？请你指出来。"我虽然是每天夹着尾巴做人，但遇到原则问题我是不会退缩的，更不惧怕！而且，我相信，只要你能指出来，我马上会从两报一刊中找到出处。因为那时形势复杂，写文章讲话，我时时刻刻注意与中央精神保持一致。

其实,那并不叫什么"经验",我也没有那么"聪明"。我是从参加农村的"四清"运动中吸取的别人的教训。1964年,我在北京大学读四年级,学校根据上级的指示,让我们在阶级斗争中去经风雨、见世面,安排我们去湖北江陵参加社教运动。我们下去第一件大事,就是和县里的干部一起清查生产大队干部的"四不清"问题。问干部,昨天你干什么了,在哪儿聚餐,吃什么了;前天你干什么了,在哪儿聚餐吃什么了;去年干什么了,在哪儿吃什么了,前年干什么了,在哪儿吃什么了……要一天一天说清,一月一月说清,一年一年说清。那些农村生产队的干部居然对答如流,说得清清楚楚。我颇为惊讶!问县里来的和我们一起参加"四清"工作队的同志,这些生产队的干部,本来就是农民,怎么能把事情记得那么清楚?县里的同志告诉我,一是农村节气就那么多,每年大体一样,什么作物下来了,干部们搞来先吃。二是瞎编。他们知道"四清"工作队又不能一辈子在他们那里,就算被查出来,又能把他们怎么样?大不了还去种田。"还能打掉他们手中的锄头把子吗?"先把眼前的运动对付过去再说。我听了,很震动。这里面有这么大的学问啊!

话是这么说,我却从中受到了极大的冲击。当时,我牢牢记住,今后我工作了,干什么一定要记录,做什么一定要向领导汇报,得到领导批准,要留好有关签字、批准的材料。我还记得,一位县里的领导在给"四不清"的干部训话时说:"拿破仑说过,钱财大事不可等闲视之。"我真不知道拿破仑什么时候说过这样的话,但从"四清"干部审查"四不清"干部的夜以继日,车轮大战,如不承认,大会批斗,我就记住了这个经验教训。这也是清查时我得以很快解脱,后来让我几十年多次受益的宝贵财富吧。这些我也跟朱彬说过,她听得哈哈大笑。她调侃我说,想不到书生也有书生的办法。

朱彬的爱人老张,是新华社一个重要刊物的总编辑,多才多艺,政治上很强,也是因为"文化大革命",他得了严重的神经关能症。朱彬陪他跑医院,给他请老中医,百医无效,又花重金,请气功大师治疗。终于严重到不能自理,住进医院。朱彬怕医院的伙食不对老张胃口,每天在家里做好饭送到医院。不幸,老太太提着饭盒在医院门口被汽车撞到,摔倒在地,晕了过去。因为就在医院门口,周围的人把她抬进了医院。从此她就再也没有醒过来。三个月后,去世了。不久,老张也追她而去。

唉!她的病,她的住院,直至去世,我全然不知。她们夫妻无儿无女,我知道他们本来收养过一个孩子,但孩子长大后,成了家,自己过日子去了,也顾不上老两口了。

朱彬的后事,老张的后事,都是什么情况呢?与朱彬、老张同时的老人,都退休的退休,去世的去世,我再三打听,无从得知。

还有一件事,我得说一说。朱彬脾气好,修养好,待人温文尔雅,但生起气来也是一定要弄个明白的人。朱彬退休后,和大院里的老头、老太太(多是新华社离退休的老同志)练一种功,说是对强身健体颇为有益。不知怎么搞的,却被有些人说是搞封建迷信,是伪科学。他们不服气,到处去讲理。老太太从家里坐公交车找我来唠叨。她说,我们这些人练练功,健健体,在一起交流一下心得体会,心情愉快,少生病,既为单位节约了医药费,又活跃了退休生活,给组织少了多少麻烦,有什么不好?说着说着老太太气大了,拿出大家写给组织的意见给我看。我第一次见朱彬动气,还真是不依不饶。

我劝她，别再较真，不让练，可以打打太极，练练瑜伽，或者气功。朱彬说，我们可以练别的功，大家要的就是这个理。不能把我们这些老同志为健身练功，说成是伪科学，说成是搞封建迷信！到今天，在我写这篇回忆文章时，老太太激动的表情，仿佛还在我眼前浮动。这大概是朱彬同志到死都没有理平的心事吧？

听同事告诉我，说朱彬身体还好时，她的同事因出版问题找她帮忙，要她给我打电话说一下。朱彬说："他很忙，我也很久没和他联系了。"我知道，她是怕给我添麻烦，怕让我为难。如今，这句话成了她给我留下的最后一个回忆了。

我写下这些，怀念这位在困难时鼓励我、帮助我的朋友。愿她和她的老伴在那一个世界，心情舒畅，无病无灾，再没有批判与被批判的事。

2015年10月初稿

2017年5月修改

在灿烂的秋日

我敬佩的褚斌杰先生

褚斌杰先生是我心中常怀念的一位朋友。尽管他在1979年从中华书局回到北大之后,我跟他的来往就很少了,但我常常想念他。而且,一想起他,我的耳边就会响起他那爽朗的笑声。他乐观,厚道,他的笑声也很厚道,一点保留没有,很有感染力,真是一位忠厚长者。我总觉得他就像小说、电影中的"大表哥",替你忧,为你喜,全心全意帮你忙。

在褚先生凤凰山墓地的墓碑后刻有他生前自拟的墓志铭,其上写道:

> 他读过文学,也学过哲学。写过一些文章,评论过许多过往的名人,但进入晚年后思之,一直未弄清的是人生。他生活过,感动过,快乐过,悲痛过,感谢过,嫉妒过……看到和听到过各种人间灾难,反观之,应该说自己已是

个十分幸运的人了。那么，也就足以自慰而安息了吧。

读过之后，我心里有一种平静。我知道这些平实的话里有丰富的内涵。"他生活过，感动过，快乐过，悲痛过，感谢过，嫉妒过……"正因为此，他这样达观，这样明白，这样透彻，他走过了波澜起伏的一生，而仍认为自己是个十分幸运的人。

我曾经去他家拜访过。那时，他的"右派"问题还没有平反。他还是中华书局的一位文学编辑，住着中华书局的宿舍，那是翠微路办公楼一层一间用办公室隔开的房间。似乎他刚有了儿子小九。因为只有一间房，又睡觉，又吃饭，又写作，又有孩子的小床，尿布、奶瓶，自然很乱，但褚先生很快乐。看着年轻的爱人黄筠，看着咿呀学语的儿子小九，脸上一派喜洋洋。

我还想起在湖北咸宁五七干校时，他爱人怀孕，干校条件差，没有什么可吃的，而孕妇要增加营养。褚先生便经常去河边湖岸挖泥鳅鱼给爱人做了吃。久而久之，他挖泥鳅鱼很有一套办法了。收工之后，不论多么累，他都是放下干活的工具，就提上小竹篓去挖泥鳅鱼。可是褚先生不懂（其实那时大家也都不懂，或者顾不过来），泥鳅鱼是凉性，孕妇不宜多吃。后来，黄筠身体果然出了问题。我们都觉得出问题主要是因为干校条件太差，但褚先生后悔不迭，总责备自己无知，让黄筠吃了太多的泥鳅鱼。

我跟褚先生一起出过一趟差，使我对褚先生的忠厚、律己有了更具体的认识。那是1972年，是去武汉，为武汉大学教授谭介甫先生《屈赋新编》做责任编辑。这项任务很有来头。在当时，出版界只出过一本章士钊的《柳文旨要》，那是伟大领袖亲自指示的。在这个背景下面，急着赶着出《屈赋新编》，更显得任务十分的特殊。据说，这部书是天津的王曼恬推荐给周总理的。王时任天津市委文教书记，最主要的她是毛主席的表侄女，因此说话很有分量。周总理把这一任务交到中华书局。书局领导立即吩咐我和褚先生去武汉，面见谭介甫先生，就在武汉就近把书稿的编辑任务完成。

褚斌杰先生是古典文学专家游国恩先生的弟子，是研究屈原的专家。褚先生很有才华，二十岁刚出头，还在大学读书时就写出了《白居易评传》，到现在这部著作还是研究白居易的重要参考书。我随同他去做这一工作，当然十分高兴，一来他是专家，我可以学到不少东西；

再说，他是"大表哥"，相处一定会很愉快。

下了火车，直奔武汉大学。是七月份，正当伏天，红日当头，本来水陆码头的武汉来往客商总是熙熙攘攘，但这时路上行人却不多。路两旁知了叫个不停，天气实在太热了。

这时候，武汉大学已经放假，老师们也跟着放假，招待所里没住几个人。招待所所在又是珞珈山的山凹处，窝风，更是闷热。我们跟管理员说，为两个人工作方便，请给我们开两个房间，避免互相干扰。管理员死活不同意，说没人打扫卫生。我说，我们可以自己打扫。管理员还是不同意。褚先生见说不通，劝我道："算了算了，两个人在一块有问题好商量。"洗了脸，褚先生就立即伏在桌子上开始看稿子。酷热难当，不一会儿衣服就全湿透了。只见褚先生把上衣、下衣全部脱掉，只留一个裤头，脖子上搭块湿毛巾，埋头看稿。他见我不脱，便说："反正招待所没人，赤膊上阵吧！"说完哈哈哈大笑起来。我见他伏在桌子上，弓着腰，他个子又高，人又瘦，就像一只大虾，十分感慨。

褚斌杰先生那时已是国内外很有影响的中国文学史专家，在这样的条件下，都能赤条条坦然愉快地埋头工作，我还说什么呢！

傍晚，褚先生说，太热了，我们去东湖游泳。东湖就在招待所不远处，我们一直到路灯亮了才上岸。第二天，我俩身上奇痒，出了不少红点，估计就是湖水污染所致，再不敢去东湖游泳了。

正当暑天，武汉市用电量很大，首先得保证工厂生产用电，再加上学校已经放假，所以经常停电，招待所里的电扇停停转转，汗珠直往稿纸上滴。我是一会儿用凉水洗把脸，一会儿走到走廊放放风，褚先生则稳坐不动，汗太多了就用搭在肩上的毛巾擦一把。

晚上，我们在东湖边散步，褚先生说："其实我们这趟差，意义重大。这可是周总理交下来的任务啊！我们得干好。是不是得去省里汇报一下进展？"

他这样一说，我立即表示赞成。

那时湖北已经成立了革委会，大小事得向革委会汇报。省革委会在洪山宾馆开三级干部会，革委会的大小领导都在会上，我们便直奔洪山宾馆。敲门，半天，门开了，还没见到人就有一股冷气从门缝冲了出来，原来这里的房间都装有空调。

出来的人很客气，又把我们带到革委会宣传口的领导处。领导很像样子，端坐，穿戴整齐，不苟言笑，听完我们的汇报，沉吟了好一会儿，说："你们给谭介甫出书的任务是周总理交下来的，上面也跟我们打过招呼。你们干吧，我们支持。你们有什么困难？"

褚先生忙说："没有，没有困难。"我心想，怎么没困难，那么热，工作效率上不去啊！便说："就是武大的招待所太热了，经常停电，电扇也不转。能不能换一个不经常停电能用电扇的地方？"我心里根本没想空调的事，空调和我们无关。

"好说，好说。这里嘛，开三级干部会，都住满了。介绍你们去武昌饭店吧。那里条件也还可以。"

我们一听，十分高兴。心想，既然叫"饭店"，总是比招待所强，电扇肯定会有保证。

回来的路上，我问褚先生，向省里汇报这主意你怎么不早说啊？

褚先生笑着说："我们当编辑的，做些具体工作，怎么能跟总理挂钩啊！"

今天回想起来，我们那时做工作是很朴实的，恪守着读书人的本分。如果和总理挂上钩，还有毛主席的表侄女，那不也是事实吗？

从武大招待所取了行李，我们又乘公交车到了武昌饭店。饭店大堂办住宿手续的门房打量了我们一下，问我们做什么。我们说，住宿，要两个房间。心想有革委会指示，就有什么说什么吧。那位门房拉着湖北腔说："都住满了，哪里有房间噢！"

我们傻了眼。又对他说：刚才省革委会的领导要我们到这里来的。

他说："我不认识什么领导。"

这下我们更急了。那边房间已退，这边房间又住不进来。我急忙给省革委会接待我们的那位领导打电话，那位领导说，你把电话交给饭店的人，我来说。

只几句话，饭店那位办手续的人便轻轻放下电话，满脸含笑，点头哈腰，说："二位为什么不早说噢，你们是曾司令员（当时省军区司令员，省革委会主任曾思玉）的客人噢！有房间，有房间，我带你们去看看合适不合适。"然后又对我们说："你们先洗洗，然后到我那儿买吃饭的票。饭分甲乙两种，甲种高级，小灶，1块2一天、乙种是一般人吃的，1块一天。一会儿你们来交钱办手续吧。"

我洗完脸，要去买饭票。褚先生说，"咱们一定得买1块2的,省得让那门房瞧不起我们。"说完,又哈哈地笑了起来。

一晃半个月过去,审读加工《屈赋新编》的任务完成了。谭介甫先生十分满意,认为订正了许多他疏忽之处。褚先生却跟谭先生说,牧之同志做了许多工作,他和我各看一半。这话我实不敢当。虽然这部书稿分上下两卷,开始说我们各看一卷,那不过是褚先生照顾我的面子。其实我看完又经褚先生审定过。我当时刚刚从干校回来,刚开始学做编辑,边干边学。

临告别谭先生的头一天,谭先生设家宴,请褚先生和我,表示感谢。席中,谭先生问褚先生:"先生尊师是哪一位?"褚先生谦虚地说:"不敢,恩师是游国恩游先生。"谭先生又问我:"您的恩师是哪一位?"褚先生是游先生的研究生,又是他的助教,而且继承游先生的治学精神,成就了许多论著,当然可以那么说;而我,虽然已从北大毕业六七年了,但因为"文化大革命",并没有真正工作多久,更谈不上继续研究学问,哪敢辱没老师?正不知如何回答,褚先生代我说:"牧之的尊师是魏建功魏先生。"谭先生又说了很多客气话。这一情景已过去三十多年了,褚先生当时的话我却一直清晰在耳。

我写出这样一些往事,是为了怀念褚斌杰先生。褚先生为人厚道,疼妻爱子,淡泊名利,追求学业,有目共睹。他自拟的墓志铭总结了自己的一生。他对自己的一生是坦然和知足的。一个被打成"右派"低人一等二十年的人,仍能对自己一生的遭遇有这样的总结,这是一个什么样的人啊!

我敬佩褚先生。

我敬佩褚斌杰先生的达观。让白云、轻风、绿树、明月陪他远行。

门前一树马缨花
——怀念季羡林先生

（一）

我从中学读书时就记住了季羡林先生的名字。那时，我偶然读到一篇散文，题目叫《马缨花》，作者就是季羡林。说他有一个时期孤零零一个人住在一个很深的大院子里，傍晚从外面走进去，越走越静，自己的脚步声越听越清楚，仿佛从闹市走向深山。还说往往在半夜里，突然听到推门的声音，声音很大，很强烈，不得不起来看一看。我就觉得有股《聊斋》里那些空旷老宅鬼狐之气。再往后读，季先生写道："有一天，在傍晚的时候，我从外面一走进那个院子，蓦地闻到一股似浓似淡的香气。我抬头一看，原来是遮满院子的马缨花开了。远处望去，就像是绿云层上浮上一团团的红雾。"我眼前一亮，仿佛也看到了细碎叶子上红雾似的花。可能是我先就有"聊斋"之想，见到季先生说院子里的马缨花，我就想到《聊斋》三汇本中有一篇注释里引了两句诗，诗说：泥土作墙茅作屋,门前一树马缨花。我觉得实在太美了,便移情于此。我那时是个中学生,井底之蛙,根本不知道季羡林是谁,只是因为文章写得像《聊斋》,给我很深的印象,我记住了他的名字。

后来,我有幸考入北京大学中文系,先知道写过《穿着细事且莫等闲看》、翻译过《第四十一》的曹靖华,是北大俄语系教授。不久,又知道了写《马缨花》的季羡林是北大东语系教授。后来,又知道北大知名教授之多数不胜数,真是很激动啊,一下子感到自己作一个北大学生实在是太幸运了,不自觉地就有了一种自豪感。但那时我从来没想过当面去向他们请教,认为我和他们的距离太远了,人家没有时间,我也没有资格。

(二)

今天,季先生去世一周年了。我内心里升腾起对季先生的无限感念。在我从北大毕业参加工作后,我所做的两件大事都有季先生的支持。

第一件事情是我在中华书局办《文史知识》。我们从1981年起办起了《文史知识》。因为办刊逢时,又得到师友支持,再加上我们办刊的几个人卖力,真办得如火如荼。

1986年,我们看到杭州灵隐寺烧香求佛的人十分多,不但有老者,还有青年学生,甚至国家干部;看到普陀寺道场整日香烟缭绕;看到大学里选修宗教课的人越来越多,便决心编一期"佛教与中国文化专号"。为此,我们请季先生写一篇他研究佛教的心得。他慨然应允。不久就送来了《我和佛教研究》的专文。这篇文章真让我震惊,季先生写道:

> 我们过去对佛教在中国所产生的影响的评价多少有点简单化、片面化的倾向。个别著名的史学家几乎是用谩骂的口吻来谈论佛教。这不是一个好的学风。平心而论,佛教既然是一个宗教,宗教的消极方面必然会有。这一点是不能否认的。
>
> 但是佛教在中国产生的仅仅是消极的影响吗?这就需要我们平心静气仔细分析。……佛教作为一个外来的宗教,传入中国以后,抛开消极的方面不讲,积极的方面是无论如何也否定不了的。它几乎影响了中华文化的各个方面,给它增添了新的活力,促其发展,助其成长。

季先生又写道：

> 宗教会不会成为社会发展、生产力发展的障碍呢？会的，但并非决定性的。……在日本，佛教不可谓不流行，但是生产力也不可谓不发达，其间的矛盾并不太突出。我刚从日本回来，佛教寺院和所谓神社，到处可见，只在京都就有一千七百多所。我所参观的几所寺庙占地都非常大。日本人口众多，土地面积狭小，竟然留出这样多的土地供寺庙使用，其中必有缘故吧。我们是否可以这样说：佛教在日本，不管以什么形式存在，一方面能满足人们对宗教的需要，另一方面又不妨碍生产力的发展，所以才能在社会上仍然保持活力呢！

我占这么大的篇幅抄录季先生的文章，实在是因为这些观点让我很钦佩。这篇文章写于25年前。那时作者就能实事求是，有啥说啥，很不容易。这种突破传统、科学分析，敢于逆潮流而上的大无畏精神，是一个伟大学者的风范。我想，也只有这样才能探寻出真理吧？

从此，我对季先生的认识更深入了一步。季先生也对我们夸奖有加。他说："现在《文史知识》——一个非常优秀的刊物——筹组了这样一期类似专号的文章，我认为非常有意义，非常有见地。"

他还说：《文史知识》真正做到了雅俗共赏，不但对一般水平的广大读者有影响，而且对一些专家们也起作用。通过阅读本期的文章，一方面可以获得知识，另一方面，也是更重要的一方面，还可以获得灵感，获得启发，使我们在研究佛教的道路上前进一步，以此为契机，中国的佛教研究的道路将会越走越宽，越走越深入，佛教研究的万紫千红的时期指日可待了。

我心中暗想，季先生真是我们的知音啊！从此，我们有了重要的题目，就去请季先生写，季先生也是有求必应。据统计，从1986年在"佛教与中国文化"专号发表了这篇文章之后，到2001年，15年间季先生在《文史知识》上发表的文章有十四五篇之多。据季先生的学生王邦维说："季先生一生虽然发表文章无数，但似乎从来没有在同一刊物上发表超过这个数量的文章的。这说明季先生十分地厚爱《文史知识》。"

王邦维先生的话是有道理的。季先生的老朋友大诗人臧克家先生曾说自己是《文史知识》的"第一号朋友"。季先生说："那我就是《文史知识》的第一号读者。因为几乎每一期的文章我都是从头读到尾的。"

1989年10月,《文史知识》出刊100期,季先生特地撰写了《百期祝词》,文章中说:"我对《文史知识》有所偏爱。但是我的偏爱不是没有根据的。"又说:"我对《文史知识》的印象可以用八个字来概括:严肃、庄重、典雅、生动。"

9年之后,1998年1月《文史知识》出刊200期时,季先生又特别写文章祝贺。他说:"《文史知识》是我最爱读的学术刊物之一。它已经成了自己特有的风格,这种风格我想用这样两句话来概括:严谨而又清新活泼,学术性强而又具有令人爱不释手的可读性。"

今天,当我再一次温习季先生的文章,温习季先生的鼓励的话时,我想,我们确实是在努力经营我们的刊物,把它当作实现我们"梦想"和"兴趣"的途径去追求。但季先生的鼓励,重点在指出《文史知识》是"学术刊物",《文史知识》严谨、清新、典雅,具有可读性。这就体现了一位大学者对如何研究和弘扬中华民族文化、什么叫"学术"的一个态度,一个标准。他的标准就是,是否老老实实地做学问,是否实事求是地谈问题,是否能用通俗、生动的笔法,写出严谨、有学术价值、有新的突破的清新的文章。他的标准就是像《文史知识》上那些"大专家"写的"小文章"同样有学术价值。这是一位伟大学者，给我们提出的要求和希望吧？季先生曾经说，他自己最为敬仰的四位前辈是陈寅恪、胡适、梁漱溟和马寅初。他说，陈寅恪的"独立之精神，自由之思想"，胡适的"大胆假设，小心求证"，梁漱溟的"三军可夺帅也，匹夫不可夺志"，马寅初的"宁为玉碎，不为瓦全"，令他十分赞佩。综观季先生对这四位大师的礼赞，我们也可以印证季先生做人的标准和对后辈的期望。

第二件事是有关"大中华文库"的编纂工作。季先生还有任继愈先生、袁行霈先生，以及杨宪益、沙博理诸位先生，可以说是这件大工程的精神支柱。他们除了到处介绍夸奖这项工程，还不断地给我们出谋划策、排忧解难。

萌生编辑《大中华文库》是在20世纪80年代，是我在中华书局做编辑的时候。我那时想，中国有悠久的历史、灿烂的文明，但国际上的学者对中国文化研究不够，评价不充分。甚至连大哲学家黑格尔都认为，中国虽然有完备的国史，但中国古代没有真正意义上的哲学，还处在哲学史前状态。真是不幸。我想，其中一个重要的原因是，中国的车载斗量、灿烂辉煌的古代文献没有全面系统准确地介绍到西方去。

我是学中国古典文献的，又长期在中华书局做编辑，我觉得，把中国辉煌灿烂的文化介绍到全世界去，是我们的责任，也是我们的使命。但那时中华书局没有条件。我和当时中华书局的总编辑李侃同志谈我的建议，他表示无奈，说："中华没有那么多资金，也没有外语力量。"事实也确是如此。正如任继愈先生说："为什么今天能够出这么一套《大中华文库》，过去不行，20年前行不行啊？我看也不够这个条件。现在我们'沾光'在哪里？我们国家经济力量上去了，经济发展了，综合国力上去了，文化也就跟着上去了。我们在这方面做得很及时，很得力，也做得很合适。再晚，就耽误了；再早，也不可能。我感觉，国力的昌盛，是我们有力的支持、支柱，让我们今天能够出这么一套好书。"

有了经济实力，还得有人的精神、人的信念。这项工程难度太大了。一是外语人材；二是古文献人材；三是出版资金；四是编辑、印制、装帧水平。当时正在策划筹办第一届"国家图书奖"。我得以见到我景仰久已的季先生。那是我第一次当面向季先生请教。他是一位瘦瘦的老者，脑门有很深的皱纹，眼睛十分和善，再加上白白长长的眉毛，和邻居家的老爷爷毫无区别。穿着一身蓝色中山装，洗得已经有些发白。一说话，语音缓缓的，很和蔼，顿时让我去了紧张。

我说了想法，我说请季老给我们出主意，我还说，季老您学贯中西，给我们当顾问吧。我怕季先生拒绝我们，便不停顿地一口气把话说完。季先生没有打断我，听我说。事后，我很后悔，怎么没想起和先生谈谈"马缨花"啊！

季老十分和蔼又十分坚决地说："出版这样一套书太必要了。它的意义估计再高也不过分。"

"我们这一辈人，都希望做这项工作，但那时没有条件。鲁迅讲'拿来主义'，'五四'以后我们拿来的不少，送出去的不多，而且有些工作还是外国人做的。今天你们要做，我举双手赞成。"

"外国人介绍中国文化，当然是好事，但介绍的效果怎么样，准确性如何，我看都没把握。还得我们自己做。"

"我只盼你们尽快开始做。"

谈话是在香山饭店，在饭店大堂后面的花园里。池水、绿柳、白墙、黑瓦，季老坐在池边的太湖石上，娓娓而谈。那情景像一幅画，定格在我的脑海中。当时我还想，这位老者，头也不很大，人和邻家老爷爷没有多大区别，他脑中怎么装了那么多东西，会有那么大的学问？他穿着朴素的早已落伍的蓝布中山装，怎么会有那么深厚、无边的情感，写出那么含蓄、多情的散文呢？他文中弥漫着的那份深情，永不褪色，什么时候读了，都会让你感到充满人情味，让你深深地感动。我站在季先生后面，我感到季先生就是一座大山。我得到这样一位伟大学者的支持，仰之弥高，钻之弥坚，让我好生荣幸。

季先生成了《大中华文库》的学术顾问，有问必答。什么时候请他来开会，他总是提前到达。没有任何要求，没有丝毫特殊。

每当这时，我就会想起任继愈先生讲的有关季先生的一个故事。任先生说：北京图书馆善本室有一个规定，那就是必须是有研究员、副研究员资格才能入室查阅。季先生带的一个研究生要去查阅但没有资格。季先生就亲自带着研究生去善本室，他借出书，让学生看，自己端坐在一旁等着。

每想到这里，我的眼睛都会湿润，我的内心都会深深震撼。老师岂止"传道、授业、解惑",他们心里装着未来,他们支撑着每项为了未来的事业。他们是伟大的学者,他们又是关怀、扶持、期望着"家业"兴旺的父兄。

《大中华文库》出版接近尾声时,我们在大会堂开会,听取各位专家的意见,以便善始善终地搞好。季先生率先发言,他语重心长地说:"现在我们常讲一句话,说'弘扬中华民族文化',问题是弘扬的范围是什么?弘扬的目的是什么?一方面,是为了我们中国自己的利益,为了我们的后代;更重要的是对全世界。《大中华文库》对我们整个人类的前进,整个人类的发展,具有不可估量的价值。"听了季先生的发言,我很震惊,也很不安,是不是估计太高了?散会后,我去问季先生,季先生一边笑着,一边说,《大中华文库》是什么?是中华民族文化啊!是中华民族文化的精华啊!我估计过高吗?你们做了了不起的事,要继续做好,保证质量。

我心里一下子有了底。我们不能辜负我们心中景仰的大师的期待,我们不能辜负他陪我们后生读书的那份拳拳之心,我们不能辜负他"召之即来",无话不说的深情。我们得记着他们的期望,肩负着他们的大旗奋力前进。

（三）

绵绵回忆，季先生对我、对我们的支持真是难以尽说。在我不得不停笔的时候，季先生的三篇文章还不能不说一说，因为它们给我的印象太深，震动太大，警醒太强。一篇（估且也叫一篇吧）叫《牛棚杂忆》。书的序言说：

> 一些元帅、许多老将军，出生入死，戎马半生，可以说是为人民立了功。一些国家领导人，也是一生革命，是人民的"功臣"，绝大部分的高级知识分子，著名作家和演员，大都是勤奋工作，赤诚护党，所有这一些好人，都被莫名其妙地泼了一身污水，罗织罪名，无限上纲，必欲置之死地而后快。真不知是何居心。中国古来有"飞鸟尽，良弓藏；狡兔死，走狗烹"的说法。但干这种事情的是封建帝王，我们却是堂堂正正的社会主义国家，所作所为之残暴无情，连封建帝王也会为之自惭形秽的。而且涉及面之广，前无古人。受害者心里难道会没

有愤懑吗？我心里万分担忧。这场空前的灾难，若不留下点记述，则我们的子孙将不会从中吸取应有的教训，将来气候一旦适合，还会有人发疯，干出同样残暴的蠢事，这是多么可怕的事情啊！

他尖锐地评价了"文化大革命"，他坦率地讲出了他的忧虑。

一篇叫《站在胡适之先生墓前》。他写道：

我现在站在适之先生墓前，心中浮想联翩，上下五千年，纵横数千里，往事如云如烟，又历历如在眼前。中国古代有俞伯牙在钟子期墓前摔琴的故事，又有许多在挚友墓前焚稿的故事。按照这个旧理，我应当把我那新出齐了的《文集》搬到适之先生墓前焚掉，算是向他汇报我毕生研究的成果。但是，我此时虽思绪混乱，但神智还是清楚的，我没有这样做。

第一，季先生敢于拜谒胡适的墓，还在胡适名号后面加上了"先生"二字（这是他过去不敢做的）；第二，他想像挚友那样将自己的《文集》，在"适之先生墓前焚掉"，以作为"汇报"；第三，但终于没有那样做。

他说,他"神智还是清楚的"。

第三篇就是《留德十年·重返哥廷根》:

我真是万万没有想到,经过35年的漫长岁月,我又回到这个离祖国几万里的小城里来了。……首先我要去看一看我住过整整几十年的房子。我知道,我那母亲般的女房东欧朴尔太太早已离开了人世。但是房子却还在。我走到我住过的房子外面,抬头向上看,看到三楼我那一间房子的窗户,仍然同以前一样,摆满了红红绿绿的花草,当然不是出自欧朴尔太太之手。我蓦地一阵恍惚,仿佛我昨晚才离开,今天又回家来了。我推开大门,大步流星地跑上三楼。我没有用钥匙去开门,因为我意识到,现在里面住的是另一家人了。我经常梦见这所房子,梦见房子的女主人,如今却是人去楼空了。

……我忽然回忆起当年的冬天,日暮天阴,雪光照眼,我扶着我的吐火罗文和吠陀语老师西克教授,慢慢走过十里长街。

……几十年来我昼思梦想最希望还能见到的人,最希望他们还能活着的人,我的"博士父亲",瓦尔德施米特教授和夫人居然还都健在。一别35年,今天重又见面,真有相见还疑梦之感。老教授夫妇显然非常激动,我心里也如波涛翻滚,一时说不出话来。

噢!我抄了这么几大段文字,这算什么文章呢?我知道这不大符合作文章的起承转合,但非如此不能说出我对季先生的敬仰和钦佩,不足以说明白我对季先生又伟大、又普通,有高人的志向,又有常人的悲欢离合的一种亲近之感。谁没有七情六欲,谁没有这个那个想法?如果都没有,那这人无论多么伟大、多么崇高,也不会让人感到亲切。

季先生去世一年了,终于可以安安静静地休息了,也不用再在门上贴上"请勿打扰"的纸条了,没有人再去那里打扰了吧?

季先生字希逋,有人说这是他仰慕南宋的大隐士林逋。林逋,以梅为妻,以鹤为子,终身不仕,隐逸山林。季先生想这样吗?季先生笔名齐奘。奘,玄奘,俗称唐僧是也。齐,齐鲁大地。有人说季先生要向玄奘看齐,做齐鲁大地之唐玄奘,是吗?

季先生在我心里,既是伟大、渊博的学者,又是一个有爱、有恨的普通人。他也慕苏东坡之游,想像苏东坡一样,"在月明之际,亲乘一叶扁舟,到万丈绝壁下",体会《石钟山记》的境界。他也曾看到头顶上有萤火虫飞,而想伸手抓到一只。他也为拨开草叶,发现一颗颗红红的草莓,感到无比快乐。他也会为给自己花钱而算计。他从医院回到家里,在空空荡荡的屋子里,他的白猫扑到身上,他的眼泪就"扑哧扑哧"往下掉。他也会与儿子闹矛盾,甚至堵气不理人。他也曾想过自杀,但暴徒十分激烈的敲门声,让他猛醒,对暴徒不可软弱。这些不都是一个平常人的平平常常的喜怒哀乐吗?也正为此,我更加崇敬他。

夏天到了,绿树如荫。找个时间我要去季先生当年住过的院子看看马缨花,看看是不是又开得像是绿云层上的一团团红雾。

2010 年 7 月

浩瀚的大海,灿烂云霞,激荡宏伟的人生。三亚湾,让我感受人生的哲学。怀念季羡林先生。

不忧，不惑，不惧
——怀念周振甫先生

（一）

上大学时读过周先生的《诗词例话》，爱不释手。一是因为深入浅出，我大多能读懂；二是正投合一个小知识青年的口味。他引鲁迅的话，指导我们读诗词注意什么。我印象很深的是书中讲到不要看了被人摘出的一二句诗词就下判语。这种摘句最能引读者迷误。"好比从衣服上撕下来的一块绣花，经摘取者一吹嘘或附会，说是怎样超然物外，与尘浊无干，读者没有见过全体，便也被他弄得迷离惝恍……最显著的便是'悠然见南山'的例子。忘记了陶潜的《述酒》和《读山海经》等，捏成他单是个飘飘然，就是'摘句'作怪。"因为当时我们都爱摘记名言，我还有一个小本子，是用来专记好句子的，经周先生这样一说，感到记个只言片语，没有多大用，而且还可能误导，名言小本也就不大用了。

还有一段议论，解决了我的一个大问题。读书时，常常要分析某首诗词的微言大义，分析其中表达了作者什么样的思想感情。如果了解了作者写作的时代背景并不难把握。但是，古代有不少传诵的诗词，它的写作年月和写作背景都无从查考。分析诗词中的寓意和所表达的情感就很困难。周先生说，这就只能从诗词本身去考虑了。他说：凡有寄托的诗，即使着重在描写景物，一般总会从描写中透露出一点消息来的。手法大概有下列几种：一，着重写景物，中间插进几句寄托的话，暗示写景是有寓意的。如辛弃疾的《摸鱼儿》"更能消几番风雨"写春末景象，中间插进"蛾眉曾有人妒"，"玉环飞燕皆尘土"，不是写景，透露出全词是有寄托的。二，着重写景物，但从所用的典故里透露出寓意来。如王沂孙《齐天乐·蝉》，全首都写蝉，其中说："铜仙铅泪似洗，叹移盘去远，难贮零露。"汉武帝在长安造铜人捧露盘来承受露水，相传汉亡后，魏明帝把铜人搬到洛阳去，铜人眼中流泪，历来用它作亡国之痛的典故。三，从语气和感慨里透露。如陆游《卜算子·梅》："无意苦争春，一任群芳妒。零落成泥辗作尘，只有香如故。"这里在咏梅，可是说的话很有感慨，从中看出他是用梅花来自比。周先生说，真有寄托的诗，总有一点消息会透露出来。要是全篇都写景物，没有一点寄托的意思透露出来，那就不要去追求寄托，避免牵强附会。

这讲得太好了，很容易懂。我真是如获至宝，不用说，一口气读完。但我还是把自己估计高了。尽管那是一本雅俗共赏、深入浅出的入门书，真正读懂，没有点古典文学的根底，也还是不容易的。

（二）

1967年，按照国家统一分配方案，我被分到中华书局做编辑。随后去部队锻炼。从部队回来，又去五七干校，战天斗地，改造思想。直到1972年从干校回北京，才开始编辑业务。那时中华书局还没有开展除校点二十四史《清史稿》外的出版业务，书局领导为培养锻炼我们这些刚毕业的大学生古籍整理的能力，就给我们每个人都找了一位"师傅"，跟着"师傅"学。恰好，我的"师傅"就是周振甫与王毓铨先生。王、周二位先生分工校点《明史》，我就从旁学徒。

那时拜伟大领袖毛主席所赐，中华书局得以聚天下英才开展二十四史和《清史稿》的校点整理工作。有整理《汉书》的傅东华，《后汉书》的宋云彬，《三国志》

的陈乃乾,《晋书》的吴则虞、杨伯峻,《宋书》的王仲荦,《魏书》《北齐书》的唐长孺,新旧《五代史》的陈垣,《宋史》的聂崇岐,《金史》的张政烺,《元史》的翁独健、邵循正,《明史》的王毓铨、周振甫、郑天挺,《清史稿》的罗尔纲、王钟翰、启功、孙毓棠等等。这样的阵容真是一时盛举。他们多数就住在中华书局,每到中午也都拿着自己的饭盒到食堂排队打饭。那还真是一道精彩的风景。好像古代的"翰林院",这些堪称大学士的学者们,手里拿着饭盒或糖瓷碗,步态稳重地向食堂走去,和大家一样排队,买饭。还记得启功先生,那时他还没有后来那样名震中华。工作中间休息时,我们常把他拉来请他写字。他总是笑眯眯的,招之即来,来了就写,如不满意,他哈哈一笑,团起来扔到纸篓里去,再写。

话说回来,正因为整理二十四史这样一件伟业,周振甫先生才得以被从中国青年出版社借到中华书局来,我才得以在周先生身旁工作,得以随时随地讨教他,真是人生一大幸事。这是我过去想都没有想过的机缘。

周先生个子不高,眼睛近视得厉害,虽然在北京工作也有几十年了,仍然是浙江平湖的口音。他1931年入无锡国学专修学校,1932年进入开明书店。周先生说:"我在无锡国专并没有毕业，上海开明书店出版朱起凤的《辞通》，改变了我的求学历程。"朱起凤是清末民初著名的训诂学家，他历时三十年编辑了一本工具书，最后定名为《辞通》。这书影响很大，出版后，与《辞源》《辞海》并列为中国三大辞书。可是原来负责校对整理这部书稿的宋云彬先生太忙，开明书店的徐调孚就问正在读书的周先生愿意不愿意帮助做。周先生同意。开明书店就寄来南宋陆游撰写的《老学庵笔记》，请周先生断句，测试他点校古籍的能力，看他能否胜任校对《辞通》的任务。测试合格，进入开明书店，从此开始了编辑出版生涯。1952年开明书店与中国青年出版社合并，他转入中国青年出版社做编辑，1971年正式调入中华书局，直到1989年在中华书局退休。在六十多年的辛勤耕耘中，他成为无人不敬重的编辑，又是著述等身的大学者。

　　说起周先生的工作和做人，我脑海中浮现出周先生的许许多多往事。作为一个编辑，最重要的是做好本职工作，俗话说叫"为他人作嫁衣"。这对于一个有学问，自己研究水平又很高的编辑尤其重要，尤其不易。我和周先生认识的时候，他早已是名满天下的学问大家了，但他每天七点半准时到办公室。一坐下来，从早到晚伏案审看编辑室主任交给他的书稿，专心致志，从不聊天，甚至很少走动，周围说得多么热闹都与他无关。下午五时，才收拾办公桌回家。他家在工人体育场附近的幸福三村，每天往返挤公共汽车，年复一年，日复一日，安之若素，从来没听他说过公共汽车拥挤，不好乘的话。今天我写到这里，回忆周先生每天挤公共汽车的情景，心里仍十分感动，也十分不安，我们作为他的学生，作为他的晚辈，年复一年，日复一日，看先生这样挤来挤去，怎么也安之若素呢？

他的家只有两间房，一间是书房，一间是卧室。书房是周先生写作、会客专用的。他座椅后的一面墙，摆着六个大书架，顶到天棚，放满工具书和经典著作，桌上放满各种参考书和文稿。周先生在家里的情况，中华书局的冀勤先生有一篇文章，写得十分生动，其中写道：

> 一次我问师母，周先生不是三头六臂，怎么能做那么多事？师母说，他每天晚上九点睡觉，夜里两点起床，开盏灯，不是看书就是写啊，做到早上五点多，我起床做早饭，他稍眯一下，吃过就上班去，振甫辛苦唉。周先生在一旁笑盈盈地说，弗辛苦，弗辛苦。

那"笑盈盈地说,弗辛苦,弗辛苦",活画出周先生的神态,仿佛周先生就在眼前。这句话既是周先生的一种谦逊,又是对老伴的一种安慰,让人感受到周先生和老伴那相敬如宾的温馨感情。其实周先生已经积累了五十多年的读书心得,只要有了时间,就可以源源不断地喷涌出来。

想想周先生每天在办公室工作的情景,想想周先生每天在家里的写作,他为什么既是一位"无人不敬重的编辑,又是著述等身的大学者",就清清楚楚了。

一次,我向他讨教怎样学习古文。问他,前人记性怎么那么好,一本一本经书都能背下来,他说:学习古文没有别的捷径,就是背。说完,停下来,瞧我一眼,像往常一样,低下头。他见我没有反应,又抬起头瞧着我说:像梁启超,"六岁毕《五经》",把《五经》都背下来了,所以"九岁能日缀千言"。后来,我写过一篇有关司马迁《报任安书》的文章,极力推崇文章之佳妙。周先生对我说:其实,司马迁写的这篇文章也有不尽圆满的地方。比如,说"不韦迁蜀,世传《吕览》",其实,吕不韦让门客写的《吕氏春秋》,不是迁蜀之后,而是他在秦国掌权十分得意的时候;说"韩非囚秦,《说难》《孤愤》",韩非这两篇文章也不是囚秦后写的;《诗》三百篇很多是男女相悦之情歌,这些情歌也不是"发愤之所为作也"。

听了周先生的分析,我出了一头汗。这些我连想都没有想过。他见我窘迫,便说:读书是一个过程,现在要学的知识太多,得慢慢来。开始读时不懂,读多了,自然就懂了。比方《论语》,讲到"仁"字的地方有104次。开始碰到"仁"字不懂,读到十几次"仁"字时,对"仁"字的意义渐渐明白一些了,当读到几十次、上百次时,对"仁"字的意义就知道得完满了。读熟了,把上下句都记住,就能读通了。

后来,我负责《文史知识》月刊编辑工作时,请周先生写"怎样学习古文"的文章。我建议先生写12篇,一期一篇,恰好连载一年,循序渐进地谈,以便指导青年人学好古文。

他在文章里把指导我的话更展开、深入了,特别是文章里展示的那种虚心好学的精神,让我十分敬佩。他说,他曾请教过开明书店的创办人章锡琛先生怎样读书;他还请教过政协委员张元善先生,学习张先生"立体的懂"的读书方法。如果说,周先生请教章锡琛先生时他还年轻,到请教张元善先生时,周先生也已经是一个大学者了,而且自己也是政协委员。周先生还说,他向语言大师吕叔湘请教,小时候是怎样学外文的。他说:"吕先生小时学英语的方法,可以参考来使我们达到对古文的立体的懂。"他看到《人民日报》上刊载的李固阳同志《记忆、理解与常识》一文,也从中间悟出记忆与理解的关系。

这就是一个大学者的学习精神,他已经卓然一家了,还在不断地汲取着别人的学习经验。

(三)

周先生是一位只认知识、只崇信知识的学者。知识不准确、不正确,不论是什么人,他一定要指出来。

1966年5月,以北京大学聂元梓为首的第一张大字报为标志,把"文化大革命"推向全社会、全中国。那时,我们已做完毕业论文,毕业分配方案也已下达,7月份就要走出北大校门,奔向工作岗位了。不幸,这"文化大革命"把我们耽误在学校里。来来往往,到北大串连的群众不断到我们中文系来讨教毛主席诗词的疑难字句,那时,我们真的是想为工农兵做点事,便和几位同学合作，注释起毛主席诗词来。当时参考书之一，就是1962年中国青年出版社出版的臧克家和周振甫讲解注释的《毛主席诗词讲解》。

为注释好毛主席诗词，我们当然收集到了1957年1月12日毛主席给"克家同志和各位同志"的信。这封信的手迹是作为《诗刊》创刊号的插页隆重发表的。信中，毛主席说：这些东西，我历来不愿意正式发表，因为是旧体，怕谬种流传，贻误青年；再则诗味不多，没有什么特色。既然你们以为可以刊载，又可为已经传抄的几首改正错字，那么，就照你们的意见办吧。

诗词在传抄中出现错字，或者作者写作时不经意写错了字，都属正常，能改正则为幸事。但在那样的年代，敢于给毛主席诗词改错字，也真不简单。一需要胆量，二需要学问。后来才知道，为"已经传抄的几首改正错字"的不是别人，正是周振甫先生。

他指出《菩萨蛮·黄鹤楼》"把酒酹滔滔"，"酹"字错成"酎"了。《沁园春·雪》"原驰蜡象"中的"蜡"，错为"腊"了。他把意见告诉了《诗刊》主编臧克家。周先生指出错字后，一位著名人物还曾著文表示，"腊"是柬埔寨的古地名真腊的简称，腊象可以解释为秦晋高原如真腊的大象奔驰。但周先生不同意这个说法。

后来，我看到材料记载。毛主席同意发表他的十八首诗词后不久，接见了臧克家先生。接见时毛主席对臧克家说：你在《中国青年报》上评论我的咏雪词的文章，我读过了。臧克家趁机问毛主席：词中"原驰腊象"中的"腊"字怎么解释？毛主席反问：你看应该怎样？臧克家说：改成"蜡"字比较好，可以与上面"山舞银蛇"的"银"字相对。毛主席说：好，你就替我改过来吧。（见郭树荣《臧克家先生二三事》）

至于周先生做钱钟书《管锥编》的责任编辑的故事，早已成为文坛佳话。据说钱钟书先生学贯中西，很多写钱先生的文章都说他记忆好，读书多，过目不忘，中外典籍几乎没有他没读过的。周先生拿到钱先生的书稿，非常意外，他说，"我因为能读到钱先生的著作而喜出望外，所以，就不管能不能提意见，先把手稿捧回去了"。周先生尽心于一个编辑的职责，逐页逐条审核，没有因为钱先生的大名而怠慢。最后，周先生的审稿意见竟达38页、数万言之巨，钱先生赞扬周先生"小扣辄发大鸣，实归不负虚往"，十二个字，给周先生以高度评价。

周先生却谦虚地说：我是读到一些弄不清的地方，

就找出原书来看,有了疑问,就把一些意见记下来。我把稿子还给钱先生时,他看到我提的疑问中有的还有一些道理,便一点也不肯放过,引进自己的大著中。钱先生的《管锥编》很讲究文采,所谓"高文一何绮,小儒安足为"。他把我的意见都是用自己富有文采的笔加以改写了。《管锥编》出版时,我曾提请他把序中那几句话改掉,他不肯,就只好这样了。(钱宁《曲高自有知音》)

另一公案是针对郭沫若的《李白与杜甫》的。此书出版后,叫好声不绝,连茅盾先生也说:"郭老的《李白与杜甫》自必胜于《柳文指要》,对青年有用","论李杜思想多创见"。我们且看郭沫若在他的大作中是怎样评论杜甫的:

> 诗人说他所住的茅屋,屋顶的茅草有三重。这是表明老屋的屋顶加盖过两次。一般地说来,一重约有四五寸厚,三重便有一尺多厚。这样的茅屋是冬暖夏凉的,有时候比起瓦房还要讲究。
>
> 使人吃惊的是他骂贫穷的孩子们为"盗贼"。孩子们拾取了被风刮走的茅草,究竟能取得多少呢?亏得诗人大声制止,喊得"唇干

口燥"。贫穷人的孩子被骂为"盗贼",自己的孩子却是"娇儿"。他在诉说自己的贫穷,他却忘记了农民们比他贫穷百倍。

其实诗中所说的分明是"寒士",是在为还没有功名富贵的或者有功名而无富贵的读书人打算,怎么能够扩大为"民"或"人民"呢?那样的"广厦"要有"千万间",慷慨是十分慷慨,但如果那么多的"广厦",真正像蘑菇那样在一夜之间涌现了,诗人岂不早就住了进去,哪里还会冻死呢?

对郭老的这段评论,周先生提出了自己的意见。他说:"'广厦千万间'的可贵,在于首先不考虑自己,而考虑到'天下寒士'(当然是杜甫所属的地主阶级寒士)的需要。对于杜甫,我们不能要求他具有无产阶级的思想感情,否则,一切阶级斗争的学说都落空了。这里牵涉到一个怎样评价古人的问题。列宁说:'判断历史的功绩,不是根据历史活动家没有提供现代所需要的东西,而是根据他们比他们前辈提供了新的东西。'用现代所要求的东西来要求杜甫,自然没有,这不是杜甫的过错,是我们忘记了时代。我们只能要求杜甫比他的前辈提供了什么新的东西。广厦千万间，不正是杜甫比他的前辈提供的新东西吗？"

一位是强者，举中国无双。一位是大学问家，学贯中西。一位是当时有尊崇地位的著名人物。周先生不管面对的对象是谁，他都从追求知识、崇尚知识出发，严谨求实，坚持真理，这正是一个编辑应具备的素养，是中国知识分子高尚品德的传统。

由周先生这种做学问的品格，我又想到周先生家乡盛传的一件往事，看出周先生做人的品格。周先生家乡在浙江平湖。乡里有个叫吴乃斌的文人，1949年之前做过当地的县长。解放时，他畏罪潜逃，后来被捕下狱。正巧他的儿子考取了北京大学，周先生见孩子聪颖好学，是根好苗，不忍心看他因为交不起学费而失学，便资助这孩子读完大学。有人问周先生怎么这样大胆。他说："孩子是没罪的。在我们那个偏僻的地方，考进北京大学该多不容易！"第二年，这位考上北大的学生的弟弟也考上了大学，又是周先生资助他完成了学业。后来，有人问起这事，周先生讲起平淡如聊家常，丝毫没考虑个人的利害。

我还想起有关周先生的另两件事：一件事跟我有关。

春节前我去给周先生拜年。春节即至,我当然不能空着手去。也无非是周先生爱喝的绿茶、爱吃的小点心,一点心意而已。周先生客气备至,弄得我很不好意思。没想到的是,春节刚上班,收发室通知我门口有人找,说是一位老太太。我急忙跑下楼去,远远看到是周先生的夫人。原来是周先生派来还礼的。还直道歉,说本应春节前来但没有找到地址。呜呼,先生之礼,周到至此,令我辈汗颜。另一件事,是周先生家里来了位收电费的,周先生陪人家核对电表,计算电费,恭恭敬敬地站在一边,诸事完毕,他亲自送收电费的同志到楼梯口,告别时向人家深深鞠躬,嘴里还紧说,谢谢,谢谢。

这些小事,是那样让我震撼。这种见义勇为,这种谦恭致谢,大概是周先生做人的原则。

在人群中他总是笑眯眯的,不声不响地站在旁边,倾听别人谈话;在办公室里,他总是伏案专注地工作,从不参与办公室聊天。但他的头脑里有那么渊博的知识,那么深刻的见解,那么多追求的目标。《论语》中记载孔子曾经说过:君子道者有三:仁者不忧,知者不惑,勇者不惧(《论语·宪问》)。意思是说"仁德的人不忧愁",因为他的目标很单纯,心胸坦荡,不谋私利;

"智慧的人不迷惑",因为他心明眼亮,明辨是非;"勇敢的人不惧怕",因为他坚信自己的正义,见义勇为。我总想,周振甫先生就是这样的君子吧。

           2017 年 10 月 10 日再改

斯洛文尼亚首都的古老教堂
在上帝之门前,不忧,不惑,不惧。

我心中的郭沫若先生
——记与郭老的几次通信交往

我没见过郭沫若先生,却与他有过多次通信的交往。那时候,尽管"文化大革命"已经开始,打倒反动学术权威的口号喊得震天响,关于郭沫若先生(下称郭老)的传言也各种各样,他自己也说,要把他的作品全部烧掉。可是,当我们得到他的回信时,仍然"大喜过望"。

时光如梭,从"文化大革命"开始到现在,转眼几十年过去了。想起四十多年前的"文化大革命",仍然历历在目,仍然有一种极其混乱而对命运不可预测的感慨。前几天,偶然读到有关"郭沫若在文革后期"的文章(《郭沫若的晚年岁月》中央文献出版社,2004年6月版),颇多感慨。往事涌到眼前。想起当时我们和郭老通信的前前后后,再把我们和郭老的通信交往纳入郭老在"文化大革命"时期的大事记中,我心情不能平静,对郭老产生深深的敬意和无尽的同情,心底里深感自己当时的无知和浅薄。

1966年下半年，我们正在北京大学等待毕业分配。那时是"文化大革命"初期，北京大学是"文化大革命""第一张大字报"的炮制地、出笼地，各地来北大参观、学习者前拥后挤，络绎不绝。还有很多群众，专程来北大中文系请教有关毛泽东诗词的解释，那种信任和渴望让人感动。我便萌生了注释毛泽东诗词的愿望。很快就找来先我两年毕业留校的陈宏天和同班好友崔文印，我们日夜兼程，没有多久就起草了一份《毛主席诗词注释》初稿。因为是毛泽东诗词的全注本，这种全注本当时社会上还没有，所以虽然简单，看到的人都说很有用。北京大学印刷厂的师傅很热情地给我们打印出来，印了五十份。没有想到，这样粗浅简单的"注释本"竟然不胫而走，一时间索要者甚众。群众的欢迎，大大鼓舞了我们。当时校内外派仗正打得热火朝天，学习、研究毛主席诗词，真是公私两利的事，于是，我和陈宏天、崔文印便决定再找几位志同道合者，坐下来认真研究一番毛泽东诗词，好好编一本"毛主席诗词解释"。

今天看来，真是不知深浅，不自量力。但那时"文化大革命"风起云涌，整个国家都在"指点江山，激扬文字，粪土当年万户侯"，我们正当青年，好像没有干不成的事，正应了那句话"无知者无畏"。说干就干，随后我们又找来曾贻芬、任雪芳、严绍璗，总计六个人，成立了"傲霜雪"战斗组。夜以继日，苦干了几个月，在初稿的基础上，居然把当时毛主席公开发表的37首诗词又全部注释讲解了一遍。

解释得有没有错误？注释是否准确？真要拿出去时心里又胆怯了。当时，特别想听一听对毛主席诗词有研究的专家们的意见。但有的先生被定为"反动学术权威"，谁敢接近？有的先生近况不明，我们也不敢"冒险"。这时，我们想到郭沫若先生。郭老，他在我们心中不仅仅是个大学问家，而且因为他经常和毛主席诗词往还，阐释毛主席诗词，我们认为他是一位名副其实的解释毛主席诗词的权威，如果郭老能给我们审阅稿子，那该是何等的幸运啊！但转念又想，郭老能看得上我们这些青年学生的浅薄文字吗？"试试看嘛，万一能回信呢？"于是抱着这万一的希望，一封信、一本打印稿，寄给郭老了。那是1967年6月2日。

一天早晨，中文系办公室送来一个很大的信封。看到信封上熟悉的遒劲、潇洒的字迹，我们都欢呼起来了，"郭老回信了！"郭老有信，还把原稿逐页做了审阅，

在文旁做了许多批注,我们真是喜出望外。郭老的信这样写道:

> 毛主席诗词的注释,看了一遍。有些地方,我作了小的修改。有些地方我打了问号,请你们斟酌。
>
> "渔家傲·反第二次大围剿"中"枯木朽株齐努力"句,我以前的解释是和你们的解释一样的。有人请示过主席,主席说那样的解释是错误的。因为"努力"是好字眼,不能属诸"腐恶的敌人"。
>
> "枯木朽株"这个词,最初见于邹阳《狱中上梁王书》,比司马相如《谏猎疏》还早。
>
> "有人先游,则枯木朽株,树功而不忘"。准此,主席诗词中的"枯木朽株"不是恶意,可解为"老人病人都振作起来,一齐努力"。
>
> 供参考……

回信的时间是 6 月 13 日。

我们急忙翻开打印稿,逐页细看。郭老为我们修改了几十处,既有关于词义的理解,也有错别字,甚至还有用得不妥当的标点符号。修改的字迹,有用毛笔写的,有用铅笔写的,还有用红蓝铅笔写的,说明不是成于一时,或许是多次斟酌过的吧?郭老给我们回信,而且是如此细致、认真,我们大家都没有想到。更没有想到的是,回信竟然这样快,从我们寄出信,到我们收到回信,前后不过11天。一本十多万字的稿子,郭老给我们从头改到尾,要用去他多少时间啊!而对于一个学习、研究毛主席诗词的人来说,还有什么比得到郭老的指教更快乐的呢?人家都说郭老没有架子,对什么人都乐于帮助,这次,我们亲身感受到了。

可惜的是这些资料今天都不在了。本来这些材料都在我手里保存,陈宏天拿去看,夹在书稿堆中,搬家时连同旧书稿一并丢失了,幸而还有抄件。

郭老的关怀,更激励我们努力把"毛主席诗词注释"搞好。我们又给郭老写了第二封信,一方面表达我们对他的感谢,另外又把我们理解不好的几个问题,再向他请教。这几个问题是:

一、《浪淘沙·北戴河》中"秦皇岛外打渔船。一片汪洋都不见,知向谁边?"究竟有什么寓意,上下阕的联系怎样?

二、《登庐山》中"桃花源里可耕田"一句,就是指的人民公社的发展吗？

三、"答友人"中的"友人"，是实指还是虚指，所指大概是什么样的人？

很快，郭老又给我们回信了。信中郭老详尽地回答了我们的问题。郭老写道：

一、我看不出有什么寓意。上阕是借景抒情，下阕是借史抒情，和《沁园春·雪》是同样的手法。我的解释是往常见到的打渔船，今天在大雨大浪中看不见了，和你们的解释有些不同。主席看海而想到渔船，是表示对人民的关怀。这和曹操的自负是完全两样的。大雨、地望、沧海、秋风，和曹操当时的情况都可发生联想。曹操打败了乌恒，也可能联想到打败了美帝。

二、陶潜的《桃花源记》是属于空想的社会主义的范畴。空想的社会主义，列宁认为是马克思主义的三个来源之一，恩格斯也是肯定的。可以想见，主席对于陶潜在当年能有那样的空想，还是认为可取的。故在诗里怀想到他。因此，桃花源可以让我们联想到人民公社，但空想和现实是大有区别的。

三、这个人姓周,名字我忘记了。是民主人士,好像是湖南省副省长。他献给主席的诗,我处也有,但不知放到什么地方去了。我建议:没有必要说出。

四、打字稿看了一遍,有些地方作了一些修改,直接写在稿子上了,送还你们,仅供你们参考。有些地方可能还有问题,并望你们仔细推敲。要注释得恰到好处,我看是不容易的。

在我们的注释中,《七律·长征》"更喜岷山千里雪"岷山一词的注释下面我们写道:"又称大雪山"。郭老在文旁批道:"岷山以山脉而言,绵亘青海、甘肃、四川境内。以孤独的山峰而言,在四川松潘,不是大雪山。大雪山——一名夹金山,海拔四千公尺以上,在川西康定县,是岷山山脉南支之一峰。诗中'千里雪',是以山脉而言,包含夹金山在内。在这里可能是指夹金山,但不能说岷山又叫大雪山。"郭老详尽地给我们讲解了岷山和大雪山的关系,既指出了它们之间的相互联系,又指出了它们之间的区别。从这一小小的问题,看出郭老治学的严谨。又比如:在《菩萨蛮·大柏地》一词旁郭老批注道:"出虹时每伴有霓(雌虹),在虹之上,色较淡,色序相反。这一反一正,一雌一雄,更显示出彩绸飞舞之趣。"在《水调歌头·游泳》一词旁批道:"不是孙权是孙浩,见陈寿《三国志·吴志·陆凯传》。批注是凭记忆批上的,有些不准确的地方,应照原书修改。请酌。当年的武昌是鄂城县,不是今天的武昌。"像这样的例子,在郭老给我们修改的稿子中还有许多处。特别是郭老在信的末尾语重心长地嘱咐我们,"要注释得恰到好处,我看是不容易的",很让我们警醒,也让我们自诫和努力。

1968年3月,我们完成了第三次修改稿。大家觉得这一稿已经吸收了广大读者的意见,又参考专家的意见一一做了修改,可以说是定稿了。我们急忙给郭老寄去两本,一是表示我们的感谢,一是想听听他的意见。郭老于3月20日回信:

> 谢谢你们给了我两册《毛主席诗词注释》(第三稿)。所收入的"一从大地起风雷"一诗的墨迹在我看,不会是主席写的,请你们仔细研究。

这时,在我们心中郭老已经不只是一位国家领导人,一位大学者、大文学家了,他已经是我们的一位师长、一位朋友。

回忆往事,这些请教、切磋,是那样地让我们快乐。在我们,可以说一切都在兴奋和期盼中轻松进行。可是,今天,当我了解了郭老在这一时期的遭遇时,我们设身处地想想郭老当时的心境,我才真正感到郭老给我们写信、回答我们问题的不易,他是在怎样的痛苦与煎熬中满足我们的期盼啊!

据专家考证,正是在这期间,在短短的一年半不到的时间里,郭老曾先后失去两个儿子。郭民英,1967年是中央音乐学院小提琴专业学生,郭老与于立群的第四个孩子,因为将家里的盘式录音机带到班上,与同学一起欣赏古典音乐,结果犯了大忌:一是有炫耀资产阶段生活方式之嫌;二是宣扬"洋、名、古",与党的文艺方针、教育方针不符。试想想,在那时,欣赏古典音乐,与时潮该是多么格格不入啊!于是中央音乐学院的"青年学生"给中央写信了。"青年学生"要求彻底清除师生中十分严重的崇洋思想,把教材中、舞台上的帝王将相、公爵、小姐统统赶走,换上工农兵。毛泽东在中办秘书室编印的《群众反映》上读到这封信的摘要,随即给当时的中宣部部长陆定一写了一个批示:"此件请一阅,信是写得好的,问题是应该解决的。但应采取征求群众意见的方法,在教师、学生中先行讨论,收集意见。"毛泽东在署名之后又加写两行字:"古为中用,洋为中用","此信表示一派人意见,可能有许多人不赞成。"

毛泽东的批语不见得是针对某一个青年学生的,但伟大领袖一句话所产生的巨大政治作用是可想而知的。面对"炫耀资产阶级生活方式"的大帽子,面对热衷"封资修"的指责,只有24岁的郭民英极为痛苦,竟至得了忧郁症。他黯然神伤地离开了中央音乐学院。郭老劝他转到其他大学读书,"即便从一年级开始也可以",他对其他专业不感兴趣,不愿去读。后来总算参了军,在部队发挥了音乐才能而成为中共预备党员,但最终还是在1967年4月12日自杀身亡,没有留下任何相关文字。

而我们的第一封信是1967年6月2日写的,郭老6月13日回的信,这距郭民英的死仅仅只有两个月。对于一个父亲,24岁儿子的死该是多么沉重的打击啊!这两个月该是多么沉重的两个月!再想一想,对于一个国家领导人,在那个年代,亲生儿子自杀,又是多么严重的事情!可以想见,郭老给我们复信的每一个字是在怎样痛苦的心情下写出的。

而在郭老给我们写最后一封信的时候,则面临着他的又一个儿子——郭世英的横死。

1962年郭世英考入北京大学哲学系。他是一个敏感的忧国忧民的青年。他的同学对他出身名门、生活优裕仍然心情郁闷,十分不解。郭世英回答说:人并非全部追求物质。他和几个中学好友组织了一个"X诗社",经常一起讨论时局,议论大事。后来有人回忆道:"他极其真诚,可以为思想而失眠,而发狂,而不要命。那些日子里,在宿舍熄灯之后,我常常在盥洗室里听他用低沉的嗓音倾吐他的苦闷。现行政治、现行教育的各种弊端,修正主义是否全无真理,共产主义是否乌托邦,凡此各种问题都仿佛对他性命攸关,令他寝食不安。"

后来,X诗社被告发。郭世英还没读完大学的第一学年,就被下放到河南西华农场劳动。而另外几个人全以"反动学生"定罪,判了刑。据说对郭的"从轻发落"是周恩来表示了意见。但躲过了初一,躲不过十五。1968年3月,"文化大革命"如火如荼,一个群众组织绑架了郭世英。他们私设公堂,刑讯逼供,并追究"是谁包庇了反动学生郭世英"。郭沫若先生当时虽然还是副委员长，但他无权过问此案的审理判决，何况这是"文化大革命"中啊！可以看出，绑架者的目的根本不在一个青年学生身上。

4月22日上午，郭世英从关押他的三层楼上的房间里，破窗而出，以死抗争。年仅26岁。

郭老的夫人于立群悲愤难忍，责备郭老何以不向周总理反映。郭老深知案子的复杂，知道刑讯逼供的矛头所向，他悲愤莫名地回答道："我也是为了中国好啊！"

今天看来，郭老明白周恩来的处境，他不愿意给周恩来出难题，他不能为了自己而将周恩来推向困境……

我们正是在这个时期，给郭老寄去《毛主席诗词注释》（第三稿）。而郭老正是在为爱子被关押极度焦虑中看我们的书稿，为我们审读，给我们回信的。设想，假如我们面临这种局面，我们能沉得住气吗？我们还能为别人审读书稿吗？我们还有心思关心别人、抓紧时间给别人回信吗？

爱子死后，郭沫若以难以想象的坚强，忍受着亲子横死的悲痛，将郭世英在西华农场劳动时写的八大本日记，一行行、一页页誊写在宣纸上，一笔笔、一字字，用泪水和墨汁倾诉着自己的歉疚和哀思。

呜呼！一个大学者，可以说是旷世奇才；一个领袖的追随者，可以说是竭尽忠诚；一个新社会的歌颂者，可以说不遗余力，竟然落到如此下场，让人唏嘘。黄永玉先生在他的《比我老的老头》一书中说："辈份高莫高过郭沫若，荣华富贵，到了晚年连个儿子眼睁睁保不住，这是一种读书人的凄凉典型。"就是说的郭老这个

遭遇。这是时代的悲剧,是国家的悲剧,是社会道德的悲剧。当我们渐渐了解了历史本来面目时,我们怎么能不对郭老产生深深的敬意和不尽的同情。

我们企盼这历史不再重演。

2010年1月修改

浙江千岛湖
白露横江,水光接天。
纵一苇之所如,凌万顷之茫然。
托遗响于悲风。

往事依依
——记我在总署时的领导

这篇文章本是我的《关于出版的思考与再思考》一书的后记,因为是感念我的几位老领导的,略作增改,也收入这本小书中。其中有关"再思考"一书出版的文字,一并保留,以为纪念。

这部书稿已经编完并即将发排,还有一些话一定得说一说。这些话原本应该在"前言"里说,更能忠实而郑重地反映出我的心意。但我不想破坏前面那篇"前言"的完整性,只好说在"后记"里了。收入这本书中的一篇篇文章,犹如我一年年的行事记录,今天重读它们,让我回忆往事,生出无限感慨。这时候,关心、提携和影响我的人一一浮上心头。

我从出版社到政府管理机关,由每天忙于编辑具体的一部书稿、一期杂志,转变为要及时了解全局,从全局高度认识和处理问题,让我视野开阔,得感谢当时出版署的三位领导:宋木文、刘杲和卢玉忆。我在中华书局是做编辑工作的,前后有二十年,已经形成了一套习惯,而对政府机关的工作规律和上下左右的关系,却很陌生,一切都得从头学起。我渐渐理解和把握住出版管理工作的一些基本规律,到后来能较为主动地开展工作,得益于他们的领导,得益于他们对我的耳濡目染、潜移默化。后来的于友先和石宗源署长,他们原本是负责一方的大员,阅历丰富,经多识广,各有风格,都给我很深的影响。这是我离开新闻出版总署的岗位,又经过十多年后,从出版管理工作的第一线退下来,长久存在心里而要表达的一份心情。

1986年,中华书局的两位主要领导都因为年龄已到,要退休了,新闻出版署(当时还叫国家出版局)由副署长卢玉忆同志带队,到中华书局调查研究、考察干部。后来,我被考察组推荐到署里工作并得到署领导的同意和支持。所以,我对卢玉忆同志总怀有一种知遇之感。她的诚恳、朴实、讲原则,让我信赖。其实,在这之前,我并不认识她,也只是开大会时见到她坐在主席台上。

回忆我刚到署(总署)里工作的时候,有些事给我印象很深。今天看看这些事都不一定是最为重要的,甚至都是些小事。但回想往事的时候,正是这些"小事"

最先浮现出来。

1988年，那是我到新闻出版署工作的第二年。署里主持起草关于出版改革的文件。大概因为我是图书司司长，宋木文署长（当时还是副署长）把我叫到他的办公室。他坐在沙发上，把文件（初稿）摊开在茶几上，我坐在他旁边。我和他都看着文件。他一行一行地往下读，一句话、一个字地抠。他思维敏捷，讲政治、讲政策，因此很考究用词。一句话这样说好还是那样说好，常常问得我哑口无言。因为他提出的问题，我根本没有想到。我怕再被署长问住，便尽量找问题、尽量多想。所以，压得我很累。今天回忆起来，起草文件从政治高度、政策高度，一字一句，认真地去抠，反复地推敲，是木文署长给我上的第一堂课。

还有一件事，让我至今对木文同志肃然起敬。那是1987年5月下旬，木文同志率团出访新加坡，我是代表团成员之一。途中，代表团应邀过港，访问香港的新闻出版单位。那正是国际国内大环境十分复杂的年代。新闻出版署刚刚成立，外界议论颇多，一路上不时有记者跟踪我们代表团访谈，想探出点什么内幕来。大概木文同志觉得与其这样，不如坐下来认真谈一次，便与北京有关方面沟通,主动召开并主持了记者会。木文同志的谈话,澄清了事实,宣传了中央的精神,效果很好。香港的几家大报、电台、电视台,都对记者会做了较为客观的报道。香港的记者是有名的能干,香港的政治派系是有名的复杂,木文同志敢讲话,敢担当,有气魄,给我很深刻的印象。当时我就坐在他的旁边,十分专注地听着记者的提问,十分专注地听着木文同志的回答。木文同志谈得左右逢源,潇洒自如,我内心却很是紧张。

1987年,我从中华书局调到署里工作,从一个编辑变成政府管理人员,而且"官位"不低,忝为"司长"。但我却真的对政府机关上下左右的关系懵懂无知。刘杲同志是我的顶头上司,大概看我"书生气"十足,便教我如何梳理工作任务,抓住工作重点,制定工作计划,分配使用干部。我暗暗地把周围的同事、领导作为老师,看他们怎样思考问题,怎样处理矛盾。刘杲同志并不指手画脚,但时不时地点拨,既指导了我的工作,又给我留了面子。好老师。

刘杲同志博学多才,思辨能力很强。一次在山东烟台召开古籍整理出版工作会议,我准备了很久,认真地写了讲话稿,我还是学古典文献专业的,中华书局出身,但讲得也并不如意。刘杲同志一边听会议发言，一边思考问题，最后做总结时，凭着一份提纲，侃侃而谈，两个小时，十个问题，中肯而深刻。只让我感到做他的部下很是幸运。

最让我佩服的是刘杲同志对出版事业的深切关心。这体现在他敢讲真话、肯讲真话。他在他的博客中有两条谏言，一是"2012年出版数据"的分析。他写道：

> 根据新闻出版广电总局发布的文件，2012年全国出版印刷和发行服务实现营业收入1663.3亿元。可是，文件显示其中包装装潢等非出版物印刷营业收入855.54亿元，比重达51.43%。这就是说，超过一半的收入与出版无关。

二是关于"品种和库存双增长"的剖析。他说，2007年全国出版图书24万种，2012年达到41万种，5年间增长了70.8%。图书品种数量的急剧增长带来的主要问题，一是质量下降，二是库存上升。质量难以量化，没有数据。库存可以量化，有数据。2007年出版物库存年末为565亿元，2012年达到880亿元，五年间增长了55.7%。

这些都是切中肯綮的忠言。确如出版界同志所言，刘杲同志头脑敏锐，富有真知灼见，但我认为有头脑、有见解的人不少，最重要的是刘杲同志肯把观点亮出来。真个是"不逐世风乱起舞，平生自信秉丹心"（刘杲2011年诗作）。

这让我想起《环球时报》（2013年10月8日第6版）刊载的一篇文章。这篇文章转引德国《世界报》的文章，题目是《图书危机——中国出版社直接生产"废品"》。文章说："2012年中国出版界取得了可引以为傲的成就：出版了全球最多的新版图书，还有1918种报纸和9867种期刊，这也是世界第一。但数量惊人的出版物常常直接变成'废品'。因此，中国也是库存图书最多的'世界冠军'。"

而德国《世界报》的数据，正是来自于我们自己公布的数据。

木文署长退到二线，就是于友先同志接着做署长。上任不久，便筹备全国新闻出版局长会议。党组同志反复研究会议的中心议题应该是什么，突出什么主题，也就是当前的主要倾向是什么，主要解决什么问题，议论来议论去，总觉得话说得还不够透彻。会一直开到局长会议开幕的头天晚上。根据各司局调研情况和大家讨论中总结的问题，友先同志概括出"从规模速度向质量效益转变的阶段性转移"的思想。今天回头看看，提得对，符合实际，抓住了当时的主要矛盾。这是第一次鲜明地、有意识地把这个观点作为全国新闻出版工作的指导思想明确提出来。

我任副署长，是在友先同志任上。记得是1995年的一天，在礼堂召开有关科技出版工作的会议，下面坐满了人，很隆重。我刚要上台发言，友先署长十分郑重地说："我向大家宣布一件事。"然后停了一停，大家顿时鸦雀无声，不知宣布什么大事。友先接着说："经中组部考核审查，国务院已正式任命牧之同志为新闻出版署副署长。"下面一阵热烈的掌声。我毫无准备，不知说什么好。其实，这个任命我已知道，但国务院的正式任命书我还没有看到，我也没敢和任何人说这个消息。没想到，友先同志居然在这个会上就宣布了。他充满热情，由衷地高兴，让我十分感动。此情此景总是在我的回忆中。

有一件事至今存在我心里。友先同志是2000年退下署长职位的。这之前，他曾多次去有关领导同志处探讨新闻出版署升格为"总署"的必要性。但是，在"署"升格为"总署"的前夜，他退休了。友先同志认为这再自然不过，但我却替他没能在"总署"工作一天觉得有些遗憾。

我在总署工作期间，最后一位署长是石宗源同志。他2000年9月从吉林省委副书记任上调到新闻出版署任署长。2001年3月，新闻出版署（副部）升格为总署（正部）。紧接着于2001年下半年酝酿组建中国出版集团。变化是剧烈的。新闻出版署升格为总署，说明任务加重了。组建中国出版集团，要把新闻出版总署直接管理的全国甚至世界有名的大出版社如中华、商务、三联、文学、百科、音乐、美术及新华书店总店、荣宝斋、中图公司，当时还包括人民出版社，二十多个重要单位全都划出去，对于一个刚上任的总署一把手，那也是个"考验"啊！据说后来总署召开直属单位会议，直属单位只剩7个了，而且7个都是较小的单位，特别是管干部的部门更明显，一下子没有几个单位好管了。今天想想，那时总署及各职能部门的思想问题肯定是不少。宗源同志肯定也有不少困难。但宗源同志态度明确，坚决拥护中央的决定。

成立中国出版集团的报告送到他手里,他一分钟也不耽误,立即签发送交中央有关领导部门。因为正巧组织上决定由我去主持中国出版集团的工作,宗源署长的态度、情绪,我感受很直接、很具体,真是体现了一位党的高级干部的政治意识和大局意识。后来,他还亲自参加中国出版集团的工作会议,多次指点我应该注意什么问题,给我们工作以很大支持。让我感到很温暖。

　　写到这里,还有一件事我不能不说一说。宗源同志较早地使用网络做工作。他开通了QQ专线,下班后,他打开QQ,看看署里同志哪位在线上,就主动和哪位聊两句。有时,点出一杯茶、一杯咖啡的图案,意思是工作一天了,休息休息,喝杯茶、喝杯咖啡吧。聊上几句后,再点出一辆自行车或公交车的图案,意思是说时间不早了,快乘车回家吧。他聊天的对象不仅仅是司局级干部,也有普通职工。虽然只是简单的几句对话,但让大家感到署长的亲切和关心。署长和大家的关系拉近了。所以,后来总署各司局干部大轮岗,变化很大,但波动却很小,进展很顺利。我想,这与宗源同志平日善于和群众沟通,注意关心和鼓励干部,有很大关系。

　　今天回忆这些往事,我感到十分愉快,当然支持和影响我的不止是几位署领导，还包括署里在一起工作的同志。特别应该感谢那时和我一起工作的的图书司和发行司的朋友和同事。在写作很多讲话稿或文章时，他们的观点给我很多启发，他们经常为我搜集提供材料。可惜，情长纸短，不能一一述说了。大家在紧张的工作中相互切磋，互相探讨，有时不免急躁，有时不知某位想到哪里去了，在会上说出很让人诧异的话，但一阵寂静之后也就过去了。我正是在这些切磋、探讨、急躁、诧异和"寂静"中，逐渐认识了工作，认识了人和社会。于是有了当时的"思考"和今天的"再思考"。

有这样的思考与再思考的机会，还要感谢人民出版社的黄书元同志、辛广伟同志和王萍主任，是他们一再鼓励我、督促我，使我有信心终于编成这部书稿。这些同行的精神都让我受到鼓励和鞭策。谢谢他们。

2014 年 10 月

荷兰·北海之滨

海风吹动着风帆,郁金香的香气飘向大海。据说,荷兰从公元13世纪开始,至今围海造田7100平方公里,造出海坝和岸堤1800多公里,这是怎样的精卫填海精神。

关于骑自行车的思考

我爱骑自行车,奉调到政府机关任司长后,还是每天骑来骑往。一次跟着车流过十字路口,我的车刚过横线,黄灯就转为红灯。年轻的警察跑过来向我敬了个礼,问我为什么闯红灯。我很尴尬,急忙解释。他向我要身份证,我没有带;又问工作证带没带,我摸了半天,找了出来。年轻的警察看了看工作证,惊讶地说:"还是司长呐!"又仔细地端详了我半天。他大概觉得司长上班还骑自行车?司长还闯红灯?可能不是真司长。瞧了半天,多半认为我和照片确是一个人,便笑着说:"以后注意吧!"又敬了一个礼,放我走了。我心里颇为忐忑地想,这是给司长一个面子啊!

有朋友问我,最爱在什么季节骑车?

我说,爱骑车的人不挑季节。春天当然好。不论是"似剪刀"的二月春风,还是"扑面不寒"的杨柳风,车轮飞转,凉风轻拂,提醒着你,新春开始了,快快开始耕耘吧。秋天，满地黄叶，自行车轮轧上去吱吱呀呀地响，心里很愉快。可能小的时候总爱和弟弟踩门前的落叶，所以，这时候常常使我想起遥远的家乡，想起家门前的大杨树，想起家里的父亲、母亲、姐姐和弟弟……夏天，最难忍受的是顶着骄阳赶路下车的那一霎那。骑车有风，还不觉得很热，车一停下来，风没有了，汗便哗哗而下。可是骑车赶路一头大汗，突然发现大柳树下卖西瓜的，咬一口刚刚切开的冰镇西瓜，看着几位老者在出车跳马，这时候便忘记了炎热，一种愉悦涌上心头。冬天骑车，并不怕正下着雪，最怕的是晚上雪化了，早晨北风一吹又冻起来，骑车就好像在玻璃板上行走，那种又硬又滑让你感到十分紧张。可是，雪地中每个人的脸都是红扑扑的，冻得清醒、冻得精神，迎着北风，鼓劲向前，感到振奋。

但说到底，我骑自行车主要还是为了自由。机关里有班车，上下班按时接送。如果工作忙，走晚了，也可以请司机班派车送一下。但我还是爱骑自行车，乘班车总感到不自由。你在写一篇文章，正是笔酣墨畅的时候，一抬头，好，到点了，再有五分钟车要开了，急忙收拾好桌上的材料，赶快往外跑，任是什么情况也得放下。

否则，一车人等你一个，车走不了，很不好意思。久而久之，不是差五分钟要往外跑，而是提前一刻钟就得收拾桌面，准备起身。天天如此，惦记着时间，这包袱可不小。再说，一坐上班车，快慢就由不得你自己了。路上塞车，可能在车里坐上一个小时。哪里比得上自己骑自行车，想快就快，想慢就慢，想停就停，想走就走那般自在呢？

当然，骑车人也有骑车人的苦恼。原来我家离单位近，骑自行车二十分钟就可以到了，骑车是享受。后来，单位办公楼重建，临时搬到很远的北郊办公，上班要骑七十多分钟的车。风和日丽的日子还好，刮风下雪的时候可就糟了。我家在南边方庄，北京冬天都刮北风，早晨起来，听到外面风声呼呼，第一个念头便是：还得顶着北风骑七十分钟车！

可是，幸运的是这种处境没持续多久，说起来还得感谢杂志社的编辑。我每天工作十分忙，上班八小时，基本上是三件事：开会、会客、接电话。真正办公，处理公文等等，往往要安排在下午四点钟以后。因为五点钟下班，四点多外面来的客人走了，新的客人一般不会这时候来，机关里的同事也准备下班了，没有要紧的事不会再来找你。我每天晚六点半回家,《新闻联播》一完,又有电话打来,还是白天谈的那些事,而且多半是不好解决很费唇舌的事,直到夜里十点多才能安静下来。这时我也筋疲力尽,什么也干不成了。一天之中,几乎没有一点时间允许自己静下来思考点问题。

当时,我正应《出版工作》杂志之约,写"编辑艺术"一组文章。杂志每期连载。一年为期,就是12篇。答应下来,很高兴,这是一个与同行交流的好机会。另外,我也明白,就凭我这点水平,刊物给我连载的地盘,是很瞧得起我的,所以很是珍惜。又以为《出版工作》虽是月刊,一个月不过四五千字,总写得出来。哪里想到,答应下来容易,按时交稿却难了。当时,我根本没有整块的时间构思、写作。一次,被催稿逼急了,只好在骑车上班的路上构思。可能是"置之死地而后生"吧,还没等到目的地,我已想好了文章的主要内容和写法。我怕一忙忘掉,进办公室的第一件事是先把构思记下来。当时,我真高兴,骑车的烦恼没有了,文章构思完成的快乐伴随我一整天。从此,我便利用上下班在路上骑车的时间构思文章。有时,想到一个好的思想,一段有意思的话,怕忘记,赶紧把车停在路边,拿出笔,记下来。

加上要注意路上的安全，总要找人少的路段骑行，七十分钟的路程常常要走九十分钟，后来不得不提前出家门。但一路上任想象自由驰骋，没有电话铃声，没有敲门声，没有不速之客的来访，是何等的清闲、自在。渐渐地，在路上骑车这段时间变得十分充实，十分有趣了，以至于每天都盼着早晨的到来。

不知不觉间骑车的本领大了起来，自行车就好像我的千里马，骑着它上班，骑着它回家，骑着它去颐和园、香山游玩，骑着它去大会堂、报告厅开会。我的同事说："看你骑车浑身是劲儿的样子，朝气蓬勃，神采飞扬，挺让人高兴。"当时，我只觉得自己身体不错，骑起车来轻松自在，也许让不惯骑车的人羡慕。今天，我才悟出这"浑身是劲儿"的道理。

当我构思成一篇满意的文章的时候，越想越高兴，奔驰向前，能不神采飞扬吗？

当我想到，由于自己的努力和创造，会使时刻关注着我的人满意、高兴，能不忘记疲劳、加快速度吗？

当我欣赏着日益繁华的城市、街道，享受着蓝天、阳光、林荫，能不感到亲切愉快吗？

骑车带来的不仅仅是自由和快乐，还有充实和成长。

骑车在路上，使我更强烈地意识到自己对所热爱的事业的向往，事业对我的厚爱。一个人在这个世界上既有所爱，又得到爱，夫复何求！

自行车，我的好伙伴，谢谢你每天每天载我前行。

1995 年 11 月 1 日晨

湖北宜昌农村
云雾飘渺，恍如仙境。

香格里拉的追寻

我刚从丽江回来,却想再去。那是一个怎样令我向往的小城啊!江水缓缓地从城中间流过,各种店铺参差错落,让你觉得这是一个手工艺博览会。木刻作坊,工匠师傅正专心创作。造纸作坊,一道道造纸工序在有序地进行。银铺、铜铺、蜡染,哪一样都让你舍不得离开。小石桥、垂柳树,湿润的石板路,抬起头来,正好看到远方的玉龙雪山,白云在她腰间飘过,蓝蓝的天,耀眼的阳光,这一切马上会让你想到,何必离去!晚上,古城更是让你留连。四方街上,青年朋友吃着鸡豌豆粉,喝着米酒,对着歌;外国朋友这一桌、那一桌陶醉其中;小阁楼上三五好友品茶聊天,自得其乐。绿树让灯光一照更加浓绿,红红的灯笼夹在柳树之中,艳丽诱人。潺潺的流水,尽管在夜里,其中的小鱼也历历在目。真是推窗听水,入市过桥。我不禁问自己,天下还有什么地方比这里更美丽?

记得一位外国朋友，到了丽江，看丽江那些老人做什么都十分从容，慢慢地走路，慢慢地应答，便问："你们这一生就是这样慢吞吞地过来的吗？"老太太弄懂老外的意思，就反问道："我们都在往前走，你知道是走向哪里吗？是走向死亡。为什么要着急呢？"听得外国人目瞪口呆，直说，这丽江人，懂哲学。我又想起诗人公木的诗：问君何事诺匆匆？来到丽江，我感到来到了灵魂的依托地，我将混迹其中，还有什么可急？

我上到雪山上，耀眼的白洁，顿时让我十分兴奋，清新、忘我、快乐！细想想，雪山上除了白白的雪，什么也没有，因为身在其中，也感觉不出山的高峻来，为什么就觉得十分快乐呢？一是我自己知道，我上了一个高度，我一生攀登的最高处；一是看周围的青年，追赶着，还往上面爬，他们比我更强，更奋进。他们无忧无虑，欢乐自然。我羡慕他们。这时我才明白，我们渴求的原来就是这无忧无虑的快乐。

我在玉龙雪山下纳西人的古树旁，看到一座石碑。碑上记载着一个故事。说天帝有两个儿子，一个是人类神，一个是自然神。自然神日子越过越好，人类神困苦多艰。人类神便向自然神寻求支持，自然神死活不肯。

人类神就告到天帝那里。天帝便命自然神帮助兄弟，让给人类神一些财产。自然神说：人类神破坏山野，乱开耕地；随意屠杀动物，还让污血弄脏河流，再给他资源，他还会糟蹋。后来，人类神再三保证，自然神在天帝的劝说下，才把一些山川让给人类神开发，人类神的生活才开始逐渐好转。这个故事告诉我们，天地间大自然本来是美好的，但私欲的膨胀，烧杀抢掠，把美好破坏成一片疮痍。人类神的保证，才有了今天的丽江山水。这时我才明白，这本色的丽江山水，就是我们追求的香格里拉呀！

我很奇怪，丽江这样的古城为什么没有城墙。丽江人对我说，丽江是中国古代文化名城中唯一没有城墙的名城。据说，曾经丽江的统治者姓木，四面筑城，就如木字加上个框，岂不成了"困"字？于是丽江至今没有城墙。正因为此，古时的丽江，马帮藏客出入，没有阻挡；百姓来来去去，无须手续。这造就了自古以来丽江城就是一个开放的城市、一个自由的天堂。可住，可走，可留，可去，多么简单，可这就是我们向往已久的自由！

我去过不少地方，赞美过，留连过，写过寻访踏游的文章，但没有一处让我萌生过住下来的念头。没有一处。但丽江古城是这样。哪一处小桥流水不吸引我坐下来？哪一个店铺那些民间的工艺品不是让我看了又看？哪一个茶馆酒楼不诱惑我坐到深夜？山上的砖房、水边的小院，哪一座不让我生出住下来的强烈心愿？

那树影、花影、人影、屋影，光影杂陈、诗情画意，哪里有这样的悠闲？

这里让我心静。

这里让我感悟。

"人生天地间，忽如远行客"。我们何不慢慢体味人生的苦乐艰辛？何不仔细地领略一番人生的前后左右？

人们为什么寻找"桃花源"？

人们为什么寻找"香格里拉"？

在这世界里多少人饱受艰辛，多少人放纵无度，多少人及时行乐，多少人朝不保夕，纳西人早就明白了这一层道理，他们虽缓慢但稳重地前行，他们虽艰难却自足地发展。他们不可能无度地放纵，却也不是饱受艰辛，他们虽朝要虑夕，却也能自得其乐。

到了丽江想的最多、问的最多的是香格里拉，是詹姆斯·希尔顿的《消失的地平线》。一本几乎跨越了一个世纪的小说，竟然又引起人们广泛的兴趣，这是什么原因？现代的文明给人们几乎无微不至的服务，人们却急着躲开它，这又是什么原因？

香格里拉是人间的乐园,是失去的桃花源,"不知有汉,无论魏晋",人们向往着。

2005 年 6 月丽江归来

新疆·喀纳斯

"喀纳斯"是蒙古语,意为"美丽而神秘"。"香格里拉"是藏语,意为"心中的日月",永恒、和平、宁静之地。

喀纳斯、香格里拉都是我们心中的神秘和向往。

巴黎之夜的遐想

到过两次巴黎,都是早晨到晚上走,没有住下过。这次是第三次,是去比利时布鲁塞尔开会,没有买到从北京直飞那里的机票,只好先到巴黎,再换乘汽车。同行的几位没有到过巴黎,想看看卢浮宫、看看埃菲尔铁塔,渴望之情溢于言表。我们便筹划时间,把在布鲁塞尔住的一夜改在巴黎,第二天赶早去布鲁塞尔。

我们下榻在二十区一个小旅馆。房间很小,堪称蜗居。一个大床,一个衣柜,靠墙有一个简单的桌子,上面置放一个14寸的电视机。但就是这样的一个小房间,也透出巴黎人的细心和浪漫。床单和被子都是雪白的,让人放心。墙上挂着两幅照片,一幅是奥黛丽·赫本。照片虽印得不是很好,但不掩赫本的清纯。她歪着头,俏皮地看着来客,好像想问些什么。左面是另一幅照片,一看便知道,那是《魂断蓝桥》中,费雯丽扮演的芭蕾舞演员玛拉踮起脚来亲吻罗伯特·泰勒扮演的陆军上尉罗依。甜蜜、和谐，让行旅在外的客人在暗暗的灯光中欣赏到美。我注视着这对情侣，耳边响起了那支著名的华尔兹舞曲。作为电影史上最为凄美不朽的爱情影片，一幕幕在我眼前浮现。他们的故事是凄惨的但眼前的画面，只让我想到爱与被爱，想到人间是有真情在的。

房子的正面是一扇落地窗户。玻璃晶莹，长长的，显得很大气。薄纱窗帘，朦胧地看到马路对面公寓的灯光。那公寓整个楼面的窗户全是黑的，都关了灯，只有这一扇窗户亮着。室内的人是在写作，在阅读，还是在和家人谈心？

静静的巴黎的夜，让你浮想联翩。与巴黎有关的名著和艺术家一个个进入我的思绪。罗曼·罗兰在《约翰·克里斯朵夫》里描写的巴黎生活画卷清晰再现。眼前的街道、房舍，匆匆来往的行人，与书中的描写还有多少相似？那里的亲情、友情、爱情，患难与共的，至死不渝的，细腻绵长的，淡泊似水的，今天的巴黎人也是这样真挚、痴情吗？

可能是因为《魂断蓝桥》里玛拉的不幸，让我想起同样不幸的罗曼·罗兰笔下的法国姑娘安多纳德。她虽然穷，但却清高而狷介，由于自尊，又有些孤僻，平静地坚持自己的操守。克里斯朵夫是一个德国青年音乐家。在巴黎求发展。但悠闲、浪漫的法国人不喜欢他的音乐,肆意嘲讽他。一次,有人在他演奏时故意大声说话。他站起来,用一只手随意弹了一曲法国的流行歌曲,另一只手指着听众,说:"这才配你们的胃口!"全场哗然,要他道歉。安多纳德目睹了这一切,她觉得她和他一样,都是受这个社会欺侮的人。想到音乐家的憨直、坦率和才华,想到他也在受罪,便一腔同情,反倒忘了自己的悲苦。

但安多纳德不肯轻易表露。

他们最后一次见面,是在火车站。她乘火车外出。他恰好乘火车回来。两列火车并列停在那里。透过车窗,两人在静静的夜里互相看到了,却谁也没有说一句话。但是,在最后的一刹那,两个互相望着的人看到了从来没有窥见到的彼此的内心隐秘。两颗灵魂相遇了。这一刻,只是一刹那,随后火车便启动了,但这一刻却是永久。安多纳德把它永远保存在心里,"使她凄凉的心里能有一道朦胧的光明,像地狱里的微光"。

在病中,她决心给克里斯朵夫写信。想了很久,却不知说什么。好不容易写了几句,又觉得难为情。她想,如今写这些还有什么用呢?她是不会寄出去的……而且即便愿意寄也不可能,因为她并不知道克里斯朵夫的住址。

不久,安多纳德在肺炎的打击下,离开了人世。

像安多纳德的这种清高、自持和纯净的品格,真给法兰西增加了分量。都说法国人浪漫、多情,也有安多纳德这样痴情、深刻而有信仰的女子啊。

从我住的小房间的窗户可望见一个塔尖,我几经分析,认为那就是蒙马特高地上圣心教堂的塔尖。我想到在那个地方曾经活跃着多少艺术家,高更、塞尚、修拉、劳特累克等等,特别是梵高。我想到他的画和他的一生。他本来已大有成绩,当发现蒙马特高地那些青年画家的画有那么多新东西,那样令人目眩神迷的色彩和光,他震动了,推翻了自己过去几乎一切认为是神圣的东西。第二天,梵高便毅然提着绘画材料到弟弟指给他的画室学习。从那时开始,受印象派的影响,梵高的画风发生了巨大变化。有人说,是印象派在梵高的绘画生活中打开了一个手电筒,从此照亮了梵高的画。

一个艺术家要敢于推翻自己熟悉的一切。巴黎,让多少艺术家化鲤为龙啊!

正是这个巴黎,或者以这个巴黎所发生的"革命"与"反革命"的大冲击、大动荡,产生了无数经典名著和典型形象。狄更斯的《双城记》,以法国大革命为背景,把巴黎和伦敦连结起来。书中的名句,一直让读者深思,让哲学家辩论。书中写道:

"这是最好的时代,这是最坏的时代。"

"这是信仰的时期,这是怀疑的时期。"

"这是希望之春,这是绝望之冬。"

"我们拥有一切,我们一无所有。"

它们要表达什么意思呢?

《九三年》,雨果的名著。书中表述的一个命题,引起不断的争鸣。

"在绝对正确的革命之上,有一个绝对正确的人道主义,这是上帝赋予他的责任"。

革命将领郭文,明知死罪却毅然、决然地放走了保皇党朗特纳克侯爵,因为后者不顾被大火烧灼与被追兵俘获而上断头台的危险,救了三个陷于烈火中的孩子。

当雨果通过惊心动魄的情节冲突,强调他对人性的最终分析,他针对的是什么社会现实?

《悲惨世界》描写了人类与邪恶之间的不懈斗争。

宣称，人类本性是善良的、纯洁的，人类将一同走向幸福，但要经历苦难历程。"人类将一同走向幸福"，这个命题给了我们一个新的思维方式。不是一个阶级要消灭另一个阶级吗？为了这个"一同"，人类将做出怎样复杂而艰巨的努力呢？

《巴黎圣母院》是雨果又一部名著。无疑，那座巴黎圣母院已注入雨果的信念和爱情。各国游客去那里寻找美丽的吉卜赛少女埃丝美拉达的踪迹，为的是凭吊她的美与善良。

埃丝美拉达是一个心灵美与外在美完全统一的形象，是美与善的化身。卡西莫夫则是善的化身，长得其丑无比。虽然未必有美女愿意嫁给卡西莫夫，但他对埃丝美拉达确实充满了感激、同情与尊重的柔情，他的爱是无私的、永恒的、高贵纯朴的。这是雨果为读者塑造的人类灵魂美的典型。而作者设计埃丝美拉达提着一罐水，不顾周围人的狂笑，向遭受鞭刑痛不欲生的卡西莫夫走去的情节，我想雨果是要向人们阐释"人"的观念和"人"的权力吧？

想到这些书，我就明白了什么是经典名著的巨大力量和长久生命力，什么是"精品"和我们与"精品"的距离。

巴黎，巴黎，它对世界文化做出了多么伟大的贡献！那时的巴黎有那么多新鲜而深刻的思想，这些思想至今为先进的人们探索、追求着。巴黎不仅是浪漫之都、时尚之都，更为重要的是艺术之都、文化之都。时尚就要创新，不断有新的思想，才会有生命力、竞争力。

我正在这样信马由缰地想着巴黎和与巴黎有关的书和人的故事,不知什么时候,对面公寓那唯一亮着的灯也熄灭了。再细看,晨曦初上,天空呈现出淡蓝色,巴黎新的一天即将开始了。

俯瞰巴黎
从埃菲尔铁塔上拍得的巴黎市区。

梵高与蒙马特高地

去蒙马特高地,没有别的目的,只想到那里的咖啡馆坐一会儿,喝杯咖啡。因为那里曾经容纳了上天给这个世界的一大批艺术家。雷阿诺、梵高、高更、马奈、毕加索……他们都在这里度过他们年轻的、默默无闻又充满幻想的时光。卢梭、左拉、雨果都曾在这里流连,寻找他们的灵感。据说,毕加索刚到巴黎不久,他和几个年轻朋友经常到这里的跳兔咖啡馆消遣。那时他们还没有名气,口袋里没有几个钱,很穷,几个人待一个晚上,只需一瓶啤酒、一份火腿肠。

一定去咖啡馆坐一坐,喝杯咖啡,还有另一个原因。1964年6月6日,中华人民共和国驻法大使黄镇向法国总统戴高乐递交国书,标志着中法正式建交。那次,周恩来总理没有去巴黎,他委托使馆工作人员设法找到一家名叫奥罗里的咖啡馆,替他还清当年他赊账喝的一百多杯的咖啡钱,再送另一家拉丁区的咖啡馆三百盒香烟,也是用来抵偿当年的欠账。这个故事，给我留下深刻的印象。这些咖啡馆见证了当年中国青年人在法兰西探索和追求的岁月，见证了留法学生跋涉的艰辛。

这个蒙马特高地我最先是在埃菲尔铁塔上看到的。我们站在铁塔第三层上，巴黎的朋友指给我看，说那高高的就是有名的圣心教堂。圣心教堂周围就是蒙马特高地。我们是傍晚去的，有嫣红的晚霞，但晚霞上面是一大片乌云。乌云作背景的圣心教堂，白得更加夺目，彷佛大海中一艘大船。教堂前面是高高低低的建筑，小径穿插来去，这里一个画像的，那里一个拉琴的，教堂里传出大风琴的美妙声音，咖啡馆比比皆是，让人觉得舒服。

那些年轻的未成名的艺术家，在那里生活得窘迫而潇洒。他们比着作画，追求着出新、出美，追求着个性。毕加索在那里潜心追求他的立体主义。他艺术生活中的"粉红时期""蓝色时期"，就是在那里度过的。他的名作《阿维农少女》是那一时期的代表作。

马奈的那幅引起争论的《草地上的午餐》，也是在这里完成的。画中两男两女在草地上聚会。男士衣冠楚楚，两个女士一个正浴罢穿衣，一个一丝不挂，和两个衣冠楚楚的男士坐在一起，让人感觉很是特别。原来，马奈试图打破绘画中只有天神可以展现裸体的传统。据说，拿破仑三世看后大为恼火，认为"这画是不道德的"。但那时的环境还是宽松，没有因为皇帝不喜欢就要求作者销毁。

梵高的弟弟提奥是一个青年画商，他喜欢这些并不出名的青年画家的画，总是支持他们，所以很得这些青年画家喜欢。他把梵高引到蒙马特后，介绍他看了许多青年画家的作品，如劳特累克、高更、修拉等等。梵高在那里看到的"正在墙上冲着他发出欢笑的画，是他从未见过、也从未梦想过的"。他震惊了，世界上竟然还有这样的色彩和光，还有这样的画法！傍晚，提奥回家了，发现梵高还坐在地板上发愣。提奥说："我知道你现在的感受——大吃一惊了。那是可怕的，是不是？我们正在推翻几乎一切被奉为神圣的东西。"

梵高截住了提奥的目光，很严肃地说："提奥，为什么你没告诉我？我为什么不知道？你让我白白浪费了整整六年的时光啊！"面对这些青年画家的创新，梵高颇为沮丧，深感自己的落伍。

弟弟安慰他，说他的作品已经很有成绩。梵高表示，要学习这些印象派青年画家的表达方式。"我一切都必须从头学起"。

于是，第二天，他便提着绘画材料到弟弟指给他的画室学习。受印象派的影响，梵高的画风发生了巨大变化。有一句比喻说，是印象派在梵高的绘画生涯中打开了一个手电筒，从此照亮了梵高的画。

梵高对绘画是十分热情的。他为了让人们了解他所崇拜的青年的画，推销他们的作品，便积极发起组织展览。他们没有钱，租不起展馆，便与饭馆老板商量，把他们的画挂在饭馆的墙上。老板同意了，条件是晚上他们一定都得来用餐。但是，直到晚上八点半，顾客结了账，一个个都走了，一幅画也没有卖出去。老板过来说要关门了，他们只好从墙上把画又一幅幅取下来，放到手推车上，推回家去。那些画后来都是价值连城的宝贝，可惜当时无人赏识！

……这些事都发生在蒙马特高地，发生在那一个个咖啡馆、饭馆中。

梵高在这里挣扎的经历，让我想起20世纪二三十年代，中国的美术青年奔赴世界艺术之都巴黎的情况。林风眠、潘玉良、吴大羽、常书鸿、刘开渠、徐悲鸿、刘海粟、吴作人，这些今天绘画界的大师级人物，也就是在这里摸索、探寻和学习的。那里的学校管理很宽松，交了学费，便能领到随时进出博物馆、美术馆的出入证。中国的学子们如鱼得水，每天在大师们的画作前观摩。徐悲鸿出国前业已成名。到了巴黎，他十分刻苦地进行西洋画的基本功训练。他就教于法国的艺术大师，遵循"勿慕时尚"的教诲，刻苦钻研文艺复兴以来的学院派艺术。他上午听课，下午画模特，晚上拜访画家，一丝不苟地学习，坚忍不拔地训练。他努力汲取西方艺术的写实主义的内涵，想用西洋写实艺术来改造、充实中国画。他回国后，实现着自己的追求。林风眠，则走了另一条路。出国时他刚刚19岁，并没有一定的观念和计划，到了巴黎，一下子就被赛尚、马奈、马蒂斯这些印象派大师的作品所吸引，每天在博物馆参观、浏览，完全不顾学院派的嘲讽。他追慕西方印象派画风，吸取现代绘画的营养，与中国传统水墨和写意技法相结合，形成了自己的一种新的画风。这一批青年才俊在巴黎的奋斗，和梵高、塞尚、马奈的经历多么相似。成长的道路各种各样，有奋斗追求、开拓创新的精神，再加上自由探索的环境，总能成才。

我们走着，捕捉着每一个咖啡馆、饭馆的招牌。心里想，说不定哪个咖啡馆、饭馆会走出高更、毕加索、修拉来，会走出卢梭、左拉、大仲马、小仲马来。雨果在这里停留过两次，如今在蒙马特高地还耸立有雨果的塑像。

……一杯咖啡终于喝完了。这里的咖啡很贵，容不得我们再在这里流连。我想起可怜的梵高。他的画如今已成为全世界最伟大的作品，大家排着队等着看他的画展，他的一幅画都能卖到几千万美金。而当年，他却被住地居民驱赶。他穷得不敢住六法郎一天的宾馆，等帮他介绍宾馆的人走后，自己悄悄搬到三到五法郎一天的客栈。他说，我又不是资本家，怎么住得起那样的房间。

为什么？为什么伟大的天才在他活着的时候，那么不易被人们认识？

但是，真正伟大的艺术家毕竟有让我们感慨和欣慰的结局。他们太超前了，我们跟不上。等我们认识到的时候，他们只有在天堂里微笑了。

梵高死时，室内什么也没有，棺木放在饭馆的弹子台上，牧师也没人想起去请。梵高的好朋友、经常给他看病的医生伽赛哭着说："咱们不能就这样让他走啊！"

这时，他把梵高住室里的画全部取来，又让他的儿子到他家，把梵高其余的画取来，从巴黎赶来的几个画家，急忙把这些画挂在停放棺木的房间的墙上。

于是，"梵高那些充满阳光的画，使这死气沉沉、昏暗的饭馆顿时变成了光辉灿烂的大教堂"。

梵高曾抱着他的刚诞生不久的侄子对他的弟弟说，我们能在身后留下什么呢？"你用你的血肉创造……我则用颜料创造。"（以上引语均见《渴望生活——梵高传》）

梵高37岁时死在巴黎附近的瓦兹河畔美丽的奥维尔小镇。他真正的创作生活只有10年，但他却留下了900幅油画，1100幅素描。算下来，他平均每年有200件作品问世。他给这个世界留下了非凡的美，留下了光辉灿烂。

最让我激动的是，《渴望生活——梵高传》的作者美国人欧文·斯通在1982年专为中文版写的"导言"中介绍的情况。他说：

> 1934年1月1日，（我的书）出版即日，我曾试向该社负责人表示谢意。他神情阴郁地回答："我们印了五千册，我们还在求神保佑。"

他求的那个神算是求对了。据最近的统计，

《渴望生活》已经翻译成八十种文字，现已销出二千五百万册，想必也有这么多的书被人读过吧。

最后，欧文·斯通非常肯定地说：不过，永远要记住，是温森特（梵高）的身世打动了读者，我只不过以小说形式再现了它。

蒙马特高地引起我的思古幽情。我到那里坐一坐，喝杯咖啡，以寄托我多年来对当年活跃在这里的艺术家的崇敬。

2014 年 5 月 5 日

荷兰郊野

这乡村田野风光,这明亮色彩映衬下的天空和大地,这大块璀璨的黄色,能不想起梵高吗?他的画给了我们追求和美好。

牛津的魅力

（一）

去英国之前，听说了牛津大学的一则轶事，让我这个本来对牛津大学就很尊敬的人又增加了几分好感。1996年，沙特阿拉伯一位富翁向牛津大学捐赠1400万美元。这1400万对经费不足的牛津大学来说无疑是让人兴奋的一笔大款子，但牛津大学管理委员会却以259票对214票做出了不接受这笔捐款的决定。原因何在？原来接受捐款和管理委员们的治学观念冲突。牛津大学一向主张治学为社会服务，甚至为此在相当长的时间内不开设商业管理学课程，认为这是谋利的学问，不应该让学子们去学。当然，也有人说："到手的钱不要，真是书生的清高与迂腐。"我却觉得牛津大学的管理委员们颇为可爱。

去牛津、剑桥参观，可以说是期待已久。一所大学为一个国家先后培养出29位首相（牛津）；一所大学为世界培养出63位诺贝尔奖获得者（剑桥），这是座什么样的大学？大思想家培根、斯宾塞、罗素，物理学家牛顿，大诗人弥尔顿、华兹华斯、拜伦，世界著名政治家尼赫鲁、贝·布托、昂山素季都出自其门下，我国著名数学家华罗庚、著名诗人徐志摩也曾在这里读书，牛津、剑桥的魅力在哪里？

（二）

细雨霏霏，莺飞草长，汽车在高速公路上只跑了一个小时多一点，就到了牛津城。问清楚，原来牛津城离伦敦只有80公里。进城时，雨还在下，楼房的尖塔在烟雨蒙蒙中若隐若现，高高的石墙上爬满老藤，稀疏的绿叶中绽放着娇艳的花朵，小城显得古朴素雅。牛津过去本是一个农村集镇，现在也不过十一二万人口。为什么叫"牛津"，已不可考。一种说法是这里正值查威尔河与泰晤士河的交汇处，水大，渡河难，恰好这里有一个很好的渡口，牛可以平安渡河，就叫做"牛津"了。

这么一个小镇怎么就发展成一座大学城呢？大概上帝既然给牛指点了迷津，也不忍心看着它的主人撞来撞去吧？本来英国的学子多去法国读书，12世纪时，英国与法国关系不好，英王下令禁止学生再到巴黎读书。这之后，就有一批学者聚集到牛津，那时主要还是培养神职人员，主要科目无非是神学、法学、数学、哲学和修辞学。早期的牛津大学并没有规划统一的校区，当时学生和教师都租住在城内不同的地方。后来为了管理方便逐渐建起了学院，也是分散在牛津城各处。至今牛津大学已有35所学院，最老的据说是默顿学院，建于1264年，最年轻的叫圣凯瑟琳学院，建于1963年，两个学院相差整整7个世纪。学院的名称听起来很奇怪，其实不少学院的命名都是很偶然。比如，基督教堂学院，是因为牛津城最古老的大教堂就在学院之内；万灵学院是为了纪念百年战争战死者的英灵；奥里尔学院则因为刚刚建立的时候，学院买了一所名叫"奥里尔"（意为黄莺）的房子。还有一所学院叫"布拉斯诺兹"，这个字是由英语"铜鼻子"一词演变过来的，因为学院大门上的铜门环很像个鼻子，而且至今还供在学院的餐厅里。学院也不按专业划分，但在发展过程中，各个学院渐渐形成了各自的特点。比如，基督教堂学院以浓厚的贵族气氛著称；默顿学院出了不少诗人；圣埃德蒙大厅学院特别喜欢招收运动员；奥里尔学院侧重培养牧师；摩德林学院有许多赛艇高手。这些学院彼此平等，学生可以在任何一所学院学习，直到毕业。

那么，究竟是什么原因吸引众多学子奔向牛津呢？是学校生活舒适吗？不，学校的管理是很严格的。每10个学生学校配一名校工，照顾学生，替他们整理床铺、打扫房间；除此之外，还负责早晨叫醒睡懒觉的学生，检查学生是否去上课。校工有这样双重的责任，所以他们有一个很特殊的称呼，叫"侦察"。学生天天被"侦察"着，能舒服得了吗？

是学校的功课轻松有趣吗？也未必。牛津教学的最大特点是"导师制"。学生的导师由研究人员担任，他们多为品学俱佳的学者，在一定的领域卓有建树。导师制要求学生每周与导师见一次面，将自己一周内研究和撰写的论文向导师宣读。此外，还有许多讲座。每个讲座不论是导师还是学生，不论是高年级还是低年级，都可以自由发言，平等讨论。海阔天空的议论是很吸引人的，但在议论之后，要交作业。与导师单独见面，宣读一周内研究和撰写的论文时，导师要评论、要提问，如果论文质量不行，答辩不好，要影响成绩、影响毕业。须知，一周一次，不得耽误，而且周复一周，哪有那么多新见解、新思想呢？可是，导师不相信解释。这种学习方法确实带动、启发学生独立思考，鼓励、督促学生上进，但这一周一次的压力无论如何都让青年学生轻松不起来。

牛津、剑桥的魅力究竟在哪里？英国甚至全世界教育界，言必称牛津；英国甚至全世界的青年学子们都以进牛津为光荣，就连牛津、剑桥学生的一个小小的赛艇比赛，不但英国上下为之关注，似乎全世界都要看一看这一对老对头今天又是谁赢谁输。为什么？细细寻访，发人深思。

英国的高等教育规定，一般上大学，不需再进行入学考试，凭中学毕业成绩即可进入；但牛津、剑桥不行，进牛津、剑桥还要再考试。不是谁想读就可以去读，这是一；考试的竞争很激烈，淘汰率很高，录取率只有30%，敢考的人6个中取2个，这是二；据统计，被牛津录取的学生，85%拥有中学成绩优异毕业证书，这是三。三条一摆，对青年学生来说，进牛津读书，应该说是佼佼者的机会，是既痛苦又诱惑无限的事情，是光荣之路。好比鲤鱼跳龙门，跳不过去，摔回来是痛苦的，但一旦过了龙门，该是何等畅快！人生在世，可以为跳龙门而摔死，不能怕跳不过去而退缩，这正是众多学子的心愿吧？

然而，对英国社会来说，光荣之外另有深意。29个首相、63位诺贝尔获得者，这种成绩，这种结果，哪里还用大张旗鼓地宣传呢？这种名副其实的垄断，代表着牛津、剑桥是通向最高权力的重要而又充满希望的途径。他们每年为英国培养出一批知识权贵，其中的一些人将登上权力的高峰。随便举一个例子就可以看出这种诱惑的分量。1979年那一届议会，339名保守党议员中，有94名来自牛津、75名来自剑桥。这些校友们又组成俱乐部、交友会，互相提携，同甘共苦，而且，由父一辈到子一辈，形成一个关系网，试想想，这该是一种什么局面？

光荣与梦想激发着莘莘学子，牛津、剑桥毕业生的灿烂前程和所形成的一种势力摆在每一个人面前，牛津和剑桥正是这样向前发展着。

但是，时间毕竟已经到了21世纪前夜。信息高速公路已经把世界联系在一起。牛津的独尊地位，独尊的牛津所带来的默守成规、保守难变的影响，终于让英国的有识之士不再沉默。1963年，英国《金融时报》社长、伦敦经济学院院长罗宾斯提出了一份对英国高等教育制度影响巨大的《罗宾斯报告》。报告中指责牛津、剑桥的垄断地位和所带来的严重影响。当时的英国政府深以为然，在48小时内就批准了这份报告。政府决定创办更多的大学以冲淡牛津、剑桥的影响。很快，八所大学就开工了。但是，新的学校建成之日，人们惊诧地发现，八所大学几乎和牛津、剑桥没有什么两样，校舍的建筑风格，校园的气派和格局，仿佛从牛津、剑桥描过来的，更有意思的是，这八所大学，都分别由一位来自牛津或剑桥的副校长担任校长。

（三）

听了这件轶事，我颇为感慨。我自以为弄清了人们向往牛津、剑桥的奥秘，看来远非如此。牛津的魅力究竟在哪里？这么深，这么广，让人割也割不掉，舍也舍不了？

我一个人在牛津街头倘佯，中世纪的塔楼古色古香，文艺复兴风格的建筑，弥漫着浪漫气息；城东的摩德林城堡，被人们称为"凝固了的音乐"，的确优美异常；位于民众方庭的图书馆，建于1371年，是英格兰最古老的图书馆；大学植物园，建于1621年，是英国最早的教学植物园；蜿蜒曲折、幽深绵长的皇后小巷，从牛津建校一直保留到现在，快700年历史了，路边的石凳长满了青苔，让人回忆起牛津的起始。在布莱克威尔书店中，那块从开张就有的著名木牌镶在墙上，牌上仍然是一百多年前开张时的那段让人高兴的话："没有人会来问你要什么，你想随手翻阅任何书籍，尽管自便。如果你需要，店里职员随时为你服务。不论顾客来看书或是买书，都会受到一样的欢迎。"王尔德坐过的木凳，肖伯纳倚过的书架，都照原样没动。外面环境如此，走进楼内，让人更加感到历史的分量。在学校最早的图书馆韩夫瑞公爵图书馆里，时光仿佛是静止不动的，寂静充满了这书本的圣殿，我们几乎要踮着脚走路，生怕发出声响。从地板到屋顶，全是手稿和未刊资料，它们像宝库一样等待着后来的人去开发。

看了这一切，有谁能不被这历史吸引？出了图书馆，对面是一座高塔。主人向我们介绍，塔里有一座大钟，每晚9:05分，定会准时敲响，总计101响。主人见我们疑惑，解释道：学校建立时，学生和当地居民常常发生冲突，有时发展成斗殴以至流血。基督教堂学院担心学

牛津大学之春

生晚上出事,便敲钟召唤学生归校。当时学院只有101人,钟就敲101声。据说这钟从1525年敲起,日复一日,年复一年,470年来从没有停过。

噢,我终于明白了。在牛津街道上散步,不就像回到了历史之中吗?这风情万种的建筑,这云飞浪卷的校园,这几百年积淀的斑斓文化,一个外国人尚且被深深地吸引,一个英国人能不为之魂牵梦绕吗?很清楚,英国人把牛津当做一种传统,一种象征,一种怀恋和一种追寻。在那里可以回忆起过去的美好时光,可以重温昔日的辉煌。室内散发出的气味,家具摆设的格局,都会让人产生对先辈崇敬的温情。他们根本不允许有人去改变,他们倒希望有人带领他们去维护、去拾回过去的光辉,重现他们心中的那个大英帝国。

时间已经很晚,我们离开校园走在往回去的路上。当,当,当,钟声响起来了。起初,我还没有明白是什么钟声,突然想起这不就是"101响"吗?我站在那里听它响完。我仿佛听到的是470年前的钟声。在钟声里我真的回到了470年前。

托尔斯泰的追求

今天去访问托尔斯泰故居。这是我心仪已久的地方。到了俄国,能不去拜访托尔斯泰吗?他给了我们那么伟大的作品,这些作品让我们激动,引发我们思考,给我们无比美好的享受。我们怎么能不心存感激?

早上很早就上路了,车刚刚开出二十分钟,便下起雨来。这雨时大时小,一直下到我们下午六点钟回来。

托尔斯泰庄园,名字叫雅斯纳雅·玻里亚纳,离莫斯科200公里,在图拉城郊20公里处。

庄园远看是一片非常美丽的森林。粗大的桷树、菩提树,美丽的桦树,蓬勃潇洒的枫树,远近高低像大家庭中的兄弟姐妹,个个高大俊美。雨珠挂在树叶上,在一片翠绿中间,亮晶晶,好像散落的水晶。散发着草香、泥土香的空气,延伸至村外的林荫道,让人轻松愉快。四周有河流环绕,还有几个小的湖泊,湖边停靠着捕鱼的木船。

托尔斯泰的故居就座落在这一片森林中。两层楼，不算很大。漆着白和绿的油漆，与森林合为一体，很美。"雅斯纳亚·玻里亚纳"，在俄文中是"明亮的林中空地"的意思。据介绍，在这大片森林里，只有托尔斯泰的故居这块地方能照进阳光。天气好的时候，阳光透过绿叶，洒向空地，明媚灿烂。

看到这样的环境，我第一个念头就是，难怪托尔斯泰离不开这个庄园。读大学时，他住在喀山姑妈家，每到夏天放假就跑回来；在高加索当兵，在国外旅行，对看到的社会上种种不合理的事情深恶痛绝，一回到他的庄园，就心情舒畅了。当他们几个兄妹分配财产时，托尔斯泰只要求把这个其它几个兄妹不感兴趣的雅斯纳雅·玻里亚纳留给自己。此后一生基本上没有离开这个庄园。

最让我吃惊的是托尔斯泰的墓地。在庄园林子深处的一条小路边。一棵大树，是橡树。一小片草地。一个长方型的坟丘。高不到一米，长有两米多，宽也就一米，整个坟墓长满青草，与周围草地连成一片。不知道的话还以为是草地上的一个土堆，也长满了青草。没有石碑，没有任何标记，如果没有人指引我们，怎么也看不出来这就是伟大的托尔斯泰的墓地。据说，是遵他的遗嘱这么做的。

站在托尔斯泰墓前，我眼前浮现出托尔斯泰生命最后的情景。

他以82岁的高龄，在一个冬天的早晨，毅然离家出走，病倒在阿斯塔波沃火车站。几天后，在车站站长的木屋里他停止了呼吸。

人们悲痛地将他从阿斯塔波沃送回玻里亚纳。

82岁是一个令人尊敬的年龄。

82岁的人是一个古稀之人。

82岁，灿烂的晚霞，托尔斯泰满可以咀嚼一生奋斗的快乐。

但是，托尔斯泰却以82岁高龄，开始了一个新的历程。

托尔斯泰在临出走前写给妻子的诀别信中说："我的走会使你难过，不过请你理解和相信我，我实在没有别的办法。我在家中的地位已经忍无可忍了，我不能再在这种奢华的环境中生活……"

这个念头他已经忍了13年。13年前，他69岁。当时他在一封信中写道："索尼娅，我的生活跟我的信仰不相协调,这早就使我感到痛苦。我再也不能继续下去了,因此,我已经决定现在要去做我早就想做的事情——出走。"

一年一年,无比激烈的心灵搏斗,无比痛苦的心路历程,他的实际生活与他倡导的平民化的巨大矛盾,终于让他义无返顾地走出了决定性的一步。他是去追求"言行一致"。他是以82岁的高龄,无比执着地去追求自己的理想。他虽然没有完成,但他有了一个令人尊敬的开始。

细雨中,我从思考中回过神来,注视着矮矮的坟丘。托尔斯泰还用得着墓碑、用得着墓志铭吗?对于他来说,一切形式都是多余的。《战争与和平》《安娜·卡列尼娜》《复活》,哪一部书不是一座纪念碑?他确是生活在偏僻的图拉,埋葬在图拉,但他活在全世界每个读者的心里。

我看到过一份材料,讲托尔斯泰与诺贝尔文学奖如何失之交臂。1901年是诺贝尔文学奖颁奖的第一年。有三部不朽巨著蜚声全球的托尔斯泰,被公认是最具实力的竞争者,但那一年,俄罗斯作家没有参与角逐,没有报名。1902年,托尔斯泰正式获得提名。他的名气也如日中天，获奖是众望所归。但瑞典科学院的评委们没有把奖授给他。原因是这些评委们认为托尔斯泰晚年的思想、晚年的世界观不符合入选的标准。1903年，这个奖又授予非常敬佩托尔斯泰作品的挪威剧作家。

托尔斯泰到底没有获得诺贝尔文学奖。

评委们还真有"眼光"，他们还真明白了托尔斯泰的理想和追求。他们感到托尔斯泰晚年的思想很危险，让他们恐慌。但用他们的"眼光"评出来的书，有几部可以和托尔斯泰的作品比美？又有多少作品并不被评委之外的读者承认！

我在托尔斯泰的故居里参观了他写作《战争与和平》的房间。那间房在整幢房子的最下层。室内两侧各有一个小窗户，光线很暗，有点像储藏室。他写作的桌椅还在。一张很平常的小木桌子。桌面大概只有三尺长、二米宽。一把很平常的木椅子。真是想不到。正是坐着这把木椅，伏在这简陋的小桌子上，托尔斯泰以艺术形象提出了当时社会的重大问题。

从这间朴素、简陋的工作室，到那几乎难以辨认的墓地，让我思绪涟涟。托尔斯泰用他的一生去追求。托尔斯泰用他的出走、他的死，告诉我们什么叫追求。

托尔斯泰的墓地

墓地位于距莫斯科 200 公里的图拉城郊的托尔斯泰庄园中。周围是一片森林,远处有一片湖水。根据托尔斯泰的遗嘱,坟上不设墓碑和十字架。

奥地利作家斯蒂芬·茨维格在他的散文《世界最美的墓地》中写道:"后事就这样办了,完全按照托尔斯泰的愿望,他的墓成了世间最美的、给人印象最深刻的、最感人的坟墓。它只是树林中的一个小小长方形土丘,上面开满鲜花,没有十字架,没有墓碑,没有墓志铭,连托尔斯泰这个名字也没有。谁都可以踏进他最后的安息地,围在四周的稀疏的森林栅栏是不关闭的——保护列夫·托尔斯泰得以安息的没有任何东西,唯有人们的敬意。"

撒哈拉印象

　　这是怎样一种幸运啊，至今想起来，还记得当时的兴奋。

　　那年12月初，有一项任务必须在年内完成，需要尽快去一次阿尔及利亚。碰巧应该去的人都很忙，脱不开身，最后找到了我。万没有想到，工作完成之后，阿尔及利亚朋友突然告诉我们，明天请我们到撒哈拉大沙漠去。好激动啊！就为这，从北京到阿尔及尔乘十几个小时飞机，睡，睡不着，醒，醒不了，一整天晕晕乎乎；在阿尔及尔的餐厅里，吃了一个多礼拜用阿拉伯香料做的饭菜，一个礼拜没有吃饱，也值了。再加上三毛把撒哈拉写得那么有人情味，那么神奇，是不是也是人生最值得去的一个地方啊？真庆幸该来的人没能来，这个机会落到了我身上。

　　飞机在沙漠中的小镇机场落地，螺旋桨还没有完全停转，机舱门刚打开，一群乘飞机的人就围了上来，堵在机舱入口。我真觉得新鲜，怎么上飞机就跟在北京乘公共汽车一样呢，弄得下飞机的人得从这些人的缝隙中挤出来。

我们到了撒哈拉。放眼望去，真是不辜负"撒哈拉"（阿拉伯语即大沙漠）这名字。只见黄沙一片，高高低低，不见一点绿色，真是荒丘恶土。同行的人说，月球表面是不是就这样啊？阿尔及利亚朋友指向远远的地方，说：那就是我们要去的古镇。我站在高处看去，高高低低的一片房屋，和沙丘几乎一样的颜色，孤零零的一块，在茫茫的沙海中显得那样无助。

我想起启程前看过的一份材料。材料上说，18世纪20年代，葡萄牙探险家在撒哈拉沙漠考察时，在岩壁上发现了很多壁画，其中有大象、河马和犀牛的图像。我想，这些动物都离不开水，大象更离不开草，那时这里一定不干旱。壁画上还有人划着独木舟捕猎河马的景象，这说明撒哈拉曾有过水流不绝的江河。还有一幅壁画，一个体态丰满的妇女正抱着孩子坐在棚屋门前，成排的小牛犊被系在一根绳子上，男人在旁边挤牛奶。壁画上洋溢着田园诗般的平静、安宁气氛。那么，是什么力量，经过多少岁月，使这里变成了今天这漫漫黄沙呢？

汽车在沙土路上奔波了十几分钟,就进了小镇。初看,小镇不生动,清一色的黄泥涂抹的房子,除了高低不同,很难区别。据说,这里夏天极热,冬天又冷,一般人家都有两处房子。冬天住山丘上的房子,阳光充足;夏天则回到山丘下椰枣树荫遮蔽的房子里。

走进镇里,大片的椰枣林扑面而来。成熟的椰枣一嘟噜一嘟噜地挂在树上,熟透了的椰枣掉在地上,裂口处流出像蜜一样的汁来。太阳暖洋洋的,蜜蜂围着椰枣嗡嗡地飞着。

我们走在小镇的胡同里。胡同不是土路,也不是柏油路,完全是沙子路。走一步留下一个沙窝。特别引人注意的是隔一段路,贴着墙有一个水笼头。这里是大沙漠,连胡同都是沙子路,见到水笼头很是亲切。我好奇,拧开水笼头,真让人激动,里边竟然真的流出清凉的水来。阿尔及利亚的朋友说,沙漠里水是最宝贵的,这是用现代化的技术,往下打三四百米汲上来的水。这水当然纯正甘洌。周围几百公里没有一座工厂,水从地下三四百米处上来,怎能不纯净?

再往胡同深处走,两边都是高墙。很高,差不多有两三个人高。高墙上面伸出柑桔树,树上果实累累,又黄又大。还有石榴树，也伸出墙来，树上挂满了红红的石榴。看到这些，你怎么也想不出，这是在大沙漠深处。红的、黄的、绿的，色彩缤纷，蜜蜂欢快飞舞的嗡嗡声，把这沙漠的小胡同点缀得生动而温馨。

我很奇怪，我们到小镇这么久，怎么没见到一个镇里的人？我又想，一个沙漠小镇，院子要这么高的墙作什么？院内的房子很朴素，墙也都是黄泥涂抹的，在高墙外面，看不到有窗户，让人感到这房子包得严严实实。走到院墙拐角处，我发现一个小门，门虚掩着，便感到好奇，问阿尔及利亚朋友，这都是什么建筑。那朋友迟疑一下，说："后花园。"这句话立即勾起我的想象。我想到孟德斯鸠的《波斯人信札》，想到"后房"的故事，想到"后房"中最美丽的洛克莎娜，她住的是不是就是这样的后花园？柑桔树、石榴树伸到了墙外，墙里面是不是更好看？我问阿尔及利亚朋友，能进去看看吗？"不要进。"不是不许进，而是不要进。难道有危险？这个回答更增加了后花园的神秘感，更增强了我的渴望。

这诱惑实在太强烈，我很想看看这"后房"到底怎样个格局，很想看看里面是不是有像洛克莎娜那样的美女，有没有阉奴，而我们一旦走出这胡同，怕再也没有机会了。想到这里，我放慢了脚步。等到他们转弯的时候，我急忙打开小门，往里探视，里面没有任何反应，就又往前迈了一步。只见里面树丛繁茂，房子虽然朴素，但也雕梁画栋，玻璃窗明亮，不过，我仍然没有发现人，也没有见到美女。想着"不要进"的话，毕竟心里嘀咕，赶紧退了出来。

《波斯人信札》里"后房"的爱情故事，通常被认为是书中所反映的严肃政治思想和对时政批评的装饰品。但这些故事让读者读起来兴趣盎然，舍不得放下。书中主人郁斯贝克远行，派阉奴监视后房佳丽，于是发生一大堆故事。

听听，那些后房佳丽给远方主人的信说得多么动人：

和你成为夫妻之前，我的眼睛从未见过男人的面孔；我能看见的男人，你还是第一个。尽我想象所及，没有任何事物，比你身上惑人的魅力更能使我欣喜。我对你起誓，假如能允许我在这万邦之都的众多男人中任意挑选一个，郁斯贝克，我挑选的一定还是你。

这些人多半享受充裕的物质生活，有华服美食，有奴婢使唤，但他们不甘寂寞，不甘心作玩物，最终走向反叛，走向复仇，表达出郁积已久的强烈憎恨。

是的，孟德斯鸠编写的这些"后房"故事，并不是这本书的主要内容，但是它所赖以存在的波斯风俗，故事中所反映的民主思想，仍然值得珍视。如今的后房什么样？娶了四房（甚至更多）妻子，关在后花园，是一种什么局面？有一天，我们从阿尔及尔郊区访问回来，阿尔及利亚朋友指着建在高处的一排大房子说："这里住着一个富翁，他有八十多个孩子。"我当时就想，四个老婆能生出八十多个孩子吗？他的"后房"该多么热闹啊！

我请教过一些朋友，阿拉伯为什么会有这样的传统。他们说，当时，阿拉伯半岛战争频繁，男子死亡过多，大批的妇女成为寡妇或嫁不出去，而游牧经济又使妇女劳动受到限制，所以只好允许多妻制。但是《古兰经》规定：必须公平地对待每位妻子，否则，便只可娶一妻。我看这种说法可能是有道理的。美国学者房龙有他的看法，他说，穆罕默德成为众多阿拉伯部族的领袖后，开始巩固权力。他当然明白，成功往往是建立在使那些在逆境中成长的伟人堕落的基础之上的，他便想办法给他们好处，允许他们娶四个妻子。听起来，这种说法颇有点腐蚀老干部的味道,让他们在安乐窝中消磨革命斗志。但不论怎么说,这后房是不会让主人省心的,何况据说除了四位妻子外,婢妾的多少还不在其列。

从大沙漠回来,我找出《古兰经》。《古兰经》告诫人们:"信道的人们啊!你们不要进他人的家去,直到你们请求许可,并向主人祝安。"这是伊斯兰教文化决定的。英国学者弗朗西斯·鲁宾逊曾在他的著作中说:"外在的东西不能对房屋的内容有任何显示。而且智者曾经告诉男人,要把他们的女人隐藏起来,以防止邻人窥探的目光……",我略微明白了一些"后房"和高墙的原因。

小镇除了大风吹过搅得尘土飞舞外,似乎就没有什么动静了。黄沙、高墙、黄泥涂抹的房子,真是单调而沉闷。但是,我相信,它也同世界上所有的地方一样,有爱情婚姻,有生离死别,有欢笑哭泣,一定还有我们无法想象的故事,在这大沙漠中发生和流传。

我们刚刚奇怪小镇为什么如此安静,拐过一道高墙,眼前却突然出现了一个大市场。穿着各种长袍短衣的当地人,有的裹着头巾,大声地叫卖,大声地呼喊。夹杂着羊叫、鸡叫、马叫,真像开了锅。一会儿看到人在房上窜来跑去，一会儿一群人莫名其妙地涌到一个地方。大沙漠中所有的热闹事儿大概都集中在这里了。市场上可以现钱交易，也可以以物易物。奇怪的是蔬菜品种虽然不多，但个头都很大。胡萝卜又粗又长，也有青菜，叫不出名字，但都棵大茎粗。问当地人，沙漠缺水，怎么还会长得这么好？回答说，沙漠日照强烈，只要有水浇灌，就会长得茂盛。市场上有许多新鲜玩意儿。羊毛背心，毛又白又厚又软；刀具，刀刃锋利无比；一种石头花，当地人叫它沙漠玫瑰，撒哈拉沙漠里的特产……可惜这里的商人、小贩都不要美元，只收本地货币。我们什么也买不成。如果你一定需要，去兑换，1∶1，1美元换1个当地货币，还说是关照。而在首都阿尔及尔，是1∶26，1美元换26个当地货币。显然这里就是不要美元。也难怪，从阿尔及尔来，飞机都要飞一个半小时，拿着胡萝卜以物易物的人，根本没有机会走出去，要美元有什么用呢？那是哪位大师说的，"人类的历史就是一部人类因为饥饿而寻找食物的历史"，撒哈拉沙漠也有它的资本论。

集市上也有坐商。一排砖泥小屋，一个商人一个门面。小屋是两层。下面一层放着货物样品，如果有意买，请到上面去谈，慢慢地讨价还价。我们走上二层，想见识见识大沙漠的风情。我看到两个商人在那里讨价还价，好像中国旧时商人怕别人听到价格，两个人在袖子里捏手指头的动作，十分吃惊。这个环境，这里做生意的方法，让我想起《天方夜谭》里的故事。虽然已经到了20世纪，可是我仿佛看到了那个遥远的时代。于是我想，后房的故事大概仍然在生动地演绎着吧？

晚上，住在沙漠中的旅馆里。大堂里挂着兽皮，支着煮肉的大铜锅。外面一片漆黑，只有星星在闪烁。偶尔传过来阿訇夜祷的声音，听起来很急切。好静啊，白天集市上的人都到哪里去了呢？好像一盆水泼在大沙漠中，转眼就不见了踪影。

我想起一本书上的记载，说探险家巴格诺尔德在撒哈拉沙漠听到过一次怪诞的合唱，持续了五分钟又重归寂静。当地人说这是被流沙掩埋的寺院从地下传来的歌声。也许白天集市上的人是从地下寺院赶来的，买完了东西又都回到那里去了？

这撒哈拉之夜啊，仿佛只有我们几个人，又仿佛有无数的人在一个不可知的地方看着我们。

2005年10月再改

撒哈拉大沙漠中古城附近的集镇

胡同的路面全是沙子,高墙包围着房舍。里面是什么样子?柑橘、石榴伸出墙外,透出墙里的春色。

在金字塔下

真是三生有幸,又去了一次埃及。

地上动辄是五千年前的建筑,那么宏大又那么神秘,那么朴拙又那么绚丽,会让我们情不自禁地慨叹什么是"永恒"。但最让我难忘的,还是在古城卢克索的卡尔奈克神庙观看的两次声光表演。那声音,那灯光,那晚上的气氛,过去多少年了,仍然清晰在耳,仍然历历在目。晚上,一片漆黑,我们跟着游客走在已有四千多年历史的神庙中,谁也不说话,好像神灵就在左右。周围一片安静,只听见鞋与沙石地擦擦擦的磨擦声,好像进入了历史。神庙的大门有43米高,仅神庙的多柱厅就可以容纳下罗马的圣彼得大教堂。一个石柱要六七个人手拉手才能围住,而这样的石柱,一排排总计有四十多根。置身于这样宏大的建筑中,又是一片漆黑,感到自己是那么的渺小。突然,"法老"讲话了,他那浑厚低沉的声音招呼我们来到他的王国;灯光打在神像上,打在残垣断壁上，把墙上刻画的故事和复杂的象形文字照得清清楚楚；"法老"与"太阳神阿蒙"的对话，演绎着宫廷中种种场面，带领游客一步一步从埃及的远古走来。

声光表演的解说用英语、法语、意大利语和阿拉伯语等多种语言。每晚两场，轮流使用。不巧得很，我两次去都轮到用阿拉伯语讲解，我们谁也听不懂，只得靠翻译介绍。断断续续的翻译，听明白的一言半语，却让我至今不忘。

"……卡尔奈克，卡尔奈克，这是所有词汇中最伟大的词汇。"

"我在神庙里碰到一位老人。他说：'如今在卡尔奈克地区，只有我一个人还能读懂刻在石柱上、墙上的文字。卡尔奈克的光辉历史，已渐渐被人们忘记。历史上最伟大的卡尔奈克，也只不过留下了这样一堆石头。'"

"阿蒙神的灯也渐渐熄灭了……。"

听了这些述说，我很沉重。不知为什么还有些难过。那么光辉的历史就这样过去了？那么灿烂的文化真的只剩下一堆石头？

阿蒙神的灯会熄灭吗？

白天，开罗，热气腾腾。

水泥堆成的高楼大厦，已经不知道是什么颜色，因为雨水太少，显得脏兮兮的。大街上，大卡车、小轿车、摩托车、自行车、行人，齐头并进，互不相让，交错往来。冰棍纸、尘土，路边坐着穿长袍的人，好不热闹。这一切扑面而来，好像进了一个大集市。噪音、气味、彩色和埃及人的热情，让你感到无法插足。从市中心的五星级饭店出来，汽车走了不到20分钟就出了城。眼前突然就变成一片黄色的沙石地，什么建筑也没有。我情不自禁地问，这和四千年前有什么不同？

啊，刚瞻仰过宏伟壮观的卡尔奈克神庙，面对眼前的一切，真是太残酷了。一个个问号跑了出来。埃及历史上的辉煌是怎么到来的，又是怎么离去的？埃及历史上的文化是如何构建的，又是如何衰落的？

解说词中的话也是疑云密布。

"埋在国王谷中只有18岁的年轻法老，他脸上那神秘的微笑会告诉我们什么？"

"要想了解法老的历史，只有到比法老墓更深的地下。"

法老们为什么要修金字塔？以埃及历史上最大的胡夫金字塔为例：10万民工，日复一日，年复一年，一连干了20年才建成完工。塔高146米，用230万块巨石堆成，巨石每块2.5吨。多么浩大的工程！要知道这个工程是发生在5000年前呐。那时候没有坚硬的工具，因为埃及人还没有发明铁器；那时候没有搬运器械，埃及人只能靠棍棒的滑橇把巨石托到高处。就是这样原始的工具，埃及人却要把230万块巨石一块块垒起来，一直垒到146米高。其宏伟奥妙令人惊叹，以至于今天的人到现在还不敢肯定金字塔到底是什么人、如何建成的！

费了这么大的劲，法老们就是为了给自己建个坟墓。

还有上埃及的阿布辛拜尔神庙。这处神庙在阿斯旺水坝南280公里处，是古埃及第19王朝法老拉姆西斯二世为崇拜太阳神于公元前1257年建造的。拉姆西斯二世在位67年，是埃及历史上统治时间最长的君王。他命人把自己的神庙建筑在尼罗河西岸166米的峭壁上。就在这山中，他选择了一条最长的隧道，有61米深，然后将自己的塑像竖在隧道的尽头。令人惊叹的是，几千年来，每年只有2月21日（拉姆西斯的生日）和10月21日（拉姆西斯二世的登基日）两天的清晨，太阳光会准时射入神庙大门,水平穿过61米深的隧道,直照到隧道最尽头的拉姆西斯二世的塑像上。这时的拉姆西斯二世便会光明通亮,生气勃勃。而坐在拉姆西斯二世右手的地狱与黑暗之神普塔却得不到一丝阳光。这是何等的精确!这个"日出奇观"至今还在。只是由于20世纪60年代修建阿斯旺水坝,搬迁神庙,因为计算的误差,日出奇观往后拖了一天。

为了达到这样的效果,古埃及的数学家、天文学家、建筑家呕心沥血,绞尽脑汁,只为了拉姆西斯要表示自己与太阳同辉,永不熄灭。

埃及的法老为什么这样执着?这一切恐怕都源于他们的生死观,源于他们那一整套关于来世之旅的观念体系。

在研究埃及历史的书中,我看到这样的记载。古埃及孟菲斯地区有一个叫戴嫡的女人,她的侍女伊米尔长期生病,她十分担心。因为没有伊米尔的帮助,她很难独自料理家务。更使她心急如焚的是,她的丈夫对此漠不关心,一点也不帮忙。戴嫡终于支持不下去了,就给她的丈夫写了封信,责备他对自己的痛苦麻木不仁。信中说:"如果你再不尽义务,咱们家就完了;难道你没看到正是伊米尔在帮忙维护咱们的家吗？"戴嫡把信写在一只粗糙的红色陶碗上。

但是，她的丈夫仍然保持沉默。因为他的丈夫早已死去多年。可是，按照当时社会公认的观念，死亡并不会妨碍她丈夫帮助家庭渡过难关。相反在冥界中帮助更大，更方便。戴嫡进一步请求道："你赶快为伊米尔驱邪吧！这样咱们家和孩子们才有活路。"

戴嫡还许诺，一旦伊米尔身体康复，家庭恢复正常，她就会在他的灵位前供奉美酒。但是戴嫡强调说，这只有他答应她的请求才行。

在陶碗上写完信，戴嫡将空碗盛满食品，放在丈夫墓前。她认为当丈夫来享用供物时，一定会读到信，并按照她的要求去做。——至少戴嫡希望如此（据《尼罗河两岸——古埃及公元前3050—公元前30》一书）。

据埃及史专家介绍，这样类似的书信在古埃及屡见不鲜。生者和死者保持着一种密切的关系，那些已去世的男女老少，不仅仍然是本族的成员，而且在听到族人的请求时，也会倾力相助。古埃及人对此深信不疑。

这种对生命的珍惜，对永生的追求，随处可见。在神庙的石刻中，在金字塔里少见的文字中，在国王谷、

王后谷墓道的壁画上,比比皆是:

一块神庙石刻的碑文中刻有耳朵的形象,目的是让神更清楚地听到祈愿者的要求。

一名法老御医墓道的壁画中描绘了他一家的美好生活:他同妻子女儿一起猎取水鸟,妻子身着结婚礼服,女儿在筏上采莲,父亲用木棍击打禽鸟,甚至家里养的一只猫也在筏子上。御医希望死后在另一个世界,他的生活仍然如此。

在底比斯一名造墓者墓中有一幅生动的壁画:他和妻子正在来世天堂的田里耕种。两头花牛拉犁,他扶着犁耙,妻子随后撒种,都穿着雪白美丽的衣服,眼神安祥而幸福。

很多墓中都放有俑,他们是给死者做奴仆的。为了让他们尽忠职守,女俑的身上都刻有这样的字句:"任何时间若有人招呼,你都应回答:'我就去做。'"

这样的文物太多了。从中可以看出,古埃及人认为死人其实并没有死,不过是转到另一个世界去了,而且经过三千年之后,还会变回人的形体。所以,他们对死并不惧怕。但他们却惧怕保存不好尸体,怕转世回来身体会残疾。因此,千方百计地研究保存尸体的方法。这就是为什么法老死后尸体都会制成木乃伊。在这种观念支配下,埃及法老们大建陵墓和庙宇。金字塔便是他们最为理想的陵寝。

古埃及人如此。

一千年前神秘消失的玛雅人也是如此。

玛雅人认为人死之后,要用四年的时间,穿越危机重重的阴间,然后得以新生。所以,玛雅人死后要备好四年吃的东西、四年穿的衣服,以备在另一个世界的需要。

敦煌壁画中反映的中国古代人的生死观,虽异趣而旨同。画中,描写一老者死了,周围的人并不悲伤,他们神色正常,忙碌着送他上路,似乎老者去远游。

秦始皇死了,深埋地下,机关巧设,是怕被人掘了坟墓,坏了阴宅。秦始皇陵虽然至今不曾打开,但据考古学家勘测,司马迁所言有据。《史记》描述秦始皇墓中情况:里面全按皇宫格局建设,排列着百官位次,把珍奇宝贝放置其中,"以水银为百川江河大海,……上具天文,下具地理"。秦始皇热切地希望他死后仍然和活着的时候一样。

古今中外,无不追求生命的永恒。

生命能够永恒吗?

那时的尼罗河流域有两个王国。南面的是上埃及,北面的是下埃及。公元前3100年上埃及开始征服下埃及,建立了最初的统一的王朝。阿哈便是它创业的英主。但统一后不久,阿哈便失踪了。据说是外出狩猎时被一头河马驮走了。他的王位便当然地由他的后代继任。这是一个让各方面都无话可说的继位办法。

在难得的文字记载中,记述了古埃及讲史人的话语,诸如"我来诉说这段内乱""发生了一些不该发生的事"。什么"内乱"?什么样的"不该发生的事"?这些看似平静、十分朴素的话语,引起了多少埃及史专家的猜测。

一块碑石上刻着:没有一个到那个世界的人能"把他的财富带走"。富人终于明白了一个道理,死亡是一切尘世欢乐的终结。尽管他们希望死后仍然富贵,但是他们更现实了,竭力追求今世的享乐。

宴饮开始了,觥筹交错。主人对仆人说"再给我拿10大杯酒来,难道你没看到我在痛饮吗?"一篇陵墓碑刻上写道。

建宫殿、立庙宇、修坟墓,大兴土木开始了。"在贵国，黄金如泥沙，不足为贵。"一个小国国王不无忌妒地说。

攻城掠地开始了，日夜觊觎富国，日夜钻研改造兵器的边远国家开来了大军，法老们只有去迎战。"拿起武器，开出军队，尽阿蒙之力量，坚决消灭不把埃及放在眼里的反叛之邦"，图西莫西斯三世在誓师。

难道就是这种对生命的珍惜，对永生的追求，对豪富的忘我享受，促使他们去发明，去创造，去征战，去称孤道寡吗？难道就是这种对权力的贪婪，对地位的渴望，让他们去冒杀头的危险，希冀万一的成功吗？

"大江东去，浪淘尽，千古风流人物……"，苏东坡看到了人的渺小、历史的无情。

"旧时王谢堂前燕，飞入寻常百姓家"，刘禹锡深谙人世代谢，哪有万古不变的兴旺。

大哲学家希拉姆说得好："人类假如想看到自己的渺小，无需仰视繁星密布的苍穹；只要看一看在我们之前就存在过、繁荣过而且已经消逝了的古代文化就足够了。"

仰视苍穹，怎能不发出无限的感叹？

回顾古代埃及、巴比伦、波斯、玛雅文化,怎么不感叹前人的伟大,以至于我们今天仍无法解释古代的繁荣!每一种文明,在这个无穷的历史长河中虽然像是一颗流星,转瞬即逝,但它们那明亮的闪光却已让我们深深铭记。

我们从卢克索回来,又回到开罗的希尔顿饭店。我看看表,已经是夜里十一点半了。大厅里满是人,东一堆、西一堆,欧洲人、亚洲人、阿拉伯人,各种语言,各类服饰,熙熙攘攘。不知什么地方出了差错,大堂经理告诉我们,四天前定好的五个房间,只有四间了。我们有五个人,缺一间。埃及方面负责我们生活的官员去交涉,谁知就在交涉的过程中,又少了两间。经理一再道歉,客人太多了,没有办法,你们定不下来,别人就挤了进去。问他大厅里坐着的人是做什么的,他说,都在等房间。问他,今天是什么日子,这么多的人?他说,一年四季,几乎天天如此。古老的埃及,吸引了全世界多少崇拜者啊!恢弘的金字塔,空旷神秘的庙宇,沉思的斯芬克斯像,点燃着人们的想象;随葬的各种精巧的工具,陶器的碎片,色彩艳丽的壁画,诉说着古代埃及人的生活。人们渴望知道金字塔下神秘的历史。今夜肯定要有不少游客,坐在大堂里过夜。明天早晨,他们仍然会兴致勃勃地走上踏访之路。

2001年12月28日

胡夫金字塔入口

原来的入口已封闭，现在的入口是盗墓者挖的一个洞，需买票进入。

金字塔约建于公元前2600年，近5000年历史变易，如今的石块已风化得棱角圆润。

白求恩，一个多么熟悉的名字

（一）

今天我要谈谈白求恩。这个念头在我心中孕酿很久了。我从加拿大回来，这个念头就更加强烈。白求恩，这是一个多么熟悉的名字，在中国有谁不知道呢？我太景仰他了，一个加拿大人那样无私地把自己的青春、热情和生命献给了中国革命；我太为他可惜了，怎么就在手术时，那么不经意地献出了自己正当壮年的生命？

后来，我有幸访问加拿大，有幸拜访了白求恩的故居，有幸接触了白求恩的乡亲，我的想法发生了变化。在我心中，白求恩由一个超凡的"圣人"，变成了一个活生生的、具体的、现实的人。我对他的认识，从对于一个领袖树立的榜样的崇敬，回到对一个人的道德和人格的热爱。人世间就真有这样为自己信念生活的人。

那是1995年，加拿大禾林出版公司邀请我去加拿大访问，到多伦多的当天晚上，禾林的亚太地区总经理何乐贵先生告诉我们，明天一早去格雷文赫斯特镇参观白求恩的故居。

我吃了一惊。因为事先没有想过，禾林这样一些企业家能想到让我们去拜访白求恩的故居，加拿大人怎么会知道中国人的心理？又想，白求恩在加拿大是不是也很有名呢？

我从小学习《纪念白求恩》一文，每次读它眼前总会浮现出白求恩那高高瘦瘦俯身做手术的形象。我一想到一个外国人，不远万里来到中国，全身心地投入到中国人民的解放事业，心里便不由得涌起一股崇敬之情。

汽车向白求恩故居奔驰，我满怀着期望。

（二）

格雷文赫斯特是个小镇，只有 2.6 万人，位于加拿大安大略省北部山区。正所谓靠山吃山，小镇主要经营木材业，本来没有多少人知道它。据说，自从 1976 年 8 月加拿大政府宣布白求恩是一位"具有历史意义的加拿大人"，并建立了白求恩纪念馆，小镇也就出了名，慕名来访者大增。小镇管理者也很会做文章，在小镇唯一一条像样的大街上的最大建筑格雷文赫斯特剧院前面,树立了白求恩铜像。白求恩手拿听诊器,行色匆匆。旁边一块铜牌上用英法中三种文字介绍了白求恩的生平。中文的介绍是这样说的:"胸外科及战地医生,发明家、社会化医疗制度的倡导者、人道主义者。生于格雷文赫斯特。白求恩大夫在加拿大、西班牙和中国,以他在医疗和追求人类幸福的事业中所作出的努力赢得了公认。"

这个评价不低,说他因为"在医疗和追求人类幸福的事业中所作出的努力赢得了公认",我很赞同;说他是社会化医疗制度的倡导者、发明家,是什么意思呢?他仅仅是一个人道主义者吗?这一大堆头衔,引起了我的探索与思考。

汽车停在一栋木结构的灰白色两层小楼旁。这就是白求恩的故居,也是白求恩纪念馆。据纪念馆负责人介绍,这所房屋建于1880年,是专门建给本镇长老会牧师住的。1889年6月,白求恩的父亲从多伦多到小镇担任长老会牧师,教会就把这幢房子提供给他们居住。转年,即1890年的3月3日,白求恩就在这幢小楼里出生。

1973年,加拿大政府买下了这幢小楼。纪念馆的筹建人员四方走访,查阅了大量资料,尽量恢复到1890年白求恩出生时的样子。

纪念馆的工作人员见我们是中国人,十分热情。从一楼白求恩父母的书房、会客室,到二楼白求恩父母的卧室、白求恩出生的房间,以及二楼专辟的白求恩生平展览,一一向我们做了介绍。我们看到了很多珍贵的资料——

白求恩在森林旁的采木场里和伐木工人的合影,那时他21岁。

他身着加拿大海军服的照片,一个27岁的青年军人,英气勃勃,让人羡慕。

在美国纽约州疗养院治疗肺病时的情景(1927年),他坐在藤椅上沉思着,但不知为什么,这时他正在治疗肺病,他自己又是名医生,可手上却夹着一支香烟。

在西班牙的照片,白求恩站在救护车旁,这车就是他发起组织的"加拿大输血队"的流动血库。

在中国的照片,更多,也更有意思。

一幅是白求恩和八路军战士并肩站岗的照片。那是1938年,抗日战争如火如荼,白求恩和中国人一起站岗,让人感到很亲切。黑色褂子,半长布裤,草鞋,和八路军战士一起注视着前方,怎么看他都是中国抗日队伍中的一员。

1938年9月15日"模范医院"开幕的照片，十分珍贵。白求恩站在台上讲话，穿着八路军军服。再细看，白求恩站的地方并不是讲台，而是一扇窗户，听讲的人在窗户外，他在窗户里。白求恩旁边站着的可能是翻译，上面的横幅清楚地写着"模范医院开幕典礼"字样。

有一幅照片，白求恩在给伤员做手术，旁边有十三四个人注意地看着，有几个人在做笔记，显然白求恩在进行实地教学，培训医生。

还有一张照片照的是白求恩正在吃饭。一个大碗，一只盘子，放在一条凳子上。白求恩坐在一把木椅上，他的后面站着一个小战士，照片的说明上介绍小战士是他的勤务员，"一个17岁的长征老战士"。小战士后面是白求恩住的窑洞。白求恩低着头，很专注地吃着鸡蛋。白求恩低着头的样子，确实有点像列宁。据记载，白求恩到达延安的第二天晚上，毛泽东在自己住的窑洞里接见了他。毛泽东说："你长得很像列宁。"白求恩风趣地回答："因为我是列宁主义的实践者。"还有很多生动有趣的照片，都是很亲切、很感人的。

我们很认真地看着每一张照片。一是因为对于我们那么熟悉的人我们却并不了解；一是对于用鲜血和生命帮助过我们、支援过我们的人的尊敬。时间晚了，我们恋恋不舍地离开白求恩的故居，仿佛离开了我们的亲人，仿佛把亲人留在那里，我们自己返回了故乡。

车又上路了，跑得飞快。我脑子里出现了来时没有的问题。格雷文赫斯特镇离大城市多伦多那么远，高速路还跑了一个半小时，白求恩走出家乡，走向全国，走向世界的志向是怎样形成的？白求恩为什么要去西班牙，又为什么去了中国？发明家、社会化医疗制度的倡导者、人道主义者等等头衔包含着什么样的内容？毛泽东说他"毫不利己，专门利人"，加拿大人说他"追求人类幸福的事业"，他怎么会有这样的人生观，他的生命动力是什么？

为了弄清楚这些问题，我对白求恩的家族作了考证。我查阅了白求恩纪念馆的文件，搜寻了渥太华国家档案馆的资料，参考了访问过加拿大的人撰写的有关白求恩的文章。我想，白求恩生活的年代离我们并没有多么遥远，这些材料应该是可信的。考证的结果，让我明白了许多问题。当初，我是无条件地崇拜，后来又产生了不少疑问，一个人能够毫不利己、专门利人吗？等我访问过白求恩的家乡后,对于我来说,白求恩已经成为一个真实可感的人。我想,我还是把我的考证写下来,请读者自己去得出结论。

(三)

远在公元12世纪时,法国与比利时边界有一个小城,叫"白求恩城"。小城先后由德国和法国管理。后来,成为法国的领土。白求恩的祖先居于此地。历史学家说,可能就因为这个原因,后来这一家族便以白求恩为姓。

白求恩家族在北美洲的先辈来自英国苏格兰附近的斯开宇岛。太曾祖父移居美国时,正值美国的独立战争,战后,移居加拿大蒙特利尔市。所以白求恩是法裔苏格兰血统的加拿大人。

白求恩的曾祖父叫安葛斯·白求恩,是个皮料商,曾两次到中国经商。

白求恩的祖父是多伦多大学三一学院医学系的首创大夫之一。白求恩很以作医生的祖父为自豪。他的名字诺尔曼·白求恩,其中诺尔曼一名就是从祖父姓名中选取的。

白求恩的父亲马尔科姆·尼科尔森·白求恩

（1857—1932）由多伦多诺斯神学院毕业，之后到格雷文赫斯特担任小镇牧师。

从上面我简要罗列的白求恩家族的情况，可以看出他们的经历是丰富多彩的，从中可以让我们作出很多想象。白求恩那种富于冒险、勇于追求、不安于现状的性格，与他的家族辗转东西有没有关系呢？关于白求恩，我想读者可能想知道的更具体一些，我也想把他的履历勾勒得更清晰一些，以便我们更好地理解他的思想，认识他这个人。

1890年3月3日，出生于格雷文赫斯特镇；

1911年，中断了在多伦多大学生物学的学业，到边疆学院工作，为伐木工人讲课；

1914年，第一次世界大战爆发，他应征入伍，在法国当担架员，受伤后回国，完成他的医学学位课程；

1917年，再次应征入伍，参加加拿大海军；复员后留在英国从事医学研究；

1923年，与英国爱丁堡法庭会计的女儿弗朗西丝·坎贝尔结婚；

1926年，在美国底特律行医；

1928年，在加拿大皇家维多利亚医院作医生助理；

1933年，与妻子离婚；

1935年8月，参加在苏联举办的国际生理学会议；

11月，加入加拿大共产党；

1936年，组织蒙特利尔保障人民健康团体；

1936年9月—1937年5月，志愿赴西班牙服务；

1938年1月8日，带了价值5000美金的医疗器具，赴中国；经香港、汉口、西安到延安；

1939年11月12日凌晨，逝世。

50岁，还差几个月，这是多么短暂又是多么光辉的一生。

（四）

我曾经想过，他去西班牙、去中国，是否有家族的影响？甚或是否有遗传的"家族不安定"基因？你看他的太曾祖父从英国的苏格兰到美国，又从美国移居加拿大；你看他的祖父，早在19世纪就曾两次来中国做生意；而他自己，只有6岁，就一个人从格雷文赫斯特跑到多伦多，说是要"看看城市是什么样子"。而当我了解了白求恩的一生，了解了他的信念，我就在更深的层次、更广大的舞台上去认识白求恩了。

白求恩从年轻时就想救助底层的平民。21岁时，他中断了大学学业，到边疆学院工作，为伐木场的工人开课；后来他到美国工业城市底特律行医，为贫困的工人和新移民治病，尽量少收钱，有的甚至不收钱。与底层的工人接触，白求恩渐渐发现，他想的这些办法并不能解决根本问题。当时蒙特利尔有三分之一的人口靠领取救济金生活，他们无钱看病。他不可能靠他个人的力量给这么多人治病。他明白了，经济萧条对穷人健康是有直接影响的；他明白了，医学必须同时注意疾病的社会根源和医疗制度。

正在他全力以赴地投入"医疗救民"的事业时，家庭发生了变化。

1923年，白求恩33岁。当时，他在英国研究医学，与英国爱丁堡一个会计师的女儿，漂亮的弗朗西丝·坎贝尔结婚。婚后两人感情极好。不幸，三年之后，白求恩得了肺结核。这个病在当时被认为是不治之症，白求恩便提出离婚。弗朗西丝不同意。白求恩认为自己是医生，明知不治，不能拖累别人，坚决离婚。弗朗西丝没有办法，只好办了离婚手续。又过了三年，白求恩肺病痊愈。离开医院立即向弗朗西丝提出复婚。日夜思念白求恩的弗朗西丝,马上赶到白求恩身边,幸福地生活在一起。婚后,却发生了两个人都没有想到的情况。白求恩无忧无虑地全身心投入到医疗研究工作中去。而弗朗西丝希望有温馨而平静的家庭生活。白求恩经常外出,即便在家仍然埋头研究。弗朗西丝感到十分寂寞,又不愿意影响、妨碍白求恩对事业的追求,心情很苦闷。一天,她打开冰箱,突然发现白求恩研究用的一块人的肢体。她吓坏了,断然提出离婚。白求恩十分痛苦,但转变无术,只好签字同意。此后白求恩一直没有再结婚。

婚姻的起伏没有影响他对于事业的追求。1935年8月,他去苏联参加国际生理学会议。会后他认真考察社会化的医疗制度,眼见耳闻,颇多感想,颇多思考。虽然他看到了许多他不能同意的地方,不过他深信只有政府把社会医疗管理起来,才有可能让所有的人都得到治疗。这时,白求恩的思想经历了一次重大的变化。回国后三个月,他就加入了加拿大共产党。随后,他组织了蒙特利尔保障人民健康团体,希望借此促进社会化的医疗,让医疗普惠广大民众。从此他义无返顾,直到去世前夕,他对自己的选择都很满意。他说:"是的,我很累,但我很久没有像现在这样快乐,因为人们需要我。"

1936年夏天，西班牙内战爆发，佛朗哥在意大利法西斯和德国纳粹军事势力支持下，发动了反对西班牙民主政府的叛乱。白求恩毅然响应加拿大支援西班牙民主委员会的号召，志愿赴西班牙服务。1937年，日本军队入侵中国，白求恩说："西班牙和中国是同一战斗的一部分。我要到中国去，因为那里的需要最迫切。"1938年1月8日，白求恩又奔赴中国……

刚到中国时发生了一件事情，很可以看出白求恩的性格。前线战斗残酷激烈，大家为了他的安全让他留在后方。白求恩气愤之下抄起一把圈椅向窑洞的窗户扔去，圈椅直飞到院外，他大喊："需要照顾的是伤员，而不是我！"这样，他去前线的要求马上得到了批准。事后他说：我可以向大家道歉，但军医的岗位是在前线。

白求恩是"不安定的"，他的朋友因此说他是"迅逝的流星"，意思是说，他一会儿到这，一会儿到那，变化很快。但我们追循白求恩流动的轨迹，可以看得很清楚，他是在追求、在寻找最迫切需要自己的地方；他是在思考、在探索最合理的道路。他追求、寻找的视野是整个世界，是全部人类。他思考和探索的是如何更好地发挥自己的作用。

白求恩雕塑的铜牌上说他是"发明家",当时,我真是感到奇怪,白求恩怎么又是个发明家呢?白求恩的创造精神,有性格的因素。档案资料介绍,他是一个既会使人反对他,又会使人受到鼓舞的复杂的人。"在公共场所,人们可以见到他穿着不同世俗的服装,驾着一辆漂亮的黄色跑车驰去。"他敢于尝试,敢于冒险。他得了肺病,久治不愈,当他看到人工气胸治疗法的介绍时,他要求试用。医生告诉他,这种把气打入病肺空洞的办法是一种危险的手术,还没有百分之百的把握。他说,总要从试验开始。一个月以后,他的肺病居然康复。

他的医术是很高超的。他曾两次当选为美洲胸外科医生协会的执委。他在行医的过程中,设计了多种新仪器,并且不断改进。有一种剪刀,叫"白求恩肋剪",至今仍为外科手术所用。更有意义的是,白求恩还从医疗的体制上、医疗的组织方面去动脑筋,去改革。在加拿大,经济萧条,工人失业,他为失业者设立了免费诊所,随后,又组织了蒙特利尔保障人民健康团体。在西班牙,他看到战线很长,手术输血困难,便组织了一个"流动输血队",及时将城市里捐献的血送到最需要血的地方。

这种流动血库人们称之为"光荣的送奶队",被誉为西班牙内战时军医的最伟大创举。白求恩到了中国,看到医疗条件太差,医生水平很低,战士得不到妥当的治疗,十分焦急,决心建一所正规的医院,进行教学,培训医生。从敌强我弱、战火纷飞的形势来看,建设这样一所医院是不现实的,但出于对白求恩的尊重,首长还是批准了他的计划。经过几个月的努力,白求恩心爱的医院建成了,他决心把它变成"模范医院"。但建成开业仅仅三周,日军的炮火便把它毁掉。白求恩明白了,在敌强我弱的游击战区,医疗也应该是游击形式,流动医院。于是,他就地取材,设计了可由两头骡子驮负的手提式手术室。

"白求恩同志是个医生,他以医疗为职业,对技术精益求精"。八路军的医务队伍,多数是农村战士参军以后边干边摸索成长起来的,没有可能得到基本训练。白求恩看到这种情况,亲自编写教材,亲自讲课。他还经常到各处医院去检查,连放茶杯盖时,口要朝上一类的细节也作出交代。一次,他看到军医在手术间隙削梨吃,大怒,一把抓过梨扔出窗外。他看到医生给伤员正骨,竟忘记上夹板,怒不可遏,当场给那位医生一巴掌。

他说：这会使伤员终生残疾的。火发过后，他仍然耐心地给那位医生讲解为什么要上夹板，并演示操作要领。他自己以身作则，对伤员"极端的负责任"。有一次他居然连续工作69个小时，做了115次手术。他年近50岁，竟然两次为伤员输血。他的口头禅是："你们要拿我当一挺机关枪使。"

在很短的时间内，白求恩的名字成为传奇，成为战士们的保护神。"进攻！白求恩和我们在一起！"这是战士们冲锋陷阵时呼喊的口号。

战士们认为，有白求恩在，他们的生命就有保障。

战士们认为，白求恩，一个外国人，不远万里，来到中国，把中国人民的解放事业当做他自己的事业，作为中国人更应该勇往直前！

（五）

去年，朋友听说我在收集白求恩的资料，给我送来了白求恩临终前的"遗嘱"。读着读着，我不禁热泪盈眶。这"外国老头"一下子走进了我的心里。

……今天我感觉非常不好，也许我要和你们永别了！请你（指时任晋察冀军区司令员的聂荣臻）给蒂姆·布克（时任加拿大共产党书记）写一封信,地址是加拿大多伦多城威灵顿街第10号门牌。用同样的内容写给国际援华委员会和加拿大民主和平联盟会。告诉他们,我在这里十分快乐,我唯一的希望就是多做贡献。

随后,在"遗嘱"中他把自己的物品一一作了分配:

两张行军床,你和聂夫人留下吧,两双英国皮鞋也给你穿了。

马靴和马裤给冀中的吕司令。

贺龙将军也要给他一些纪念品。

给叶部长两个箱子,游副部长18种器械,杜医生可以拿15种,卫生学校的江校长让他任意挑选两种物品作纪念吧!

打字机和松紧绷带给郎同志。

手表和蚊帐给潘同志。

一箱子食品送给董（越千）同志,算作我对他和他的夫人、孩子们的新年礼物!文学的书籍也给他。给我的小鬼和马夫每人一床毯子,并另送小鬼一双日本皮鞋。照相机给沙飞,贮水池等给摄影队。

医学的书籍和小闹钟给卫生学校。

他还不忘他的工作,不忘医疗的需要,他殷殷嘱咐:

> 每年要买250磅奎宁和300磅铁剂,专为治疗患疟疾者和贫血病患者。千万不要再到保定、天津一带去购买药品,因为那边的价钱要比沪、港贵两倍。

这样从容、这样周到地想到他所熟悉、所热爱的每一个人,哪里像要告别这个世界?倒好像要出远门。我想,这种视死如归,正是一个以追求人类幸福为目标的人的必然吧?

在他的"遗嘱"中用笔墨最多的是关于他已离婚的妻子。分手虽已过去六年,但在他即将离开人世时,妻子仍然是他无限牵挂的人。他满怀深情和责任地说:

> 请求国际援华委员会给我的离婚妻子(蒙特利尔的弗朗西丝·坎贝尔夫人)拨一笔生活的款子,或是分期给也可以。在那里我(对她)应负的责任很重,决不可以因为没有钱而把她遗弃了。向她说明,我是十分抱歉的!但同时也告诉她,我曾经是很快乐的。

这就是白求恩！一个多么富有情感和责任的革命者。

写到这里，我想起加拿大著名歌曲《红河谷》：

听说你离开家要去远方，

真怀念你的笑和目光……

歌曲的旋律在耳畔回响，我的眼泪夺眶而出……

2003年5月初稿

2004年春节改定

白求恩故居

位于加拿大安大略省北部格雷文赫斯特镇。1976年加拿大政府宣布白求恩是一位"具有历史意义的加拿大人"。在小镇唯一一条像样的大街上竖立了白求恩铜像。

啊，耶路撒冷

（一）

以色列是我最想去拜访的国家之一。意大利我想去，因为有文艺复兴时期灿烂的文化。巴黎我想去，在我脑子里，它是时尚之都、艺术之都，正如《带一本书去巴黎》的作者林达所说："巴黎的一切，都是真实的、历经淘汰留下的精品。从优秀名画到整个古城，都是如此。"美国，想去，它毕竟是世界超级大国，苏联解体后，只剩下它一个超级大国了，而且它那么能吸收、容纳世界各色人才。俄国（苏联）我想去，有托尔斯泰、肖洛霍夫，有保尔·柯察金、冬妮亚、丽达，有柴可夫斯基、天鹅湖，还有斯大林格勒保卫战。不论人们如何评价斯大林，怎样看他，当1941年11月7日，希特勒的大军距莫斯科只有几十公里，德军司令已经从望远镜里看到了克里姆林宫的红星时，苏联人民仍然在红场不慌不忙地举行震撼世界的大阅兵。阅兵的部队通过检阅台后，就直接奔赴战场！苏联军民创造了一个冬天的神话！这是何等英雄的人民，何等英雄的军队啊！

还有，就是想去以色列，想去耶路撒冷。

（二）

2011年，夏天，参加国际书商联盟执委会议，我终于如愿以偿。

炎热。据说，一年365天，得有三百多天是阳光灿烂，温度都在35℃以上。

离开城市，满眼是沙石。严重缺水，境内十分重要的饮用水源加利利湖，据说湖水在以一天两毫米的速度下降，以色列水利局十分焦急。

没有石油。有人幽默地说：犹太人用了不少于40年的时间在沙漠中寻找自己的家园，找来找去却找到这一块在中东唯一没有石油的地方。

敌对国在四面包围着它。1948年5月15日，建国不到24小时，埃及、约旦、叙利亚、黎巴嫩和伊拉克五国联军就杀了过来。但是，一个人口不足700万（那时大概还只有五百多万），严重缺乏资源，却能在战争和战争的时时威胁中，实现人均GDP 20000美元，迅速从一个农业国成为现代化的科技之国,让人称奇。这背后有什么原因呢?

到以色列已是子夜之后,寂静的夜,路上行人很少。汽车七拐八拐把我们送到一家酒店,门前灯火亮着,里外却都没有人,只有值班人员大概是听到拖行李的声音从里边走了出来。进了房间已是凌晨两点半,我冲了澡即上床睡觉。睡梦中,不知什么响动把我惊醒,从窗帘的缝隙中,射进一道晨光,我看看手表只有五点钟,刚刚睡了不到三个小时。打开窗户望出去,天色已经很亮。到阳台上去看,哇,对面就是大海,碧蓝无垠。原来我们昨晚就在这大海边上下榻的啊。沙滩上已有晨练的人跑来跑去,水面上三五只舢板,运动员在奋力挥桨,呼啸前行。海水的味道吹过来,清新、湿润。我一下子兴奋起来,套上T恤,穿上短裤,蹬上运动鞋,跑出酒店。附近的运动场上,十几个人正在教练的指导下练功夫。两名在旁边摄影录相的姑娘冲我打招呼,我觉得那些人练的是"中国功夫",便向姑娘说:"CHINA。"心中很有些得意。

带着这种兴奋,我便开始了向往几十年的以色列之旅。窗中望出去的大海便是地中海啊!这时我已踩在湿润的海滩上。

想想我们来时，可不是这种心情。以色列是不能不来的，但上飞机之前我们都做好了思想准备，说不定我们在以色列的大街上，走着走着，叙利亚或巴勒斯坦的炮弹就会落下来，可得机灵着点儿。

（三）

回到北京很久，我问自己，在以色列给我印象最深的是什么？是满街的神职人员吗？他们穿着黑色西服，头戴黑色礼帽，有的人双耳边还各有一绺小辫，很奇特，确实让人过目不忘。我还看到白天这些庄严的神职人员，晚上在我们住的酒店咖啡座，和美丽的姑娘一边喝着咖啡一边亲密地聊天。但这不是我印象最深的。

是这个城市的宗教气氛吗？一个随以色列丈夫移民来耶路撒冷的台湾姑娘跟我说，走在耶路撒冷大街小巷中，一点儿"坏事"也不能做。总觉着犹太教、基督教、伊斯兰教的三大神圣都在你头上盯着你，你一点不轨行为也不能有。因为你无论有多大本事，做得多么诡秘，也逃不过神圣们的法眼。

耶路撒冷是犹太人的精神中心。《旧约圣经·诗篇》

写道:"我们怎能在陌生的土地上颂唱耶和华的赞歌。啊,耶路撒冷,假如我忘了你,就让我的右手变得麻木不仁;假如我不把你作为我最崇高的愉悦,假如我不再记住你,就让我的舌头粘住我的上腭。"

耶稣就诞生在耶路撒冷城南17公里的小镇伯利恒附近的一个叫马赫德的山洞。可见这个城市对基督徒意味着什么。每年圣诞节,这里总是挤满了来自世界各地的善男信女。有一首基督教徒的歌,歌名叫《耶稣为耶路撒冷哭》。我曾在教堂附近听过圣徒们唱,旋律优美、曲调深沉,很好听。好像那旋律能让你说出内心的忧伤与烦恼,让你情不自禁地跟着唱。但我不知道唱的是什么。回北京后翻查资料,原来歌词是:"耶稣曾为圣城耶路撒冷哭,为了那些迷失的人在哭。迷失于苦难,迷失于冷漠,迷失于金钱,迷失于孤独。耶稣曾为圣城耶路撒冷哭,他为流离失散的灵魂哭。我祷告生命的救主,我的耶稣。"这真是让人深思的歌。耶路撒冷橄榄山上的主泣大教堂,外观设计很像一滴眼泪,也寓藏着这样的意思吧?他们相信,人间的耶路撒冷最终会变成天堂,上帝之子耶稣,被钉死和复生这自我牺牲的壮举就是为了拯救世界。

耶路撒冷是伊斯兰教的圣地，是仅次于麦加、麦地那的第三大圣地，是"伟大的圣城""赐福的圣城"。穆罕默德创立伊斯兰教后的第九年（公元619年），他登上七重天，接受真主安拉的祝福和启示。据说，就是踩着耶路撒冷的一块巨石升天的。从那时起，穆罕默德指示，把耶路撒冷作为穆斯林的朝拜方向。直到公元630年，才改为面向麦加。那块巨石如今仍在萨赫莱清真寺高大的金色圆顶下面。萨赫莱就是阿拉伯语"岩石"之意。

穆罕默德赞美耶路撒冷，说："耶路撒冷是真主在他所有土地中的选择。世界从这里展开，并将如一幅卷轴从这里收起。降落在耶路撒冷的露珠可以医治百病，因为这露珠是来自天国的花园。"

这真是圣城的魅力。那样不同的三大宗教竟然一起尊奉着这有千百个故事、万千个传说的耶路撒冷。

（四）

这些文化遗传和上天的圣迹，这笼罩在全城的宗教气氛，都给我留下深深的印象。它们是那么神圣又那么玄秘，那么遥远又那么贴近。但这还不是我要探寻的真谛。直到我离开耶路撒冷的前一天,我终于明白了在我脑海中印象最深刻的、我要探寻的是什么。

那天,我们走完了耶稣背十字架跋涉过的14站苦路,感受了当年耶稣被出卖的历史,主人带我们去现代化的商业一条街,说让我们看看耶城现代化的一面。一转弯,便看到一个很漂亮的商店,正门两侧有几个非常生动的动物雕塑。一位老师,带着七八个学生在写生。他们或坐在地上,或趴在地上,个个聚精会神地在临摹。其中一个女孩坐得端端正正,腰直直的和地面呈九十度,一根辫子垂在身后。小女孩规规矩矩,目不斜视。我走到她身后,她正一笔一笔临摹着前方那一只山羊雕塑。我贴近看她的画,她一动不动很是专注。我们走开,走出十几米远,回头再看,她仍然端坐着写生。这是怎样认真学习的孩子啊!

我又想到我们刚到以色列,在海边遗址凯撒利亚参观时碰到的一群少年。他们个个眼睛清澈明亮,脸色红润健康,表情明朗愉快,热烈地和我们打招呼,欢快地和我们合影,无忧无虑、朝气蓬勃,我就想,以色列的未来一定美好。

这些孩子突然让我想起犹太人的过去,想起千百年来犹太人的遭遇。

自从公元前六世纪后期,犹太王国被新巴比伦灭亡后,沦为人们所说的"巴比伦之囚",犹太国家就不复存在了。犹太民族从此处于一个被赶尽杀绝的境地。后来又有耶稣之死的传说,犹太人更是陷入人间地狱。基督教认为耶稣是救世主,是上帝的儿子,因为他英勇智慧、多才多能,便遭到一些犹太人的嫉恨。其中一个叫犹大的把他出卖给罗马总督。耶稣被钉死在十字架上。这在《新旧约全书》中的四大《福音书》中有记载。《福音书》中还说,犹太人自己承认了他们对耶稣之死负责,所以基督徒认为犹太人背叛上帝,不可饶恕。甚至宣扬,耶稣死后的犹太人都是出卖耶稣的犹大的后裔。这一来,犹太人就成为基督教的千古罪人。基督徒们恨不得要杀死所有犹太人。

耶稣到底有没有,历史学家说,这个传说就和中国古代的三皇五帝的传说相仿。传说中的黄帝、炎帝、神农、伏羲都是中华民族的象征,成为凝聚中华民族的精神支柱。但是有谁见过他们呢?有人说得更直接:实际上,不是耶稣创立了基督教,而是基督教创造出一个耶稣。英国哲学家罗素就说过,为什么我不是基督徒,我在这里还要声明一下,这并不牵涉历史问题。历史上究竟有无耶稣其人是大可怀疑的,即使真有其人,对他的生平也一无所知。因此,我不打算探讨这个很难说清楚的历史问题。

但是,犹太民族却真的从此陷入万劫不复的灾难中了。他们被基督徒逼得家破人亡、妻离子散。

他们到了欧洲,欧洲人把他们视为魔鬼。公元1348年,欧洲流行的黑死病,夺去了欧洲几百万人的生命,由于犹太人讲卫生,医疗又及时,死于黑死病的人就少很多。基督教会便借此宣传,是犹太人和魔鬼合伙制造了黑死病。愤怒的基督徒烧毁了犹太人的住房,追杀了几千名犹太人。

基督教会规定,犹太人不能做工、不能务农,只能从事基督教认为的"罪恶勾当"——经商。但由于走投无路,"置之死地而后生",犹太人反倒成了精明的商人、出色的银行家,积累了巨额财富。因为他们有钱,这又成了新的被嫉恨、被剥夺的不幸根源。西欧国家甚至提出这样的口号:"干掉一个犹太人,以拯救你的灵魂。"犹太人犹如瘟疫,被隔离居住,不许他们走出隔离区。

他们到了阿拉伯帝国。由于犹太人拒绝归顺伊斯兰教，穆罕默德憎恶犹太人，制定了很多歧视的条款。比如犹太男人必须在帽子上挂一块黄布条；犹太妇女必须穿两只不同颜色的鞋。这就如同霍桑的小说《红字》中女主人公胸前的"红字"一样，在人格上让你受尽羞辱。

他们到了俄国，正巧沙皇亚历山大被刺，犹太人首先成为被怀疑的对象。俄国贵族不分青红皂白大肆杀戮犹太人。

第二次世界大战爆发，希特勒要"最后解决犹太人"。波兰南部的一个小镇奥斯维辛，因为纳粹在这里建集中营，疯狂屠杀犹太人而把自己刻在人类历史的耻辱柱上。据研究者考证，1940年后的几年间，希特勒在那里杀死了110多万犹太人。它们设4个毒气室，一次就可毒死12000人，焚尸炉每天焚烧8000具尸体。当集中营被解放时，发现了用死人的头发织的毛毯就有14000条，仓库里还有7.7万吨没处理的头发。

就连闻名于世的德国大诗人海涅，因为是犹太人，也受到辱骂。一次聚会，一个旅行家当着大家的面对海涅说："我发现了一个小岛，那地方居然没有犹太人和驴子。"海涅不动声色地说："看来，只有你我一起去那个小岛，才会弥补这个缺陷。"

种种迫害，被灭族灭种的危机，终于使犹太人的思想家认识到，犹太人没有别的出路，只有豁出命来，建立起自己的国家，才能保护自己，才能有生活的空间，才能成为自己国家的主人。

先是居住在俄国的犹太医生平斯克，发表了《自我的解放》的著作，主张建立自己的国家，自己解放自己。后有出生于布达佩斯的犹太人赫茨尔，在周围一片"杀死犹太人"的呼喊中，他悲愤地认识到，"解决犹太人问题的唯一办法是恢复犹太国"。这就是犹太复国主义的起始，是没有活路的抗争。他撰写了《犹太国》一书，让犹太人看到了未来。他们感激赫茨尔，把他比做犹太民族史上，曾带领犹太人出红海进入西奈沙漠、找到自己家园的"摩西"。

从1881年平斯克提出"自我解放"的思想，到1896年赫茨尔喊出建立"犹太国"的主张，又经过66年的艰难奔走，拼死呼号，曲折反复，1947年11月联合国大会终于通过了建立犹太国议案。犹太人的梦想终于变成了现实。他们相拥大哭，屈辱即将到头。1948年5月14日，以色列国建立。这是犹太民族发展史上的里程碑。它结束了犹太民族没有自己国家，没有单独的地域,没有共同语言的历史。终于,他们早上可以坐在一起喝咖啡,晚上看着孩子放学,从远处跑来。

(五)

一个民族在屈辱和迫害中生存,在四处逃难和屠刀下寻找自己的活路,他们该学会多少求生的本事啊!中国有句话叫"穷人的孩子早当家",犹太民族在颠沛流离的旅程中认识了什么?他们认识到得有人,团结一心的人才是最为重要的。有了人才有力量,才能干大事,才能保住自己的家园。所以,他们下大力气培养人,把教育作为立国之本。

犹太人很早就有"什一金"制度,即每人要把自己收入的十分之一捐献出来。犹太律法规定,这"什一金"的第一受益人是"那些把时间花在研究《圣经》和其它典籍的人",也就是读书人。后来又扩展到把这笔钱用来支持建设学校。

以色列第一任总理本·古里安说:"没有教育,就没有未来。"第四任总理梅厄说:"对教育的投资是最有远见的投资。"他们的总统夏扎尔说:"教育是创造以色列新民族的希望所在。"最为难得的是他们说到就能做到。几十年来,以色列教育经费占国民经济总预算9—12%,位居世界第一位。以色列公民受过教育的比例,高达97%。

他们鼓励人才的创造能力。他们认为科学研究才是发展的快车道。

以色列科研人员、大学教授在世界性刊物上发表著述数量世界第一。每千人发表论文60.9篇,美国仅是30.1篇。

每万人从事科研的人有160人,美国仅为90人。

获得专利数是美国的2倍,是加拿大的9倍。

据统计,这个只占全世界人口0.3%的民族,为人类文明作出了重大贡献。这个民族诞生了写出《资本论》、创造了剩余价值学说、开辟了一个时代的马克思,提出现代物理学相对论的爱因斯坦,创立了精神分析学派的弗洛伊德,被誉为原子弹之父的奥本·海默,现代艺术的创始人、大画家毕加索、西方现代派文学的宗师卡夫卡,以《伦理学》著称于世的哲学家斯宾诺莎,享誉世界的杰出诗人海涅,还有托洛茨基、洛克菲勒、格林斯潘、基辛格等等闻名遐迩的大人物。这个民族还包揽了21.7%(1901—2008年)的诺贝尔奖。

马克思说:"犹太民族是一个早熟的民族。促使其早熟的重要手段之一,就是教育。"马克思该是很了解他们民族的历史吧?

他们抓紧发展科学技术,发展的重点是解决国家经济发展中存在的紧迫问题。他们特别看重的是科研成果向实际应用的转化。

以色列水源奇缺,为了把有限的水源用好,科学家开发应用了喷灌和滴灌技术,把宝贵的水再加入必要的肥料,通过管道送到植物根部。通过管道避免了蒸发和渗漏的浪费,送到根部就可以让水中的营养充分发挥作用。而送多送少,何时送,都由计算机控制,这就把有限的水最有效地使用,解决了干旱地区农业发展问题。科学家还开发出地下咸水淡化技术,在沙漠中用微咸水灌溉,实现了蔬菜瓜果一年三熟。以色列每年生产的瓜果蔬菜大量向欧洲各国出口,被誉为"欧洲冬季的厨房"。以色列的大片沙漠,从一个"不毛之地"变成了一个富庶的绿洲。每年有几千人到世界五十多个国家传授农业技术,销售仪器。

没有石油,科学家因地制宜,找到了替代品,开发利用太阳能。以色列一年有三百多天阳光灿烂,科学家开发出先进的太阳能吸收器,广泛应用于家庭生活和工农业生产。全国有三分之二以上的人家装了太阳能热水器,不但解决了从周围国家进口石油的困难,每年还节约进口燃料费五六千万美元。

这样的白手起家,这样一种依靠科学自力更生的劲头,让谁都别想再掐住他们的脖子,让人感到这个苦难的民族没有白白受苦。他们在痛苦中凝缩了生存的哲学。他们从苦难中走向成熟。

他们明白了要想不受欺凌,手中要有武器,国家要有军队。以色列是一个只有2万多平方公里土地、700多万人口的小国。四周又处于敌对国家的包围之中,国家的安全便是头等大事。以色列的科学家大力开展核技术的研究和试验。他们宣称,他们的核研究是和平利用。但世界上许多科学家都认为以色列是世界上继美、俄、法、英、中、印之后的第七个核国家,它不但拥有核反应堆,而且造出了原子弹;不但拥有核弹头,还拥有运载工具。这样一个小国,居然有这样的科技水平和研发能力,真是让人想不到。任何一个国家打算入侵以色列,恐怕都要权衡一下它的核武库。这就是人才和科技的力量。一个国家和民族怎能不重视知识,不重视知识分子呢!

想到这里,我明白了,以色列重视教育,重视科技,一是要抓紧时间,快速发展;一是要连续不断,持续发展;一是要抓住需要,重点发展。目的只有一个,在对方没有强大起来之前,尽快把自己强大起来。他们不被传统、历史所束缚,他们从传统与历史中总结出经验。他们把历史、文化与富民强国的观念牢牢捆绑在一起,让世界认识犹太人悠久的历史,尊重他们发展之不易,理解他们现实的奋斗与抗争。

如今以色列的犹太人已不再是单一的犹太人。他们来自七十多个国家,已是不同种族的犹太人。从阿拉伯、欧洲来的,从伊拉克、土耳其来的,从美国、俄罗斯来的,共同组成了一个民族大家庭。我们在参观以色列式的集体农庄"基布兹"的时候,七八位五十多岁的男士女士在廊下一边喝咖啡,一边轻松地聊天。一位老者在远远的大树下拉手风琴,曲调飘过来是"莫斯科郊外的晚上"。我想这位老者一定是前苏联人,就走过去。我会几句俄语,便问他,想念莫斯科了?他点点头,但又说,这里是我的家。听他这么说,我很感慨。来自四面八方的犹太人,他们各有各的传统与习惯。但不论来自何方,他们虽然都执着地保护着自己的文化传统,却又都努力地创造着一个犹太民族共同的未来、共同的新生活。他们重温历史,要重现摩西渡红海、出埃及那样的壮举,建立犹太人的理想乐园。

穆斯林的圣地——圆顶清真寺

耶路撒冷有数不尽的名胜古迹,但置身于古城之中,熠熠生辉的圆顶清真寺,总是离不开你的视线。

我相信,那垂着辫子的小女孩,那些阳光、健康、快乐的孩子们,他们就是犹太民族的未来,他们身上肩负着以色列的希望。

2014 年春节

忧郁的探戈

参观布宜诺斯艾利斯市博卡区。据说，这里非常有名，很多访问阿根廷的人，都要来这里看一看。我想，很多人肯定是来寻觅博卡青年队的，是来看马拉多纳的。我不是追星族，也不懂足球，所以，我不会因为马拉多纳跑那么远的路。到博卡区，阿根廷的朋友把我们领到一条小街。小街人很多，最吸引我注意的是五颜六色的房子。房子很简陋，多是木板房或波纹铁房，但都或横或竖地刷着大片大片的蓝色、黄色、绿色的油漆。颜色浓烈，谈不上艺术，却给每一个游客留下深刻印象。据说，当年这里住着的多为穷苦劳动者、海员、码头工人等等，他们为了防潮、防水，把漆船剩下的零星油漆拿回来涂抹自己简陋的住房，有什么颜色就涂什么颜色，今天是一大块蓝的，明天又是一大块绿的，只求实用，久而久之反倒成了自己的风格。

阿根廷朋友说，这条小街可是很有名气啊。本来只是一条小道，来往人多了，成了一条街。街名叫卡米尼多，可是现在人们都管它叫探戈街。我仔细看，小街不长，只有百米左右，还保留着石块路面。它为什么叫探戈街呢？阿根廷朋友只说这里的探戈很有名。

我还看到一些雕塑，一个在人行道上，是一匹狂奔乱跳的马，想把骑在它身上的牛仔甩掉，牛仔则拼命控制马；另一个是在阳台上，穿着很老式的条纹西服套装的一男一女，向行人招手，一看那笑容就知道是店主。还有几处浮雕，男女缱绻告别的场面，树下聚会商量事情的场面，一个男人还抱着吉他。让我感觉好像到了美国西部。

再有，就是小街两旁一个挨着一个的小酒馆和咖啡馆了。我进去看了看，虽说是白天，里面仍然有很多人。

这一切，很让我琢磨。这究竟是一座什么样的城市，他们有怎样的文化，怎样的悲欢离合。

晚上，我们去布宜诺斯艾利斯市最为著名的探戈剧场卡洛斯·加德尔之角，观看当今最为著名的阿根廷探戈大师的表演。这真是一场高水平的演出，让人激情澎湃。可以说，每一场舞蹈，每一对演员，每一支曲子，都表演得如醉如痴，无可挑剔。据说，探戈的魅力主要在舞者的眼神和小腿的动作。尤其是探戈大师卡洛斯·古拜罗与他妻子的表演，让人叹为观止。那交叉踢腿，一钩一抹，一拉一扭，变幻无穷。每一个细节，都充满了舞蹈之美。他们那狂野的、渴望的、忧郁而勾人心魄的眼神，那挥洒自如、收放得体的小腿，男女之间娴熟的配合，一系列令人眼花缭乱的舞步，好像在讲述他们生活中的故事。

　　观众一次又一次报以热烈的掌声。

　　渐渐地，我从陶醉而进入思考。探戈舞的男女舞伴都身材颀长，十分精神。男士一身合体的笔挺的藏蓝色的西服，雪白的衬衫，浆熨硬挺的衬衣衣领，梳理整齐的发型。女人雪白的长裙，潇洒的披肩发，健美的双腿。男女演员一亮相，就让你赏心悦目。但是，他们为什么那么严肃？严肃中含着一丝忧郁，忧郁中又充满了热情的渴望？

　　我在古巴的哈瓦那，在海滨大道上，看过古巴人跳伦巴。那情景真让人愉快。道旁就是碧蓝的大海，带有海腥味凉爽而湿润的加勒比海轻风，拂面而来，棕榈树在白色沙滩上摇曳，女伴曲线优美，男伴剽悍雄壮，男女舞伴诱惑与追逐，热情浓郁，柔媚而抒情。伦巴洋溢的是一派迷人的热带风情。

巴西的桑巴舞,热烈奔放。伦巴是轻松的,每分钟只有 25 小节,桑巴则是热烈的,每分钟要跳 52 小节。这与巴西人的乐观、开朗、知足密切相关。巴西丰富的自然资源,给巴西人带来了巨大的福泽。巴西人是乐天的,这才有闻名世界的狂欢节。"没有桑巴舞就没有狂欢节"。在那倾城共舞的欢呼中,欢快、煽情、激昂尽在那桑巴舞姿中表现无遗。

探戈舞呢?那忧郁,那包藏着的热情,为什么那样令人难忘?

我想起阿根廷人告诉我的一句话:"探戈的发源地在哪里?在博卡区的小酒馆里。"

19 世纪 80 年代,南美洲完成了奴隶制的废除,开始了资本主义的发展阶段。欧洲人又一次涌入南美洲。他们从德国来、从意大利来、从俄罗斯来,他们带着梦想,到南美大陆来淘金。布宜诺斯艾利斯正当拉普拉塔河入海口,欧洲的来船,便把他们由这里送上了岸。他们初来,多半在码头打工,博卡区的小街就成了他们的栖身之地。日复一日,年复一年,淘金梦没有实现。他们渐渐意识到,回去已无归路,也无脸面。望尽天涯路,妻子、儿女、家园，都只能在回忆中相见。睡梦中醒来，想到他们这一生都可能要在这块陌生的土地上飘泊，忧伤、孤独让他们难以自持。著名的探戈歌手卡洛斯·加德尔就因为一曲《忧伤的一夜》唱出了开拓者的辛酸，而名噪一时。就这样下去吗？他们又不甘心，对未来存有不尽的期望。他们无法面对漫漫长夜，只有寻找浇愁的酒杯，寻找能倾听自己的女人。正是在这种背景下，探戈诞生了。他诞生在博卡区的小酒馆里，诞生在暗暗的烛光下。

有人说探戈来源于西班牙，甚至更远的非洲，都有道理，伦巴也好，桑巴也好，它们都与非洲舞蹈有着不解之缘。但那只是一种最初的形式。阿根廷探戈，植根于阿根廷文化，思考着阿根廷的人生哲学，它的灵魂是阿根廷的。

探戈在早期名声并不很好，带有不少下层文化的低俗。比如小腿夹人的动作，又比如男舞伴手轻轻拍打对方，现在已只是象征性的动作，原本是拍打女伴的臀部。在正宗的探戈舞步中，男士要手持短刀，或腰佩短剑，那是防备情敌干扰；有相持进退的舞步，那是表演与情敌周旋。特别是左顾右盼的眼神和快速转头拧身的动作，更是体现了爱情的警惕。这里有一段故事：男人出海归来，约女友到舞场跳舞。跳着跳着发现女友总是扭头，他很奇怪，也扭头去看。女友见男人跟着看，急忙回头。原来男人出海期间，女友又有了新舞伴，在和男友跳舞时，扭头看看新舞伴是否来了。她发现男友已注意她了，便急速回头，假装无事。后来，探戈舞便加进了这一细节，有了左右闪动转头的动作。

正因为此，欧洲人看不上探戈。他们喜欢华尔兹。因为华尔兹舒展大方，华丽典雅，女士的长裙随节奏起伏，好像连绵起伏的波涛，真是优美。男士的旋转，自持而潇洒，很是高贵。

但是，从探戈早期的这些细节中，我们不是可以更具体地感受到探戈舞者的复杂心情吗？不是可以更具体地感受到他们在纵情、激动的宣泄中，寄托于探戈的真挚永恒的忧郁吗？

那部英、法、德、阿根廷合拍的很有名的电影《探戈课》很能为探戈作出注解。影片中的阿根廷出租车司机说："只有饱经沧桑的人，才能体会探戈的灵魂。"

探戈在发展。它以火热的生命激情，哲学般的忧郁在成熟。阿根廷作家埃内斯托·萨巴托说：探戈中的真挚情感以它不可战胜的内力征服了世界。不管我们是否情愿，欧洲由此认识了我们。

　　1912年，阿根廷开始推行全民普选制度，不同社会阶层严格的界限被打破，这为探戈的流行提供了政治条件，来自下层的探戈以他生命的激情被上层社会所钟情。

　　1921年，著名演员卡尔代夫和有"银幕情人"之称的鲁道夫·华伦天奴在他们的影片中大跳探戈。它直接、大胆、美丽的表现形式和对人性的诚实，让人看得耳热心跳。这为探戈的热爱者准备好了台阶，使那些以有文化自诩的人大胆地、公开地接受探戈。

　　这以后，英国皇家舞蹈教师协会，综合各地探戈舞的精华，制定了统一标准，成为国际标准探戈舞。这标志着探戈舞终为上层社会所接纳，甚至不久后又享有了"舞中之王"的美誉。一个来自于民间底层的舞蹈缘何得以走上舞蹈的殿堂？据说，是由于探戈的"以抑制的情绪出现却诱引性感"。而这种"抑制"正是上层社会贵族们社交的需要。哦，掌握着谁是国标标准舞大权的艺术家们，看中了探戈的美丽动人之处。探戈舞可以说是走向了辉煌，淘金者的梦想实现了吗？但，这已经不是阿根廷酒馆中烛光下的探戈，而是英国式的探戈了。

剧场里响起了歌声。这是一位男歌唱家在演唱阿根廷的《小道》。用中国话来说，也就是阿根廷开拓者之歌。演唱者那样深情、那样投入，听得我十分感动。台下几百名观众禁不住与他一起唱起来。我想象着欧洲大陆一批批先躯者从海上登上这块大陆，想象着他们经过那条小道，和当地人共同艰苦地创业，直到建成美丽的阿根廷，这期间不知付出了多少忧伤，经历了多少痛苦。于是，让我联想到我们这一代过去的岁月。一种遥远而又熟悉的亲切的情感，一种怀旧的情怀，一种对艰难而痛苦岁月的漫漫柔情，油然而生。

探戈里不仅有忧郁。探戈里还有狂野乃至悲愤，有思考、追求和旺盛的生命力。探戈是漂泊者灵魂的宣泄。

人们会记住博卡区那些简陋的颜色浓烈的木板房和波纹铁房，会记住烛光摇曳的小酒馆和酒馆中美丽的探戈舞。

2005 年立秋

忧郁的探戈

如今风靡世界的探戈诞生在博卡区的小酒馆里,诞生在暗暗的烛光下。那种忧郁,那种包藏着的热情,为什么那样令人难以忘怀?

傍在蔚蓝的大海边
——南非记行

没去南非之前,我就听说过一个故事,说举世闻名的 5000 米、10000 米非洲长跑世界冠军伊夫特,第一次参加田径对抗赛,因为不识字,看不懂电子荧光屏,少跑了一圈;第二次去伦敦参加比赛,又因为听不懂英语,看别的中途换机的乘客下飞机,他也跟着下,结果费尽周折,赶到伦敦时,比赛已经结束。当时,我只觉得黑人实在没文化,竟闹出这样的笑话。由此及彼,我脑海中的非洲也就可想而知了。

我到过北非,到过撒哈拉沙漠中的小镇,住在浩瀚的大沙漠的饭店里,漆黑的夜晚,万籁俱静,远处传来洪亮的阿訇召人祈祷的声音。声音过后,更加寂静。南非是不是也这样的神秘?

我这人多少有些福气,梦想的事常常就能实现。今年 6 月,南非出版商协会发来邀请,请我去参加他们的首届书展。真是天赐良机。

我们从北京出发，飞行 6 个小时到新加坡，从新加坡又飞了 14 个多小时到开普敦。算下来，光飞行就有 20 个小时之多。走下飞机，已经疲惫不堪。然而当我们到了下榻的宾馆，那出乎我们想象的景致让我们疲劳顿消。

宾馆就在大海边，只有六层，是一座很典雅的楼房。整座楼都是白色，门、窗只有纯白和乳白之分。一座白色的楼，傍在蔚蓝的大海边，在阳光的照耀下，像仙境一样，真让人心旷神怡。面向大海的窗户，在海水和蓝天的映照下，玻璃发出淡蓝的光，这时，大楼又像一块蓝色的水晶。推开窗户，海水正涨潮，水珠溅上阳台，湿湿的。南非，这么美丽，这么惬意，谁想象得到南非是这样的呢！

（一）

这种心情让我们精神抖擞，放下行李就去参观书展。

这是南非历史上第一次国际书展，也是非洲历史上第一次国际书展，所以，非洲的主要国家都派团参加。书展办得很有文化。整个书展虽然只有四百多个摊位，但汇集和招徕了非洲、欧洲，包括亚洲、拉丁美洲的几十万种图书和重要的出版商。书展的宣传画是一个眯着眼的人头像。我们很奇怪,怎么那么像秦始皇兵马俑的头像呢?问他们才知道,原来那是非洲原住民的头像。从现在考古发掘的材料来看,很多研究工作者都认为人类起源于非洲。从古代猿类进化到现代人,考古学上的五个阶段(腊玛古猿、南方古猿、猿人、尼安德特型人和现代人),非洲体现得最完整。细想想,照这样的情况看,非洲岂不是我们人类的故乡吗?书展主办者用这样一个头像画作为会标,有历史感,体现了非洲文化的深厚积淀。书展主席对我们说:"你们看,头像上的眼睛是眯着的,那象征着善良和思考。那眼睛是不是也很像你们中国人的眼睛?中国人对非洲是很友善的。"

展馆的布置很考究,非洲经典图书的专柜、用书影组拼的曼德拉大幅画像、用书和文具造型推出的书展吉祥物,吸引了很多人拍照。新书发布会,作家与读者交流会,版权洽谈活动,穿插其中。特别是一拨一拨非洲儿童,白皮肤的、黑皮肤的、棕黄皮肤的、黄皮肤的,静静地翻看着图画书。这种书香气氛,和我到南非之前对南非的认识大不一样,给我的非洲观极大的冲击。非洲是有文化的。

（二）

到南非最快乐的事情当然是去好望角。

出城以后，路两边的房屋真是漂亮，一座座二层小楼被绿树掩映着。小楼多半是白色的，红色的门，绿色的屋顶，这大红大绿的在海边显得十分明丽。大大的玻璃窗户，让人感到室内的明亮和舒适。门外用红砖铺的甬路，经过雨水冲洗湿润润的。不知叫什么名字的红花、粉花、紫花，再加上广阔无垠的蓝天，一派田园风光。有人说，南非是非洲中的欧洲，确实有道理。

去好望角，先到企鹅滩。车还没停下，我们就看见沙滩上仨一群、俩一伙的小企鹅了。近处，一块大礁石旁有几十只企鹅，聚在那里，好像在开会。此时，正三三两两地闲聊，是不是会议中间的休息？远处，临近海边，两两一对，大概有五六对企鹅，就在光天化日之下亲昵地顾盼着，悠闲地前行，很像是情侣在散步。再远处，一片开阔的白沙滩，有两只企鹅相向而立，很突出，那是一对夫妻吧？面对着大海、波涛，在茫茫的宇宙中相依为命。

车再向前行，已经可以看到好望角了。好望角，这个对我充满诱惑力的地方，这个我念初中就知道的地方，曾让我生出多少想象。汽车飞快地跑着,车上的人已经按捺不住激动的情绪,准备下车,没想到,汽车一拐弯,眼前却出现了一片翠绿色的海湾,海滩上是白色的沙子,地图上标着:迪亚士海滩。噢,我知道,这个迪亚士是葡萄牙人,是他第一个发现的好望角,并命名为"风暴角"的。显然,这个美丽海湾的命名是为了纪念他的发现之功。车再稍稍往前一走,一个弧形的突出的山岬耸立在眼前,这就是好望角。果然不同凡响,它那险峻的山岬伸入两大洋中,如同一只巨大的鳄鱼峥嵘毕露。悬崖下,立着一块长长的黄色木牌,上面用英文和阿非利加文写着:好望角·非洲大陆最西南端·东经18度28分26秒·南纬24度21分25秒。

这里的路,显然是在海滩上的鹅卵石中开出来的,路两边尽是大大小小的鹅卵石,路面上尽是碎碎的贝壳。这里的鸟,还有不知名的小兽,全不躲人,自顾自地寻找吃食。好像人们不过是与他们比邻而居的同类。你离它一二尺远拍照,它们也不走开。看着这原始荒凉的景象,我顿时产生了一种到了地球边缘的感觉,小心翼翼地走路,生怕一不小心从地球上掉下去。

我们急切地登上展望台,往下看去,茫茫大雾,什么也看不到。据说，没有雾的时候，可以看到大西洋与印度洋交汇的壮观情景。大西洋水凉、印度洋水暖，冷暖水在此交汇，所以，气象万千，晴晦多变。险峻的岬角雄立海中，危崖峭壁，浪花飞卷，航船在此常常遇险，定名为"暴风角"还真名符其实。后来印度洋航线开通，人们登上角点，可以眺望壮观的景象，企盼给人们带来好运，便改称"好望角"了。

雾虽然很大，却仍然可以听到峭壁之下的骇浪惊涛。刚离开小企鹅那恬静安乐的世界，没多远就是这样让人惊心动魄的地方，南非真是一块神奇的土地。此时，我置身于两洋交汇之处，置身于非洲大陆的最南端，一种壮丽之情涌上心头。海滩上到处耸立的嶙峋怪石，似乎在提醒我们，360年前荷兰东印度公司的航船曾在此触礁；一浪紧似一浪的拍岸惊涛更像是在向人们诉说，在我们脚下的这片土地上，里贝克医生率队在这里为他的荷兰王国修建了征服南非的第一座要塞，接着英国人也发现了这片美丽富饶的土地，开着军舰来到这里与荷兰人展开了血腥的争夺，刀光剑影，樯橹灰灭，最后以荷兰人被赶走而告终。也正是从那时起，这片土地的主人土著居民一夜之间失去了自己的家园。真看不出，在这雄奇壮美的山川之下,竟然藏着这样波谲云诡的历史!

(三)

到此时之前,我的心情一直很好,充满了对南非这块土地、这里的文化、此处的人民的亲切之感,然而我毕竟只到了两三天,而且停留在表面。我心情的变化是从与导游小卢的聊天开始的。

在车上导游小卢叮嘱我们,在约翰内斯堡一定要当心。白天,一个人千万不要上街,晚上,几个人结伴也不能上街。他特别告诫我们:约翰内斯堡是世界上最危险的城市。

说完,他又交给我们每人一份"旅游须知"。材料上有南非官方为外国游客印制的醒目提示:"天黑后或街上无人时不要一人走在街上;夜间外出要坐出租车或乘私人汽车,要向声誉好的出租汽车公司租车;在街上不要拿照相机或佩戴贵重首饰;在市中心行车时要关上车窗,锁上车门,车座上不要摆有任何手提包;如果遇到抢劫奉劝你不要抵抗。"真是毛骨悚然。谁抢劫?抢劫什么人?为什么治理不了?一连串的问题使我几天来的好心情立刻发生了变化。

小卢见我们不吭声，又说："我给你们讲一个故事。"他说，去年国内来了几个朋友，刚到南非，下了飞机，安排好住宿，就兴致勃勃地去逛街。街灯已经亮了，街旁的商店都已经关上铁门，店家从门上的小窗户往外看，都露出惊恐的眼光，以为这伙强盗不定又要拿谁开刀了……因为南非人晚上是不敢上街的，以至于人们一见到夜晚在街上出没的人，就认为是强盗。

有这么恐怖吗？小卢说，你们不信，我再给你们讲一个这里的顺口溜："不偷不抢不是黑人，不诈不骗不是印巴人，不说等明天再办不是白人，不赌不嫖不是中国人。"听了这顺口溜，大家都异口同声地说，你这是种族歧视。他马上说："你们同情黑人，是因为你们没有被他们抢过，你们被抢一次就不同情他们了。"

我问他："你被抢过吗？"

他说："不止一次了。"

"你怎么脱的险？"

"被抢过就有经验了，兜里要放点钱，不要多，多了损失大；可也不能太少，太少，他们不痛快，抢了你还要打你一顿。"小卢的父亲在南非12年了，他自己在南非也有7年了，讲起南非来很有点老南非的味道。看我们不以他的话为然，他又讲了他家里黑人女佣的故事。

小卢的家里请了个黑人女佣，每月给700兰特，大约合100美元。女佣在小卢家干了六七年了，相处得很好，有感情，但她还是要拿小卢家的东西。每当她要回家前，小卢奶奶都会在她的褥子下面发现自己家里的东西。问她："为什么要偷拿别人的东西？"她说："我家没有。""你家没有就拿别人的东西吗？"她便低头认错，保证以后不会再拿。可是下次她要回家时，奶奶仍然会在褥子下面发现她准备拿走的东西。

讲了这些，小卢理直气壮地说："你们说，别人能不歧视黑人吗？"一个白人跟他说，我们白人头上有旋，你们中国人头上有旋，猪狗头上也有旋，黑人却没有，黑人猪狗不如。这话说得多狠毒！

一次，小卢的父亲出了车祸，把一个黑人撞晕了过去。白人警察过来，看了看，对小卢父亲说，不用着急，赶快去买瓶酒。小卢父亲以为要用酒救人，急忙买回来。只见警察拿起酒，倒到黑人嘴里，然后说："你走吧，他喝多了酒，自己撞在车上了，怪不了别人。"

我不信，便再次问他，这真是你父亲的亲身经历吗？他说，那还有假！

啊！在那里，在那时，黑人的生命真的不如一只猪狗！

一霎时，那些美丽的风光似乎失去了颜色，这美丽的、近似于田园诗般的风光下面，还有那么多让人惊诧的故事！我想起我们一直没太留意的拥挤、破烂、低矮的黑人住的棚屋，想起约翰内斯堡的恐怖，想起连小卢这样的外来户也瞧不起黑人，我亲眼看见小卢气势汹汹地对黑人保安大吼的样子，我满肚子都是对黑人遭遇不公的同情与不平。

回北京后，很巧，朋友送来一张光盘，说是讲南非黑人故事的，刚刚获奥斯卡最佳外语片奖，片名叫《救赎》。故事情节正碰上我的心弦，正冲着我的思虑。片中的阿飞是一个以偷和抢为生的青年黑人，脾气很坏，没有道理好讲，即便是朋友，一言不合，他也会拳脚相向。正是因为这种性格，他打伤了自己的哥们儿波士顿。别人劝波士顿不要再理阿飞，波士顿说："也不全怪他，他没有上过学，不明白庄重。"别人问，什么叫庄重。波士顿说："尊严。"啊，说的太透彻了！很多现实的问题并不是废除了种族隔离政策就能解决的。人不是只要有了生存权就可以万事大吉。人要得到别人的尊重，但首先得自尊自重。没上过学，没受过教育，连"尊严"

的概念都没有，又何以自尊自重。

正因为如此，当他看到两腿残疾的老人到处乞讨，以为是伪装骗钱。当他看到老人确实是假腿，便大惑不解地说，既然"你过着像狗一样的生活"，为什么仍然继续活着。老人说："我喜爱感受街道上的阳光"，"即使用我这样的双腿，我还是感受到太阳的热量。"这些话，此时的阿飞没有办法理解。

那要怪谁呢？这笔账要怎么算呢？过去，南非白人政府先后颁布了400个种族主义法令，实行保留地制度，将占全国人口绝大多数的非洲黑人圈定在只占全国12%的土地内居住；实行特定区制度，在城市工作的非洲黑人，只能住在城郊特定地区，在市区逗留不能连续超过72小时；实行通行证制度，非洲黑人随身要带几十种证件，像特定区居住许可证、寻找职业特别通行证、迁移通行证、旅行通行证、等等，警察有权随时检查，如没有将受到监禁和罚款。最后，甚至发展到连公园的椅子都写上"白人专用"的字样！在这种野蛮、残酷的种族隔离制度统治下，活着尚属不易，哪里还谈得上受教育？

我明白了，闻名世界的长跑冠军伊夫特为什么连电子荧光屏上的数字也看不懂！在他东奔西跑跟从别人上下飞机的焦急中，我感到深深的悲哀。1984年获诺贝尔和平奖的南非黑人大主教图图说："原来我们有土地，白人有上帝，后来他们说'让我们祈祷吧'，于是我们就闭上眼。当我们睁开眼时，他们有了土地，而我们有了上帝。"这段话在诙谐中藏着无比的深刻。机枪、大炮对着长矛、弓箭，原住民黑人沦为入侵者白人的奴隶。白人明白，黑人越没有文化，越好役使。

在开普敦时，我站在开普敦地标性的景点——海拔1067米的桌山上，远处隐隐可见关押曼德拉的罗本岛。用望远镜仔细地望过去，环岛的路，高大的电网，西南角上几间房子，这大概就是曼德拉囚禁处了。我心里想，曼德拉为了黑人兄弟被关押了28年，最后18年，就是被关押在罗本岛上面积不足4平方米、连平躺都很困难的牢房里，真是一条了不起的汉子。1994年4月曼德拉当选总统，他取消了公园凳子上"白人专用"的字样，他打碎了种族隔离制度，在法律上黑人可以和白人享有同样的权力了。但是，曼德拉的事业完成了吗？

《救赎》中，阿飞在抢来的汽车中发现一个婴儿。这一个连杀人也不会犹豫的家伙，在这个无助的婴儿面前潜藏的善心被发掘。最后义无返顾地走上了养护婴儿

之路，直到自投罗网，把孩子送回，让堕落的灵魂得到"救赎"。这是电影的制片人给黑人开出的药方。这个电影获得了奥斯卡奖，说明了评委们赞赏这个药方。这个药方真的灵吗？如今，造成犯罪的原因已经不是单一的种族问题，还有巨大的贫富差距，难以消除的偏见和误解。"救赎"能不能解决这社会中数不清的矛盾？救赎了黑

南非开普敦·企鹅岛风光

巨石海滩风景宜人。据说海滩有企鹅3000多只,但每年到此观赏的游客却有30万人次。

人犯罪者的灵魂,那么白人掠夺者的灵魂呢?

这时,我猛然想起这南非历史上第一次的书展。书展的主办者那么卖力气,他们和法兰克福这个全世界最大的书展商合作,他们邀请八方宾客参加,他们把书展的海报、宣传品四处张贴,可谓千方百计、绞尽脑汁,他们不就是想要提升南非人的文化水平,让他们知道什么叫庄重、什么叫尊严,从一条什么道路走向尊严吗?

从南非回来之后,每当我想起那些美丽的风光时,我几乎都会立即想起开普敦城郊那些拥挤、破烂、低矮的棚屋,但是我随后会想到书展和那些在书展上兢兢业业、忙忙碌碌的男男女女。

在美国越战纪念碑前

（一）

我拍过一幅美国"越南战争阵亡者纪念碑"全景照片，还有一幅局部的，是纪念碑中间的部分，又恰好那里摆着一个不知什么人送来的花圈。记得我当时见到这座纪念碑的时候，看着上面密密麻麻战死者的名字，心里很沉重。心想，他们为什么而死啊？他们死得值吗？后来，看到那个带有野菊花、红玫瑰和长青叶的花圈，色彩鲜艳，十分靓丽，把我当初看到黑色花岗岩上一排排战死者名字时的沉重，减轻了不少。但我还是想：美国老百姓怎样评价这场战争呢？他们是如何看待这些战死者的呢？

我在出版我的散文集时，想把这幅引起我很多感想的照片作为插图放进去，想来想去，没放。

我在出版我的摄影集《远方的回忆》时，初稿仍然没有放。等到快定稿付印时，我又把这两幅照片拿出来，尝试着问出版社的编辑:"你看这两幅照片怎么样?"

这位编辑说:"很好看啊,怎么没放到书里去?"

我说:"这是美国纪念他们在越南战争阵亡的人的,怎么介绍啊?尤其是那个美丽的花圈,情感倾向太强烈了。"

这位编辑点点头,没再说什么。

我是一个当编辑出身的,又作过出版管理工作,我当然知道一本书、一篇文章、一幅照片,什么最重要。这个问题可是个原则,是一道红线,是不能马虎、不能跨越的大问题。

但这两幅照片我总放不下,总觉得这座纪念碑不那么简单。这里面反映出的美国人的道德观、价值观是什么样子?

星期天。家里。我坐在书桌旁。阳光透过树的枝叶照在书桌上。我端详着两幅照片,突然心血来潮:不在于照片内容是什么,关键是说明文字怎样写。想到这里,我灵感迸发,只用了一个多小时就写完了照片的说明,有五六百字。我是这样写的:

> 越南战争结束二十年后,美国当时担任国防部长的罗伯特·麦克纳马拉在他的回忆录中

写道："人们总是事后比事前聪明。人无完人，我们也难免犯错误。我不得不带着痛苦和沉重的心情坦白承认，这个格言也同样适于我和与越南有关的一代美国领导人。"麦克纳马拉忏悔了，他希望得到社会的理解。

但是体会最深的大概还是那些在战场上出生入死的战士。1979年，一群参加过越战的老兵提出建造越南战争阵亡将士纪念碑的动议。老兵们还要求，碑身上要镌刻所有阵亡将士和失踪者名字；对于越南战争，碑身上不要有一个字的介绍和评价。不久，这个提议得到了美国国会批准。

1982年，21岁的华裔女大学生林璎设计的方案在1441件应征作品中被选中。她当时还是耶鲁大学建筑系四年级学生。她设计的方案是：黑色的，像两面镜子一样的花岗岩墙体，像打开的书向两面延伸。两墙相交处从下面到地平面，约有三米高，底线逐渐向两端升起，直到与地面相交。墙面上刻满阵亡者的名字。林璎说："当你沿着斜坡而下，望着两面黑得发光的墙体，犹如在阅读一本叙述越南战争历史的书。"

林璎的设计引起了广泛争议，其中最激烈的反对意见说，纪念碑应该拔地而起，雄伟壮观，而不应陷入地下。但她的方案得到更多的人的支持。7个月后，即1982年10月，纪念碑建成。碑面上镌刻着58132个美军越战阵亡者的名字。

每年的节假日来此参观的人络绎不绝，纪念碑下，时常有人们献上的花圈，可以看出越战在美国人心中留下的伤痕。

记得写完后，我挺高兴。我觉得我比较客观地评论了关于越战的这一座纪念碑。又加上两幅照片给读者提供的信息是那样丰富，在最后一刻，我把两幅照片和我费尽心思写的说明文字补到书里去了。

其实，今天看看，当时我的认识还很不全面，比如反对最激烈的并不是"陷入地下"还是"拔地而起"这一问题。其中还有很多内容，后面我还会详细说明。

（二）

当时这一"说明"似乎已经把问题讲清楚，可以交代了。实际上，还有一个问题我遍查材料，始终没有弄清楚，那就是我手头的另一幅照片。这幅照片是我同时在林璎的纪念碑不远处拍得的。那是一座"三个战士铜塑"。我一直弄不明白，它和林璎设计的纪念碑是一组呢，还是另外一个独立的纪念物？说是一组吧，从风格上看不协调；说是另外一个吧，怎么离林璎的纪念碑那么近；怎么竟然遥遥相对？说不清楚，我只好暂时回避。

突然有一天，我十分偶然地得到一份资料。这份资料很详尽地给我解读了这"三个战士铜塑"。那情况真是太复杂了。可以这样说，这座"三个战士铜塑"记录下了有关林璎纪念碑建筑过程的各种冲突。我顿悟。

让我慢慢说起。

关于越南战争，美国人一直争议不断，一部分人认为美国是在帮助越南人，另一部分人认为美国无权干预其它国家的事务。所以战后许多年都在为此争论不休。这样，参与越战或战死在战场上的人的亲属，便感到受到冷落。有人提出修一座纪念碑，以抹平人们心中的伤痕。特别是还活着的越战老兵要求更是强烈。1982年，美国国会同意越战老兵的要求,决定建一座越战阵亡者纪念碑。请谁来设计?大家一致认为要请个全国最好的建筑大师,请个大手笔。可谁是全国最好的建筑大师呢?争论不休。最后,有关方面决定进行全国性设计大赛,评委会认为哪个方案好,就用哪个。一定要匿名审查。

评选结果,大出人们意外。林璎,一个21岁,大学尚未毕业的华裔女孩的作品被选中。

不服。大批专家、权威不服。那么多身价不菲的建筑大师的作品都被淘汰了,一个尚未大学毕业的女孩子的作品,怎么会好!

有人说:它像澳洲土著民用的回飞镖,而回飞镖意味着灾难必将重演。

有人说:这是地面上的一个黑洞,是麻烦的象征。

接下来,批评逐步升级,开始了人身攻击。什么"丢脸的破墙","令人羞辱的阴沟","黑色伤疤"等等。有人嘲讽林璎,你可真幸运,只在纸上画一道黑线,就拿了冠军。最后,人身攻击又升格为政治攻击。说什么"怎么能让一个亚洲人设计在亚洲发生的战争的纪念碑,那对我们美国人岂不是太讽刺了吗!"看看,美国人真是很政治的。有一个施工中的小故事,也可以看出美国人多讲政治。纪念碑施工时,施工方从加拿大、瑞典订购了花岗岩石材,尽管这两个国家的花岗岩石材质量上乘,外观漂亮,价格合理,退伍老兵却坚决不许使用。原因很简单,只是因为很多躲避越战兵役的人逃到这两个国家去了。

接着,《华盛顿邮报》发表了一篇名为《一座献给亚洲战争的亚洲纪念碑》的文章,于是一场大辩论在华盛顿爆发了。一个美国大富翁,看到纪念碑是一位亚洲人设计的,大怒。他自己掏钱给那些气愤的越战老兵买机票,鼓励他们去华盛顿抗议。他还纠集了一批人提出由政府拨款,请一位白人雕塑家,再设计一个包括三个美国军人和一面美国国旗的雕塑,建在林璎纪念碑的正前方。闹到最后,连美国内政部长沃特也出来干预,他说如果不能和反对者达成妥协,就取消建纪念碑的计划。

林璎坚持自己的主张。她尖锐地指出:那些附加的东西对于原作无异于一种造成缺陷的入侵行为。她不同意野蛮地将两种风格的纪念碑放在一起的做法。

形势越来越严峻。幸运的是美国建筑界与艺术界是厚道的,主张学术公正,而且建筑和设计界大多数人认为林璎的设计理念是光辉的、天才的。他们为了平息争论，决定再度审阅一次全部1441件大赛作品。全体评委再次表决，大家仍然一致认为林璎的作品确实是最好的。

可是，他们为了调和强烈的反对声音，也是为了让这样一个天才的、杰出的作品能够问世，最后，做了平衡，同意了在纪念碑附近再建一个"三个战士铜塑"以及一面国旗。争论持续了七八个月之久的纪念碑工程终于得以正式开工。

完工的日子举行了隆重的揭幕式。商贾政要云集，人们在纪念碑上寻找着自己在越战中牺牲的朋友或亲人的名字，献上鲜花和礼品，寄托哀思。但是，在典礼上居然没有任何人在致词时提到林璎的名字！在典礼的节目单上，也只印着另一个人设计的"三个战士铜塑"。

林璎自己看着纪念碑前无数的参观者已心满意足。

争论的热潮尚未完全平静，林璎已离开了热潮的中心华盛顿，开始了继续求学之路。她不愿意作为"明星设计师林璎"而整日热闹，宁愿回到"学生林璎"的平静日子。这种宠辱不惊、踏实努力的品格让我一下子就想到她的家庭，想到中国知识分子的性格。她的父亲是陶瓷专家、美国俄亥俄州美术学院院长，母亲是俄亥俄州英语文学教授。姑父是中国建筑大师梁思成，姑母就是林徽因。家庭的影响,亲属的熏陶,个人所受的教育,成就了林璎。几年后,她获得了耶鲁大学硕士学位,接下来又获得了耶鲁大学博士学位。正直的美国人没有忘记林璎的贡献,在纪念碑落成后的几年,大量的荣誉和奖励接踵而来,1984年,她获得了美国建筑方面的权威奖项——美国建筑学院设计奖,随后又获得了总统设计奖。她被美国杂志评为"二十世纪最重要的一百位美国人"。2002年,她以绝大多数选票当选为耶鲁大学校董。

在美国首都华盛顿,越战纪念碑已经成为最具观赏性的场所之一。据统计,每年的参观者达四百万之多。

(三)

我讲了太多的关于越战纪念碑的故事,是因为我想知道像对越战这样的事,像对为越战而死去的那些美国人,一个真正的美国人是怎么想的,一个真正的艺术家到底会怎么做。

林璎的成名,是不是很让我们有所启发?

林璎成名的作品,开始只是一份大学生的作业。

她自己说,我被选中时,我很清楚自己将要面临的是一次考验。

但是，我相信，尽管她说她有思想准备，但她对那即将到来的风暴仍然准备不足。她自己就说，那场考验"是让我用了几年时间才认识到其艰难程度的战斗"。多少年之后，她回首往事，无限感慨地说："那是一段充满了压力的日子，没有人教你如何度过那段时光。"

林璎的成名应该说很偶然。但又是和她的特立独行、执着坚持分不开的。看看林璎自己是怎样说的：

> ……1980年秋天，那年我和其它五名同学正打算做一个有关墓地建筑的作业，主要强调如何通过建筑形态来处理"死亡"这个主题。有一个同学，偶然发现了征集越战纪念碑设计方案的海报。于是我想，何不把它作为毕业设计呢？
>
> 设计很快就完成了。当她把作品寄出去时，没有抱丝毫获胜的希望，也从没想过要再次听到关于这一方案的消息。以至于评审团打来电话和她联系，一连说了三次，她才听明白。林璎说："我没有过高期望。我觉得自己的设计那不规则的样式和颜色，会使他们难以认可。"

评审团主席说：

评选的结果的确有点出人意外，因为最后被选中的竟然是这样一个看似刻板而又平淡无奇的作品。评审团成员不止一个人有这样的感觉。直到杰克·威勒评委几乎是伸长了脖子惊叹道"这一定是一个天才的杰作"时，评审团才不得不折服于慧眼独具的那个人。

看似"平淡无奇"，作者自己也说"设计过于简单"，怎么就能在藐视、丑化，甚至攻击谩骂的围剿中脱颖而出呢？以至于让人越看越觉得好，越觉得是一个"天才的杰作"。

谁都不能否认，这种纪念碑是有强烈的政治意义的。但艺术家林璎，她不想颂扬战争，她不愿通过忘记战争的残酷而使战争文明化。我想，她头脑中也没有世界观与创作的关系的意识。但她的创作意识却无不体现一个艺术家的良知，一个艺术家面对现实的勇气和魄力。

她说："这项设计的主体肯定是'人'而不是政治。只有当你接受了这种痛苦，接受了这种死亡的现实之后，才能走出它们的阴影，从而超越它们。我的确希望人们为之哭泣，并从此主宰着自己回归光明。"

看，这说得多么好啊！一个真正的艺术家，面对现实，承认现实，只有用自己的艺术品让人们看到"现实"——这个越战阵亡者纪念碑，是要人们明白生命成了战争的代价这样一个"现实"——人们才能走出阴影，主宰自己回归光明。

评审委员会支持了她。那些专家和学者凭着自己对社会的认识和现实的理解支持了林璎的观念。评审委员会评语说："这是与我们这个时代极相符的纪念碑。设计者创造了一个意味深长的地方，在那里，天、地及被纪念者的名字朴素相接，并为所有要了解这个地方的人提供了信息。"他们说："你凝视它越久，你就越被它打动，就越会看到其中蕴藏的惊人的力量。"

林璎和评审委员们的目的达到了。当人们在纪念碑上找到自己朋友或亲人的名字时，他们在怀念和忧伤中思考和反省生命的代价和死亡的原因。他们看到在光可鉴人的黑色花岗岩墙面上，那些逝者的名字的缝隙中，映照出的自己的面庞，他们痛苦自己的亲人再也不能和自己在一起享受这充沛的阳光和清新的蓝天。就连作者林璎自己，第一次走近纪念碑，找到了自己朋友父亲的名字，也是悲从中来，想到战争夺走的实在太多。啊！这个艺术巨制中真是蕴藏着惊人的力量！

林璎设计的美国越战纪念碑

林璎说：当你沿着斜坡而下，望着两面黑得发光的墙体，犹如在阅读一本叙述越南战争历史的书。

根据参加过越战的美国老兵的提议，对于越南战争，纪念碑上没有一个字的介绍和评价。

纪念碑局部,碑上刻着战死将士和失踪者的名字。

一个真正艺术家的作品就应该具有这样的力量。这件作品,它应该是渗透着艺术家自己的感情和意志,而不是贴上标签和宣教;读者正是从艺术家创造的这个充满感情和意志的形象中受到感染,产生共鸣,流淌出精神和力量,而不是违心地、无奈地说些心口不一的话。

一个真正的艺术家就是不能迎合什么人,不能迎合什么潮流,也不能向暂时的压力低头。他不能为了一时的功名出卖自己。他应该坚守自己的心灵和心灵所感知的客观现实。我所知不多,但就我所知的真正的大艺术家、大作家来看,他们的作品能够感动世人,超越时代,原因也多半在于此。

纪念碑方案通过了,纪念碑建成了,作者获奖了,每年有四百万参观的人……这说明了美国人在逝者面前思考着,死亡的人被人们记住了,人们走出了阴影,在超越自己。

2007 年 10 月 28 日

在那恒河的原野

一、乞丐大军的未来

不久之前,我看到加拿大《环球邮报》的一篇报道,说现在印度人热衷于同中国比较,印度人相信印度大象拥有胜过中国龙的巨大优势。他们说,中国确实拥有更多的出口厂商与外汇储备,但印度拥有更多的亿万富翁。根据是《福布斯》杂志全球巨富排名,印度有36位亿万富翁,人数居亚洲第一,而中国充其量只有三五位。他们说,中国的玩具、钟表、计算器、电器价格确实便宜,产量世界第一,但印度的产品质量更高。他们自豪地说:"中国人做的所有东西我们都能仿造,而且会造得更好。"甚至连人口的高速增长也拿来自豪一番。他们说,中印人口是13亿对11亿,但印度人口有1.6%的增长率,中国却只有0.6%。要不了多久,印度就会超过中国。哈,哈,真有意思。

最为精彩的是印度外交部长的一席话,他说:"中国是兔子,印度是乌龟,兔子比乌龟跑得快,所以,印度应该向中国学习。但是,兔子跑得那么快,说不定哪天撞到树上,乌龟虽然慢一点,但沉着稳重,不会翻船。"

而印度的工商部长更为坦率,他直言不讳地宣称:"中国将赢得短跑,印度将赢得马拉松。"

真是这样吗?我不禁要笑。

印度是我向往了几十年的国家。最早是我看了电影《三海旅行记》。那还是我念大学的时候,那个电影是印度和苏联合拍的。讲一个苏联小伙子滞留印度,通过他在印度的旅行,展示印度美丽的国土,悠久灿烂的文化,热情好客的人民。至今不忘电影里的画面,那在恒河里沐浴的虔诚的人群,遍布各地的千年神庙,圣洁的充满悽迷爱情故事的泰姬陵,佛教重地、玄奘曾在那里讲过学的那烂陀寺,以及满大街随意行走的"神牛"……

后来,又看过印度电影《两亩地》《流浪者》,都极受感动,心里又十分难过,为印度的穷人悲伤。难过之后,真钦佩印度能拍出这么感人的电影,心里想,这才是真正的艺术,因为它能打动人心。

还有泰戈尔,泰戈尔的诗篇,泰戈尔的小说《沉船》;以及印度对玄奘的接待,玄奘在印度的扬名……都让我对印度充满好感。

我当然希望兔子永远跑第一,要为她贡献自己的一切,但我也真诚地祝乌龟能永远稳步前行,真像部长们说的那样。

在新德里,我感觉这个城市与世界大体上是同步的,现代化的大楼,时髦的汽车,放射性的广场,整齐排列的街灯,有着宽阔草坪的住宅,让我们感到和其他现代化大城市一样的现代。当我渐渐地深入,当我观察得更细一些,我又有了新的发现。我发现新德里并不把漂亮建筑摆在大街两旁,而是根据地理环境安排建筑物。这里一块,那里一块,每一块都在绿树掩映之下,所以,它不像北京的长安街那样宽阔壮观,街道两边的建筑高大宏伟秩序井然,倒像是一个一个花园,再加上绿树丛中不时跑出来的松鼠和鸽子,让人感到自然和随意。据说新德里树林覆盖面积占整个城市的60%以上,这是新德里不同于如今那些现代化大都市之处,也许这更符合人类追求的家居环境吧?特别是老德里之外建一个新德里的构思,犹如老罗马城旁又建一个新罗马,让我们想念老北京的古趣、胡同和胡同里卖东西的吆喝声。

可是,当我们的车开进德里老城时,我都不敢相信自己的眼睛了,这也是印度吗?新旧两城的强烈对比,让我们看到了一个真实的印度。

我本来期望着看到历史悠久、古趣盎然的印度古老都城,没想到是那样的令人沮丧,那样让人不能忍受。坐在汽车里我都想拉上窗帘。因为我实在不忍心看瘦瘦的妇女,抱着又黑又瘦的小孩向你伸手乞讨的样子。接待我们的朋友嘱咐我们,千万不能好心施舍,因为你给了一个人,就会有几个、几十个抱小孩的妇女围上来,那时车就走不了了。可是女人看你不理她,她就把小孩举到和车窗一样的高处,她指着小孩的嘴,意思是要我给钱买吃的。在那样的眼神下我都无所动作,是不是过于吝啬?印度朋友说,印度有乞丐五百多万,你给得起吗?

往远处看,破旧的老爷车、蹦蹦车、人蹬的三轮车,车厢里面人挨人的公共汽车,把大街弄得拥挤不堪,尘土飞扬。公共汽车的门总是开着,任人跳上跳下;三轮车本来只能坐四个人,但都挤着五个、六个人,有的坐七个、八个人,看着他们双脚搭在车帮外面,说说笑笑,车在飞奔,心里真佩服印度人的勇敢。老德里也好、新德里也好,还没有一条高速公路。

往路边上看,大街边上一个挨一个的窝棚,几块油毡，几块破塑料布，四角用几根木棍一撑，成千上万户穷人就住在这样的"房子"里。我们在德里这两天是晴天，阳光很好，窝棚的前面、左面、右面就都掀起来了，晒晒里面的潮湿。我特别注意地往里面看，见不到一件像样的家具，更谈不上厕所和厨房。到印度最不方便的是上厕所，离开饭店，大街上几乎没有公共厕所，墙角、树下都有人方便，甚至繁华的大街上也有人对着墙根解决急迫的问题。印度人认为这是很正常的。据说孟买有55%的人口是穷人，算下来大约有800万人，他们所住的大都如此。

我问印度导游，你说你们印度这样富裕，怎么还有这么多穷人？他说，印度人太多嘛！再说，作乞丐也有好处，不用受累啊！

印度的乞丐大军举世闻名。孟买最大的清真寺三面临海，风景极佳，但外国人都不愿意去那里观光。因为到清真寺必须步行十几分钟，而在这十几分钟的路上，路两边排满了乞丐，你一走过，两边乞丐一齐伸手。你不理他们，他们就拉你的衣服扯你的手。嘴里还说着你不懂的印度方言。又黑又瘦的脸上露出白白的眼珠，好不吓人！这可能就是我来印度前朋友介绍的"铺天盖地的乞丐大军"。

到了印度见的多了,听的多了,对这乞丐大军有了一些了解。

当然,首先是因为印度穷人多。据曾任印度孟买总领事的袁南生先生的文章说,如果按印度自己的贫困线(1天收入10个卢比以下,约合人民币1元6角)计算,有3亿印度人生活在贫困线下。如果按联合国标准(1天1美元以下)计算,有6亿印度人生活在贫困线下。这是印度乞丐大军产生的根源。

但另一方面,又与印度人的人生观有关。在这种人生观下产生了"乞丐文化"。这种文化认为人生来就是有罪的,必须以苦行来消罪,所以他们并不以乞讨为羞耻,也正因为此,他们一方面正视甚至提倡行乞,一方面鼓励施舍。

印度古代把行乞作为一种正当职业。高贵种姓的人也有乞讨的行为。国王在隆重的节日,把向天下乞丐布施当作一项重要内容,在仪式上皇帝也要作出表示。

这是与佛教、印度教的教义密切相关的。佛教名著《大智度论》说:"我用清净乞食活命。"他们认为乞食,可以破除骄慢之心,培养谦卑之美德。佛教教义还把乞食作为"上品之人"的食法。为什么呢,他们说:"一者为自,省事修道;二者为他,福利世人。"而且还推崇乞食时要"不拣贫富",甚至要"舍富求贫",把"弃贫从富"称作"凡愚"。

在这种风气影响下,乞丐还能不盛行吗?一些有文化的人追求苦行僧的人生观,他们认为流浪乞讨是高贵行为,也是一种积德和修炼。所以,也有一些富翁显贵,抛家弃子,四海云游,托钵乞食。

印度的乞丐文化也鼓励乐施好善。无论是佛教还是耆那教,都强调施舍助人是一种美德。他们深信"报应轮回",善有善报,恶有恶报,行善者上升,作恶者下沉,所以,尽自己所能作些施舍善举,就是为自己"轮回"积德。

一方面行乞并不丢人,连皇帝、佛祖都有行乞的行为,一般人作乞丐还有什么丢人的?乐施好善是积功积德,我不行乞,你到哪里去积累功德?

所以,印度的"乞丐大军"就成了举世无双的乞丐盛景。

确实,乞讨作为宗教内容的一种展现,它的本意也许很有意思,或者说很有意义,它提醒着人们对自己来世的责任。但正如英国人奈保尔在《受伤的文明》中所说:"现在的乞讨已失去了本来的价值。孟买的乞丐展露他异于常人的残疾(幼年时便被抓获他的乞丐头子摧残,证明年轻的乞丐在前世的罪孽),现在则发现,他所激发的不是敬畏,反而是厌恶。忘记了自己印度教的功能的乞丐同样去纠缠游客,而游客则被误导,把整个乞讨行当与乞讨行为等而视之。"这真是一言难尽啊!

不过,我看过辛格总理不久前在英国剑桥大学的演讲,我还是对印度充满希望。因为印度的领袖已认识到了这些问题。辛格总理说:在许多发展中国家,经济发展绕过了农村。同时,贫富悬殊不断扩大。此外再加上公共部门在卫生和教育方面无法提供高质量服务,无法满足贫困人口的需求,从而引起怨恨和疏离。这就培植了分裂势力,为民主的实践增加了压力。

可是,我一想到那"铺天盖地"的乞丐大军,一想到他们理直气壮地伸手乞讨的样子,我就会想,辛格总理的任务该是多么艰巨啊!

二、印度人的今生与来世

我听人讲述过一个印度的故事。说从前,有一只狗

斋普尔"城市宫殿"

这座建筑富丽堂皇,建筑材料都是粉红色石头,所以又称之为"粉红之城"。墙上华丽的纹饰,穿着印度传统服装的侍卫,置身于这浪漫气氛之中,仿佛阅读着这个曾经繁华帝国的历史。

站在印度一座神庙外狂叫。另一只狗走过来问它为什么这样愤怒。狂叫的狗回答道:"我前生是这个庙的祭司。庙的管理人骗我跟他一起干坏事,偷了庙中女神的珠宝,结果我转世成了狗。我现在正等着那家伙。我一旦见到他,一定冲上去,咬断他的喉咙。"另一只狗说:"你别这样。我前生就是那个管理人。"

这个故事其实是印度人在宣讲他们的哲学,也就是说生命是一种生死轮回。他们在今生今世的所思所为将决定他们来世的生命形式,是再变成人还是成为动物、昆虫,或者植物,所以,他们坚信,"善有善报,恶有恶报","有什么样作为,就有什么样的来世"。

印度人的这种哲学思想都是通过他们的宗教信仰表现出来的。

如果去印度,恐怕每个中国人首先都会想到玄奘,想到印度的佛教。因为佛教发源于印度,玄奘去印度取经,成为中印文化交流史上无人不知的佳话。我想,佛教在印度一定是香火鼎盛,信众如云。没想到,到了印度,印度佛教的肃杀景况却让我十分意外。

第一,在印度全国的11亿人口中,印度教有信徒8亿多人,占人口总数差不多有80%;而佛教徒只有1000

万人，占人口总数不到1%。

第二，佛教的四大圣地之一，释迦牟尼的悟道之处菩提迦耶的标志性建筑大菩提寺，现在不是由佛门弟子掌管，而是控制在印度教徒手中。

第三，更有甚者，在卡莱佛教石窟遗址前，一座印度教庙宇居然建在了佛教石窟的地盘上，任何人想去拜谒佛教遗址，都必须先经过印度教的庙宇。这真叫佛教徒尴尬。

当年玄奘学习的地方、印度最著名的佛寺那烂陀寺只剩下断壁残垣。曾经辉煌了几百年的佛教珍宝阿旃陀石窟已经完全被荒沙淹没，无人提及。街面上已不复见当年佛教徒化斋队伍往来不断的景况，在佛教圣地上络绎不绝的，多半是外国的僧人和香客，他们从中国西藏来，从日本、缅甸、泰国、尼泊尔来，他们带着多年的积攒，为佛祖添上灯油。我看到一本书描述印度佛教的变化，书上说："就佛教而言，戒日王朝犹如落日的灿烂余辉，玄奘享受了这余辉的温暖，当余辉逐渐退去，诵经之声也在时间中沉寂下去。"（杜欣欣《恒河，从今世流向来生》）写得十分生动，也十分凄凉。只不过，我没有研究，这灿烂的景象的衰退，从戒日王朝即公元

643年戒日王在曲女城召开辩经大会，玄奘取经时就开始了吗？有那么早？

本来佛教是作为印度教的对立而诞生的，但在发展过程中他改变了自己过去的一些思想，脱离了一部分信徒，而印度教吸纳了佛教的一些主张，博得了更多印度人民的信奉。这样一个交相吸纳的过程，使他们有很多相同之处。比如因果报应，主张业报轮回，就是一个共同点。所以，两教都主张修行、主张解脱，反对杀生。他们笃信"善有善报，恶有恶报"。

最有意思的是耆那教，教徒在印度虽只有三四百万人，但影响却很大。让人印象最深刻的是他们的"不杀生"思想。他们遵循的基本原则是，不仅动物和昆虫有生命，木、石和树，都各有独立的生命，都应该受到尊重。

他们的不杀生，不但不能吃肉、牛奶、鸡蛋等荤腥，甚至连地下生长的带茎块的东西也不能吃，比如萝卜、白薯、土豆、胡萝卜等等。原因是吃这些东西必须把它们从地下连根挖起，而这样一来，整棵植物就死了，他们于心不忍。所以只能吃黄瓜、茄子、豆角、南瓜一类的菜蔬了，因为这些菜蔬不用连根拔起，从上面采摘就行了。而且，耆那教徒还认为"拔起萝卜带出泥"，这泥土中会有小虫、小生物，这小虫小生物也是一条生命，不能因为拔东西而伤及。据说，圣雄甘地是一位严格的素食主义者。因为甘地的家乡是耆那教大本营古吉拉特，那里的严格素食的风气，让甘地大为感动。甘地在他的自传里就说过："我认为一只羊的生命价值丝毫不次于人的。我不愿意为了保养人身而去夺取一只羊的生命。"

耆那教徒总觉得吃饭也会影响一些植物如水稻、小麦的生命，但为了要维持人的生命也就只好如此了。所以，"吃饭"要带着敬意，对水稻麦子为人牺牲的敬意；要节制，尽量少吃一些，少伤害植物生命。他们还表示："亲爱的植物，总有一天，我们的身体会还给你，成为你的根须营养的食物。"（引自袁南生《感受印度》）

啊，可爱的印度人民。

佛教、印度教、耆那教这样做，都源于轮回思想。他们认为只有今世"为善"、只有"积德"，才能得到"善报"，来世脱生为富人。这种来世的存在不但约束了今世的作恶，也使人对生活、对未来抱有希望，并且要求自己以平和的方式对待和处理今世的不公正与邪恶。我想，社会的统治者一定会欢迎这种观念。占印度人口百分之八九十的人信奉这一思想，印度社会的状况就可想而知了。

我走在印度德里的大街上，眼前别墅式的住宅白墙红瓦，绿树摇曳，让人愉快，往旁边一看，不远处就是贫民住的破窝棚，垃圾遍地；泰姬陵里，印度妇女艳丽多彩的纱丽随风婀娜飘动，就在泰姬陵的大门口，一群群讨饭的妇女，拖着她们黑瘦的孩子，满眼都是渴望；洗衣的工人住在终日霉味、肮脏透顶的土坯房中，却送出一件件自己用双手洗得洁白的衣服；种姓制度确实早已废除，但高种姓的人还是有许多优越感，"贱民"出身仍然受到歧视，特别在农村更为严重。《摩奴法典》规定，贱民是不可以接触者，他们天生受污染，而且这种污染还有传染性，其它种姓的人不能与他们接触。所以，印度有些地方，路上还常常听到木块敲打的声音，这是贱民出行。他们手上拿着两个木块，敲打出声音，告诉别人回避。人类社会已经到了21世纪，还有此种情景，真让人难过。就连盖房居住，也是要把好的地段、好的风光让给高种姓的人。在2004年印度洋海啸时，有一个濒海的村庄，高种姓的人家死亡惨重，低种姓的人家却没有受什么损失，就是因为高种姓的人都住在风景好的地方，即临海的棕榈树下，而低种姓的人都住在离海距离远、风景相对差些的地方。海啸一来，海边的人自然死亡惨重。但这高低种姓的巨大差别，在印度普通民众那里都认为平平常常，天然合理，不存在满意不满意的问题。因为印度教徒、佛教徒、耆那教徒认为，这是前世修来的，没法改变，只有今世作善事，努力修行，来世才会有好报。

我联想到中国历史，"不知生焉知死"，"子不语怪力乱神"，中国儒家对死后的情况，对来世，对神怪是不主张多做猜测臆想的。"王侯将相，宁有种乎""彼可取而代之""指点江山，挥斥方遒"，一派主宰宇宙之气概。在这种思想指导下，便产生了"周天寒彻"的一个个大事变。陈胜吴广、项羽刘邦、赤眉绿林、黄巾、黄巢、宋江方腊、钟相杨么、朱元璋、李自成、太平天国、义和团等等等等，谁还等着来世啊，马上就取而代之。而在印度的历史上，印度教、佛教的信徒大规模聚众起义的事情，与中国相比，应该说是太少了。"前世"是不可改变的，"今世"必须认可、服从，作善事待来世吧。甘地的"非暴力与不合作"是否也受这种观念影响呢？

三、NO PROBLEM（没问题，不用担心）

印度朋友说，"没到过泰姬陵，就等于没到过印度"。所以，安排我们出访的朋友连孟买甘地的故居、马克·吐温说的那座"比历史还久，比传统还老，比传说更悠远"的圣城瓦拉纳西，和与五位诺贝尔奖得主密切相关的加尔各答都从计划中划去了，免得生出好不容易去了一趟印度还等于没有到过的遗憾。

泰姬是莫卧儿王朝第五代皇帝沙贾汗的皇后，原名叫柏努·比古姬。她的父亲是莫卧儿王朝第四代皇帝贾汗基的御前大臣。她的姑妈也就是御前大臣的妹妹、贾汗基的皇后。御前大臣深谋远虑，和妹妹一商量，就把女儿许配给了皇帝的儿子沙贾汗。不久贾汗基去世，沙贾汗在岳父和泰姬的支持下，把同父异母的太子储君杀掉，自己成了皇帝。沙贾汗登基时赐泰姬名为"泰姬·玛哈尔"，意思是"宫廷的皇冠"。

泰姬美丽多情，又才华横溢。据说，她和沙贾汗感情深笃，形影不离，连沙贾汗出征作战也紧紧相随。

泰姬和皇帝十分恩爱，结婚17年，先后为皇帝生了14个孩子。在第14个孩子分娩时，她正在随夫君出征途中，不幸去世，才只有38岁。临死时希望皇帝为她修建一座美丽的陵墓。沙贾汗悲痛欲绝，动用了2万名工匠，花费4000万卢比，经过12年夜以继日的努力，终于得以完工。在阿格拉皇宫附近，朱木纳河岸边，一座通体洁白、晶莹清澈、端庄典雅的建筑奇迹般地矗立起来了。今天听起来4000万卢比似乎并不是一个大数目，据人介绍，当时，15卢比可以换11.66克黄金，这样折算起来，4000万在当时该是多么大的一个数字啊！

印度也许真的有"轮回"吧，沙贾汗本想在他有生之年，在朱木纳河对面和泰姬陵相对的地方，再给自己建一座黑色大理石陵墓，然后，在河上再建一座半黑半白的桥连接两陵。没想到泰姬陵刚刚完工，他的儿子就篡夺了皇位，把他囚禁在阿格拉古堡里。此后的岁月，沙贾汗只能在古堡中，每天透过一小扇窗户，遥望泰姬陵，度过残生。

泰姬陵是和长城、金字塔齐名的世界奇观。泰戈尔说她是"时间面颊上的泪珠"。研究印度梵文的大专家季羡林先生访问过印度三次，三次都拜访了泰姬陵。我的笔无力描述泰姬陵的美丽，我还是摘录一段季先生描述泰姬陵的文字供大家去想象吧：

　　我曾在朦胧的月色中来探望过泰姬陵，整

个陵寝在月光下幻成了一个白色的奇迹。我也曾在朝曦的微光中来探望过泰姬陵,白色大理石的墙壁上成千上万块的红绿宝石闪出万点金光,幻成了一个五光十色的奇迹。

……有人主张,世界上只有阴柔之美与阳刚之美。把二者融合起来成为浑然一体的美,只应天上有。我眼前看到的就是这种天上的美。我完全沉浸在这种美的享受中,忘记了时间的推移。

泰姬陵实在是印度的一宝。

印度的第二宝是印度的数学成就。古代印度人发明了包括"0"在内的十个数字贡献给全世界。过去一般都把这十个数字称作"阿拉伯数字",那是由欧洲人叫起来的。原因是欧洲人从阿拉伯人那里学到这十个数字,他们就误认为是阿拉伯人发明的。其实阿拉伯人也是从印度人那里学来的。虽然究竟是印度的哪一个人发明的至今不能确定,但在公元前二百年的一部印度经典中发现了"0"这个符号却是千真万确的。

今天我们写起十个数字来,感到普普通通,试想想如果没有十进制,没有"0"这个符号该是多么麻烦。所以,

这十个数字符号是独特无双的,它们带给世界的贡献是革命性的。在拿破仑时代,法国数学家拉普拉斯评价这十个符号时说:

"印度赋予我们一种用十个数字符号来表达所有数目的巧妙方法,每个符号有它所占位置上的价值,也有它本身的绝对价值。这是一个深奥而重要的概念,但是现在看来,它表面上这样简单,以致我们忽视了它真正的好处。正因为它是这样简单并使得一切计算非常容易,所以使得我们的算术在有用的发明之中居了第一流的地位。若想到古代最伟大的天才中的两个人物阿基米德和阿坡罗尼阿斯并没有这种发明,我们就更感到那个成就的伟大。"

而发明"0"更是显示了古代印度人的卓越才智。数学家贺尔斯特德说:

"创造零的符号的重要性,绝不是夸大的。对于这个空虚无物的东西,不仅给予一个地位、一个名称、一个形象、一个符号,并且还给予一个有用的权能,这正是它的发明者印度种族的特点。这简直好像是把涅槃造成了发动机。没有任何数学上的一种创造发明对于智慧和才能的一般进步能比这种发明有重大的后果。"

这两段话都说得太精辟了。它们把"0"和十进制

印度—泰姬陵

季羡林先生赞美泰姬陵道:我曾在朦胧的月色中来探望过泰姬陵,整个陵寝在月光下幻成了一个白色的奇迹。我也曾在朝暾的微光中来探望过泰姬陵,白色大理石的墙壁上成千上万块的红绿宝石闪出万点金光,幻成了一个五光十色的奇迹。

的意义说得那么深刻中肯。所以完全可以说,印度的十进制和零(0)的使用打开了智力的大门,对于它的意义今天怎样评价也不为过。

第三宝是不是可以说是印度的软件?比尔·盖茨在接受印度记者采访时,极力称赞印度软件业。他说:"印度对微软公司和整个软件业来说是个超级大国。"2005年,在全球软件能力评比中,成熟度最高的72家企业中,印度占了50多家。在解决21世纪电脑"千年虫"问题上,印度夺得了世界第一。国际"财富500强"中有185家与印度的软件公司签约开发软件。在班加罗尔的信息技术公司园区里,绿树成荫,窗明几净。园区为员工提供了托儿中心、超市、健身房、洗衣店和娱乐中心。每座大楼前都备有自行车供员工来往于不同车间,每座楼门前还备有雨伞,供员工遮阳或挡雨之需。公司还设有"带孩子上班日",以解决照顾孩子的临时困难,真是十分现代十分人性的大企业。

我们在印度中餐馆吃饭时,碰到六七名北京、南京来的在印度学习软件工程的中国研究生,他们说:印度的软件业非常发达,全世界很多国家都派有学生来学习。我突然把软件业与印度的佛教联系了起来。今天印度的软件城班加罗尔会不会成为21世纪的那烂陀寺？

在膜拜这些伟大贡献的时候，在印度经历的一些不快的事情却不断冒出头来。这巨大的反差让我好生奇怪。

来印度之前读过三联书店出版的日本人妹尾河童著的《窥视印度》一书。他受一个杂志社的委托到印度去采访。他说在印度最常听到的一句话是"No problem"（没问题，不用担心）。他在书中写道：

比如，每次搭出租车，如碰到乱走一通的司机，我总会抗议："去饭店这条路太远了！"

"No problem！"

唉，"没问题"的是你，我这边钱包问题大了。

"这东西吃了不会怎样吧？"

"No problem！"

好一个"没问题"，我可被整惨了，吃后我的肚子泻个不停。

恰好我们也经历了一场"No problem！"

乘了五个多小时的汽车，我们从阿格拉到达斋普尔。提前十天就订好的房间，我们到后却没有准备好。这可是五星级国际旅游饭店呐！我们团的秘书小于向店方提出质疑。经理也是说:"No problem!"这一"没问题"让我们足足等了一个半小时!

等我们进了房间放下行李、去吃午饭时,已是下午两点了。饭店的经理向我们表示歉意,还说将送我们法国葡萄酒以示慰问。还真是说到做到,等我们吃完午饭回来,酒已经摆在房间。随后,经理又带着两名助理到房间问候。看到他们那谦和的笑容,你也无法再说什么。

临离开印度前的一天,我们住在新德里的一家大饭店中。本想新德里的饭店服务总会好吧,结果夜里又出事了。房间里的空调呜呜响,这噪音让你无法入睡。我给总服务台打电话,请他们派人来修。他们也是说,一会儿就到,放心吧,没有问题。等了半个多小时,没有人来修。再打电话,这次干脆没人接了。我只好忍着热,把空调关上。这下不叫了,我踏实地睡下了。谁知,刚过十分钟,空调机隔一会儿啪啦啦响一声,隔一会儿啪啦啦响一声,把我弄得都神经质了,好像相声里说的楼下的人睡不着等着那只鞋落地。眼看夜里一点多了,睡不着,我很着急,又打电话给服务台。说,一会儿就来,放心吧。又过了二十分钟,没有动静。我穿好衣服,下楼去服务台交涉。服务台值班的女士说,好,我通知维修的工人马上去,你先回房间吧。我说:我已等了两个多小时,眼看天亮了,明早五点要早起赶路,不能再拖了。她又是"没问题"。

回到房间,望眼欲穿,看看表已经是夜里三点,听着有节奏的啪啦声,我愤怒之极。恨不得再下楼把服务台小姐拉上来听听,但那又能解决什么问题呢?万般无奈,我把被褥搬到外面客厅里打地铺睡。我好不容易迷迷糊糊入睡,电话铃响了,这次是叫醒电话。"还差二十分钟,怎么这么早就叫?""怕你们起晚了,早点叫。"哎,没治了!

这叫什么服务啊,在车上我和懂中文的印度导游讲起夜里的事情,他说:很正常啊,夜里都睡觉了。我说:饭店夜里没有值班的吗?他说:值班的也得睡觉啊。我目瞪口呆!

妹尾河童是1985年去印度采访,经历的"没问题,不用担心",至今20年过去了,印度却仍然"没问题,不用担心"。

这种作风是怎么形成的呢?我无力探究。据印度朋友介绍,印度政府公务员每年有假期两百多天。原因是印度的节日多。印度中央政府规定的全国性假日有四十多个,各邦还有自己的假日。另外,每个宗教都有自己的节日。如印度教的春节、难近母节、双十节、乘车节;佛教的佛诞节、盂兰盆节、佛成道日;耆那教的大雄诞生节、持斋节、赎罪节;基督教的圣诞节、复活节;锡克教的十大祖师诞辰节等等。再加上国外传进来的节日,像"五一"节、"三八"节、情人节、护士节等等,加起来就不得了了。

更有意思的是,某一个宗教的节日教徒放假,其他宗教教徒也跟着放假。不少节日的活动不是一天、两天,有的一连三五天,这样一来,说放假就放假了,任什么事情休息完再说,工作断断续续,还有什么效率!我看到一份材料,说印度的军队每年有51个节日。真不知道如果正在放假打起仗来,是否等假期完了再扛枪奔向前线?

一个拥有那样"三宝"的国家,却又有这样的效率,你说怪不怪?

四、读尼赫鲁《印度的发现》

出发去印度时带了一本书,尼赫鲁的《印度的发现》。是尼赫鲁在监狱里写的,想一路上看看。但是,除了在去时的飞机上看了十几页,到印度后忙碌疲劳,一页也没看。明天要回国了,晚上没安排活动,坐下来看这本书。

书中有一章,专论"印度与中国",写的十分精彩。我看后得出一个结论,外国人认为中国人很爱学习,尼赫鲁对中国有特别的好感。

在书中,尼赫鲁叙述了中印交往的历史。

在中国汉朝的时候,印度学者就到了中国。在公元五世纪前后,也就是中国的隋唐之前的南北朝时,拜佛求经的香客和学者已经络绎不绝地往来于中印之间了。据记载,从公元五世纪开始,中国的僧侣法显、宋云、玄奘和义净,越过戈壁沙漠、翻过喜马拉雅山,先后往来于中印之间漫长、艰苦、充满风险的旅程。公元六世纪前后,在洛阳就有三千多印度僧人和一万户印度家庭。他们随身带去梵文写本并译成中文,有的还能用中文写作,为中国文化的发展作出了贡献。

很多中国、印度的香客、学者死在途中,死亡率高达百分之九十⋯⋯但求经路上,香客、学者仍然络绎不绝。

尼赫鲁在书中大力赞扬了玄奘等中国学者的巨大贡献,他说,玄奘在那烂陀寺得到学位,最后成为这个寺院的副院长——这是我过去不曾知道的。

他特别写到义净的事迹。他说：

……义净本人是一个精通梵文的学者，他赞美梵文，说这种文字在远方的南北各国尚且都受人敬重，"岂况天府神州，而不谈其本说"。梵文的研究在中国一定相当普遍。令人感兴趣的是有些中国学者曾试图将梵文的语音学介绍到中国语文方面去。人所共知的一个例子，就是唐朝的守温和尚曾经按照梵文字母的方式创造了中文字母。

虽然义净对于印度及许多印度事物赞扬万分，但他明白表示他的家乡——中国——应居第一位；印度也许是"圣方"，而中国则是"神州"。"五天之地，自恃清高也，然其风流儒雅，礼节逢迎，食敠淳浓，仁义丰瞻，其唯东夏，余莫能加。"至于"针灸之医，诊脉之术，瞻部州中，无以加也。长年之乐，唯东夏焉。……故体人像物，号曰'神州'，五天之内，谁不加尚？四海之中，熟不钦奉？"

文字中流淌着对义净的赞美，让我感到义净对祖国的挚爱，心中升起一种自豪感。

关于中国、印度彼此学习的成果，尼赫鲁有一段精彩独到的议论。他说：

> 在千年以上的中印两国的交往中，彼此相互地学习了不少知识，这不仅在思想上和哲学上，并且在艺术上和实用科学上。中国受到印度的影响也许比印度受到中国的影响为多。这是很可惋惜的事，因为印度若是得了中国人的健全常识，用之来制止自己过分的幻想是对自己很有益的。中国曾向印度学到了许多东西，可是由于中国人经常有充分的坚强性格和自信心，能以自己的方式吸取所学，并把它运用到自己的生活体系中去。甚至佛教和佛教的高深哲学在中国也染有孔子和老子的色彩。佛教哲学的消极看法未能改变或是抑制中国人对于人生的爱好和愉快的情怀。

这段话，给我留下深刻的印象。尼赫鲁这种对两国交往的赞赏和虚怀若谷的情怀，体现了一个大政治家的风采。

这次访问印度，一了几十年的心愿，无比感谢命运对我的厚爱。但因为时间的关系，没能拜谒菩提迦耶、鹿野苑，没能去感受那烂陀寺的渊博，没能一睹恒河圣浴的盛况，不免遗憾。但是印度知识界对玄奘的记忆和敬意，让我生出无比的自豪。回国之后，马上找了朱偰的《玄奘传》，完善我关于唐僧取经的知识。印度知识界的怀想，书中的记载，再加上《西游记》的渲染和虚构，玄奘真是像唐僧一样栩栩如生啊！

玄奘在公元630年到达印度的那烂陀寺。当时，那烂陀寺是印度最大的寺院，是世界佛教的中心，玄奘在那里学习期间，那里有1万名学生，1500名教师，其中通20部经的有1000人，通30部经的有500人，通50部经的有10人。玄奘是这10人中的一个，是那烂陀寺顶尖的学者。

玄奘并不满足，他在那烂陀寺跟随戒贤法师学习五年，读完那里的藏书，又去印度各地游学，六年后回到那烂陀寺，成为"客座教授"！

公元643年，戒日王在曲女城举行佛学辩论大会，请玄奘为论主。参加的有印度大小藩属国王20多人，佛教大小乘学者3000人，婆罗门及其他教徒3000人。那烂陀寺僧侣学者1000多人。在那样久远的时代有这样一个规模的大会，足见佛教历史上的兴盛。

据说,玄奘当时正在迦摩缕波国王的宫廷里与迦摩缕波探讨佛经。听到戒日王的邀请,迦摩缕波国王说:"戒日王,你可以要我的脑袋,但不能要我的客人。"戒日王听到后,派使者告诉迦摩缕波国王:"那就麻烦你的脑袋来一趟吧。"迦摩缕波国王只得与玄奘一同前往。

辩论会中玄奘主讲,任人提问。辩论进行了18天,玄奘回答了所有的问难。后来,有一个婆罗门,向那烂陀寺挑战。那烂陀寺无人应战。为了维护那烂陀寺佛学中心的地位,玄奘又挺身而出,用流利的梵语把那婆罗门驳得无话可说。整个会场对玄奘无比敬佩。那烂陀寺把他当作英雄,被大乘尊为"大乘天",被小乘尊为"解脱天"。玄奘的声誉达到高峰。

但玄奘时刻不忘"取经"的目的,他谢绝了印度各国的讲学邀请,带着675部佛经回国了。

玄奘的贡献,不但是从印度取回了"真经",更重要的是由于他将大量佛经带回中国,翻译、整理,把大批佛教经典保存了下来。后来,佛教在印度日渐衰微,不少佛经在印度失传了,印度反过来又把玄奘翻译的佛经翻译回去,使之得以在印度流传。

玄奘著述的《大唐西域记》,真实生动地记述了印度等地的情况。后来印度人根据《大唐西域记》把荒废掩埋的那烂陀寺、鹿野苑重新挖掘、修复。如今，在这些名胜古迹上树立的说明牌中，都介绍了玄奘的贡献。

玄奘的访问和在印度的学术活动，在印度深入人心。特别是那烂陀寺把他当作英雄和骄傲，一直到玄奘回国多年，玄奘与印度朋友还有书信往来。我看过印度人写的一本名叫《印度与中国》的书。那是印度加尔各答出版社1944年出版的。书中记载，玄奘回国多年以后，那烂陀寺的学者僧人还挂念着他。公元654年，这时玄奘回国已11年了，印度有人到中国来，那烂陀寺的慧天尊者托这人给玄奘带信。这两封信，写得很有意思，至今还在博物馆保存着。信中说："……今共寄白氎一双，示不空心。路远莫怪其少，愿领。彼需经论，录名附来，当为抄送。"

玄奘马上写了复信，说："又往年使还，承戒贤法师无常。奉闻摧割，不能已矣……玄奘所将经论，已翻瑜伽师地论等大小三十余部……又前渡信渡河失经一驮，今录名如后，有信请为附来。并有片物供养，愿垂纳。路远不得多，莫鲜薄。"

这种绵长深挚的友情，真叫人温暖与感动，信中说：

"前渡信渡河失经一驮，今录名如后，有信请为附来。"想到吴承恩的《西游记》写老鼋托唐僧问寿，结果唐僧忘记问了，又不敢说谎，只好实告。老鼋生气，在水中将身一晃，"把他四众连马并经，通皆落水"，又有陈家庄晒经的故事，还真是所出有本啊！

我的感想实在很多，中印两大古国实在是各有所长，实在是穷困多年，人民苦难，在新的世纪和平崛起、实在是意义重大，福泽24亿人的大事。我还是用尼赫鲁在《印度的发现》中的话做一个结束吧：

> 中印两国在隔绝了若干世纪以后，又被一种新奇的厄运所支配。因为英国东印度公司的影响，印度曾经在长时期中，不得不茹苦含辛，而中国与东印度公司的接触虽然不多，但也带来了鸦片和战争。
>
> 世运巨轮，周而复始，印度与中国彼此互相瞻望着，引起满怀的忆旧心情。新的香客正越过或飞过两国分界的高山，带着欢欣友好的使命，正在创造着新的持久友谊。

2007年12月16日

甘地墓

甘地墓的主体是一方黑色大理石,只有十六平方米大。墓的正中是甘地遗体火化之处。

墓首有几个用印度文雕刻的字:嗨,罗摩。据说甘地遇刺倒地时,喊了一声:"嗨,罗摩。"于是,这简单的呼喊被印度人作为甘地最后的遗言刻在墓首。"罗摩"是印度教的大神,相当于我们喊的"啊,天哪!"甘地的呼喊是什么意思呢?几十年来,人们有各种猜测。

佛罗伦萨在哪里

怀着朝圣者一般的心情我们到了佛罗伦萨，急忙登上佛罗伦萨首屈一指的名胜圆顶大教堂。佛罗伦萨的楼房屋顶大多是红瓦，我们登上大教堂时正接近中午，太阳照耀之下，满眼红彤彤一片。再往远处看，南面和北面都是丘陵，丘陵中间，一片翠绿的树林，一湾银色的湖水。翠绿和银色的旁边，布满着高低错落的村庄。站在大教堂上面，初夏的和风吹过来，我心里一片宁静，感到人类的伟大和历史的神圣。突然，教堂的钟声响了，很快，近处、远处，全城教堂的钟声响成了一片，停在教堂上面的鸽子噼噼啪啪地飞了起来。

佛罗伦萨在哪里？

佛罗伦萨是什么？

我们去参观闻名世界的乌菲奇博物馆。其实，你尽可信步走去，因为佛罗伦萨整座城市就是一所宏丽无比的艺术博物馆。古老的建筑，著名的艺术创作，比比皆是。

全城有博物馆四十多所，名胜六十多处，还有随处可见的纪念雕像和喷泉雕刻，这一切吸引着游客，不愿离去。乌菲奇博物馆是其中藏品最丰富、最灿烂的一个，契马布埃、乔托、拉斐尔、贝利尼、提香等等大家的作品均藏于其中。

走出胡同，来到一个广场。广场上人极多，闹哄哄的，抬眼一看，《大卫》的雕像就耸立在前面不远处。这座雕像虽然是复制品，原作珍藏在阿卡德米亚美术馆，仍然吸引了无数游客。我从初中开始，学世界史，就知道了米开朗基罗的《大卫》。想不到转眼之间，这件世界艺术的瑰宝就立在我的眼前，心里真是激动。广场上的人群极有秩序，一圈又一圈，大家排着队，等候入场参观。黄种人、白种人、黑种人，这里便是全世界，便是全人类。他们的心情肯定和我们一样。当我们买到票，进入大门时，已整整排了70分钟。回头一瞧，又是我们初排队时的景象，人们一圈一圈地静静地排着队，等候购票入场。

中国人对排队并不陌生，为买毛主席著作可以排一个通宵；为买一张足球票可以几个人轮流排队在露天过夜；为了赶在年三十回家，也可在火车站等上一天一夜。美国人、英国人、瑞士人、荷兰人、澳大利亚人、中国人，为了参观这个集中了佛罗伦萨艺术精华的博物馆，静静地、耐心地排一个多小时的队，他们为了什么？他们不也像我一样在探访佛罗伦萨，在追寻佛罗伦萨的真谛吗？

佛罗伦萨，你究竟在哪里，你究竟是什么？

米开朗基罗，佛罗伦萨人。17岁，便因为创作了大理石浮雕《半人半马怪和拉鹿泰人之战》而宣告了一个天才的诞生。他的《大卫》雕塑耸立在全世界人们的心中。米开朗基罗把大卫塑造成一个正在走向战场的勇士，两眼怒视前方，左手上举，紧握住搭在肩上的甩石机弦，右手下垂，似将握拳，表现出一个拯救祖国的青年英雄的意志和力量。是不是就是这种意志和力量赢得了人们的热爱呢？据记载，当这座雕像揭幕时，全城欢腾，人们像过节一样欢迎大卫的诞生。

达·芬奇，佛罗伦萨人，他的《岩间圣母》《安加利之战》《最后的晚餐》，成为全世界艺术的瑰宝。尤其《蒙娜丽莎》更是无人不晓，被誉为世界美术史上最优秀的肖像画。画中的妇女，不是圣母而是人世间的青春少妇。她的嘴角含着让人刚刚可以察觉的微笑，她的眼睛别具神采，显示出内心的喜悦；她那只手，极富立体感和质感，充满了生命力;人物肩后的背景广阔辽远,生机勃勃。这幅画面,是不是让人感到人生的价值和幸福呢?

拉斐尔,他22岁来到佛罗伦萨,观摩《蒙娜丽莎》,仰慕《大卫》,成名于此。他描绘了一幅一幅艺术独到的圣母像,温柔可亲的圣母,天真烂漫的婴孩,和谐宁静的画面,让人无法忘怀。有人评论说:他的《西斯廷圣母》,即使到人类停止信仰的时候,也不会失去价值。

此外,佛罗伦萨还诞生了写《神曲》的但丁,创作《十日谈》的薄伽丘,著述《君主论》的政治理论家马基雅维利……真是巨人林立,群星灿烂。

佛罗伦萨在哪里?佛罗伦萨是什么?这个问题直到参观圣克洛采教堂我才依稀悟出一点道理来。走进教堂,没有想到左侧墙壁上的第一个棺葬便是伽利略的棺墓。我还以为我们不懂意大利文,姓名拼得不对,问了意大利人,才证实无误。

我只知道罗马教会给伽利略平了反,不知道这反还平得真彻底,被宗教裁判所判为终身监禁、折磨致死的人,三百多年后,他的棺墓被放进了教堂!这是什么力量?

有人说,伽利略不过是继承了哥白尼的学说,算不得新领域的开拓者。但这个继承者继承的是被宗教裁判所判处火刑的人和判处火刑的事业。布鲁诺反对地心说,宣布太阳并不是宇宙中心,宇宙是无限的、无中心的,宇宙并不是上帝创造的。地球也只是宇宙中的一个小小尘埃,地球围绕太阳转,太阳本身也不是静止不动的。这个"异端邪说",是大逆不道,宗教裁判所监禁他七年后,还是将他活活烧死。在判决书上居然还说:"本着仁慈的精神,让他不流血而死。"

布鲁诺被烧死时,伽利略36岁,大火就在他眼前燃烧,布鲁诺就在他眼前化为灰烬,但他并没有被火刑吓倒,继承哥白尼、布鲁诺的事业,继续探索。后来,居然堂而皇之地把自己对天体运行学说的新发现汇集成一本书——《星际使者》公开出版。不久,又出版了《关于两种体系的对话》,支持哥白尼的日心地动说。这需要怎样的勇气,怎样的胆识?

也有人说,伽利略后来还是屈服了,他不是在宗教裁判所备好的"悔过书"上签了字吗?但历史不能这样编写。文献上记载,伽利略虽然被迫在"悔过书"上签字,但他一边签字,一边还在喃喃自语:"地球还是在转动。"可见,伽利略不但心不服,口也是不服的。他惨遭折磨,双目失明，九年之后，死于狱中。

历史在我们面前展开。罗马鲜花广场上布鲁诺的雕像，圣克洛采教堂伽利略的棺墓，米开朗基罗的不朽石雕展现出的精神和力量，达·芬奇肖像人物的微笑，《十日谈》中"绿鹅"的故事……每件都蕴藏着一种追求，一种奋斗。

文艺复兴，似乎在说"复兴""再生"一种过去的文化，一种古典文化，是努力发掘、研究长期被湮没的古典希腊罗马文化。其实，它们形式上像是在复古，本质上是创造出一种新文化来。但丁的《神曲》，歌唱人的意志自由，彼特拉克的《歌集》，尽力表达的是个人的欢乐与痛苦，宣扬着个人的幸福才是人生的中心。就连建筑也大大变样。教会喜欢哥特式建筑，因为哥特式建筑最大的特征之一是屋顶都有尖塔。尖塔把世人的目光引向虚渺的天空，使人忘却今生，幻想来世。文艺复兴的建筑家则把尖顶改为圆顶。佛罗伦萨大教堂的穹顶宏伟至极，梵蒂冈的圣彼得教堂也令人叹为观止，其中的瑰丽图画虽然是《圣经》故事，却写尽了人生的众相。追求今生现实的幸福，而不是天主教哄人的来世快乐，争取人的意志自由，而不是死后在天堂中享受，这就是文艺复兴的真谛，是人文主义的内涵。

正是在但丁、彼特拉克等巨人抒发着个人情怀，追求个人幸福，把对立面指向教会的时候，布鲁诺、伽利略则更前进了一步，他们为了实践自己的主张，追求他们认定的真理，宁愿舍弃自己今生的幸福，直至生命。佛罗伦萨，你因此吸引着天下的游客，让人们日里夜里醒时梦中苦苦追寻。

今天，我在古老的北京，在长城之旁，回忆起佛罗伦萨，仿佛看到当年那些巨人在佛罗伦萨创造奇迹的盛况。

意大利·威尼斯圣马可教堂广场

马可是《圣经》中《马可福音》的作者,相传公元828年威尼斯商人把马可遗骨偷运到威尼斯,兴建教堂并在教堂内建了圣马可陵墓。教堂前的广场因此得名。

拿破仑进占威尼斯时,大为赞叹,称圣马可广场为"欧洲最美的客厅"。